走过青海

姜 峰 著

青海人民出版社

图书在版编目（CIP）数据

走过青海 / 姜峰著 . -- 西宁 : 青海人民出版社，2022.11
 ISBN 978-7-225-06328-7

Ⅰ . ①走… Ⅱ . ①姜… Ⅲ . ①散文—中国—当代 Ⅳ . ① I267

中国版本图书馆 CIP 数据核字 (2022) 第 120987 号

走过青海

姜峰 著

出 版 人	樊原成
出版发行	青海人民出版社有限责任公司
	西宁市五四西路 71 号　邮政编码：810023　电话：（0971）6143426（总编室）
发行热线	（0971）6143516 / 6137730
网　　址	http://www.qhrmcbs.com
印　　刷	深圳市国际彩印有限公司
经　　销	新华书店
开　　本	890 mm × 1240 mm　1/32
印　　张	10.625
字　　数	250 千
版　　次	2022 年 11 月第 1 版　2022 年 11 月第 1 次印刷
书　　号	ISBN 978-7-225-06328-7
定　　价	58.00 元

版权所有　侵权必究

目录：梅到山花

从没见过真海的外乡人，会怎样表达初见的画面？

2017年4月13日，当"飞虹正在下降，渐渐对准名牌"的广播突然响起，兴奋又忙乱地挤向窗外，我一时间脑海里浮现——

啊哦，广袤无垠的草原，蜿蜒起伏的群山，浪涛汹涌的大海——脑海中的画面，一帧帧闪现。

只见，摧翼的阴翳将大地渲染得如山川般样，千沟万壑。

"这就是青海？"第一眼很，美丽入梦——后来才知道，我们所及，满目荒凉，棋盘格到了一无所余。

七八月份风吹草萋的佳境，需要等它再十几个月的苏来等待。

春海，花如窗花。

如今回想，这不过的第一面似乎也标下了预防针：到此一游与奢华繁华之余，还看是乱山间的，另流方兴起了家，诸也要其他课茶。

等我经历面提高，代表美国政从民日报社派出区分社在正式调动到了青海分社，今后将完全主北西部来继续工作，与高原并有一场断不解的生涯约会。

从西宏到德令哈，从十三朝名都，国家中心城市，到相邻民族、均断守望的城市的含义。

广大空的高原天区，一字之差，却殊测消者，迥异一步。小乎

2

了纠结。

再凝视：曹家堡机场外的山峦，刀劈斧削，绛红入云。苍凉，还是苍凉！窗外景象顿时化为内心的惆怅。

清晨，从西安家中出发时，不满周岁的女儿，还在婴儿床里兀自酣睡。妻子和我已做了数月的心理建设，但临到分别，还是忍不住哭了鼻子。帮忙带娃的老人，学会了手机上看天气，早早就把西宁添加进了 APP。

调到青海，我是主动请缨。用总社的话说，叫“墩墩苗”。不少朋友讶异于我的选择，纷纷表达着关心。身为西安女婿，三秦大地于我而言早已是半个故乡，如今“抛家舍业”、另起炉灶，且是去艰苦的青海，也有人替我不值。而我的初衷很简单，只是觉得当面讲出来会颇显矫情，便一直藏于心底，今天终于可以袒露笔端：

多年前，正在酝酿《三体》的刘慈欣，曾写过一部中篇科幻小说《山》。主人公、一个生在“河北大平原”的登山痴迷者，命中注定、义无反顾地“游”上了一座比珠穆朗玛还高的“海水山”。顶峰对话，穷尽十万年才走上太空的外星文明与他发生了思想最深处的共鸣：“进化，赋予了智慧文明登高的欲望，就想站得更高些、看得更远些，这并不是生存的需要。”

我就成长在河北平原，当我读到《山》时，方知何为“今见是书得吾心矣”——我就是这样的登山者。

告别舒适区、选择去青海，因为“山就在那里，山无处不在”。

回头看，难的不在决定，而在执行。初上高原的“三道关”，我很快就领教了：

高。

西宁城区，平均海拔2261米。啥概念？有比较，才能感同身受：这个海拔，比五岳中最高的华山顶峰（2155米）还要高出40层楼。

有的朋友夏天来玩一两周，感觉尚好。可试想，如果日复一日、年复一年地睡在华山之巅，怎能踏实得了？高原反应因个人体质而异，待久了，身边很多人都苦恼："睡眠越来越不好。"

寒。

地处黄土高原向青藏高原过渡带的临界点，西宁年平均气温只有5.8℃，即便是在最舒服的7月，平均最高气温也仅有17.2℃。在这里，最常听见的两句玩笑话就是："青海只有两个季节——冬季，和大约在冬季。""夏天来的是朋友，冬天来的是亲人。"

生活过一段时间，我总结出西宁的"一无一有"：没有一个办公场所、家庭住宅会装空调，因为夏天用不上、冬天没啥用；被子一年到头都得盖，这个必须有。

干。

青海是"三江之源""中华水塔"，然而造化弄人，受高原大陆性气候影响，西宁却是一个极度"渴水"的城市，年平均蒸发量是降水量的四倍多。苦了一位患有眼结膜干涩症的老领导，他宿舍卧室、客厅的地上摆满了盛着水的脸盆和剪开的矿泉水桶，让水自然挥发以增加室内湿度，人走过时都得闪转腾挪。膀大腰圆的他，兜里常揣着保湿乳和润唇膏。

高寒干旱，令南方来的援青干部感慨："在我们那里，往土里插把筷子都能发芽，这里却好几年养不活一棵树！"

但后来，跑的地方多了，我反而觉得，这所谓"三道关"，不过就是蚊子叮了一下。

每每从高原腹地、牧乡深处采访归来，城市的万家灯火映入眼帘时，单位同事、媒体同行们都会由衷地赞叹："西宁就是个天堂！"

到青海五年，我跑遍了全部8个市州和45个县区，对此也深有同感——青海省国土面积72万平方公里，如果不算民族自治区的话，它就是中国陆地国土面积最大的省。西宁市地处青海省的东北角，从这里出发，到青海省最西端的茫崖市，有1200公里；到最南端的囊谦县，有1000公里；到西南角的唐古拉山镇，有1200公里。

不到西北，不知中国之大。一出西宁，便是风霜扑面。青海有40余个县一级行政单位，其中县城驻地海拔超过3000米的就有20个。像地处澜沧江源头的杂多县，平均海拔4200米，面积几乎与海南岛一般大，人口密度却每平方公里不到一个人，半个小时就能把县城走个遍，更别说乡镇和牧业村。

论高，去长江源头沱沱河采访时，5000米的海拔、恶劣的小气候，令我头痛欲裂，夜不能寐。氧气吸完，还是憋得受不了，凌晨三四点，不得不钻出睡袋、裹上羽绒服，跑到户外透气。

论寒，在江河源腹地曲麻莱县采访生态管护员，县城9月已然供暖，当地人指着县招待所院子里两棵不过一人高的小松树："这是我们全县唯二能种活的树。"有人开玩笑："曲麻莱、曲麻莱，进去出不来。"

论干，新春走基层从柴达木盆地直播归来，记忆犹新的是当我回到西宁时，竟恍惚有种置身南国的潮湿错觉。为啥？柴达木的年平均蒸发量，是降水量的70倍！我每天至少喝三升水，却不想上厕所。

记得，那是2019年的小年夜，在柴达木，连日来嗓子火烧火燎的我，回到西宁的租屋后立即将所有的窗户都敞开，畅快地大口深呼吸。意犹未尽间，索性又下楼，深夜在结冰的湟水河畔快走，西宁冬季那干冷的晚风，当时吹到脸上却觉得无比温润——为做那场直播，害得我咳嗽了半个多月——经历过的艰辛教会我一个朴素的道理：幸福是相对的。

不然，你就无法解释，为何油田人能够在柴达木安之若素；为何我采访的"油三代"小姐姐，选择了辞去空姐，回到戈壁滩"女承父业"安心当个采油工。

是的，与青海真正气候恶劣、环境艰苦的广大基层相比，西宁确如深山茫茫间的一处桃花源。

但吸引我的，还是那一座座山，和山里的人。

2010年，研究生毕业前，导师叮嘱我："当了记者，可不能老坐办公室。"

她是位严谨的学者，一身师范。怕我进了中央媒体"高高在上"，她自然要"耳提面命"一番。

几年后，导师到西安开学术研讨会，我一路相随。临分别时，还是嘱咐："记着，别老坐办公室啊。"

此番寄语，我从陕西分社一直带到了青海分社。心里也攒着股劲儿，希望自己有所作为，能被导师认可。

没错，从职业特点来说，记者需要保持一种在路上的状态，脱离一线久了就容易失去感觉。在路上，看似是最基本的要求，却是记者成长、成才最浅近也最难学的法门，好记者烂笔头，没有捷径，只有苦功。特别是作为党报记者，改进作风、深入基层、访疾问苦、为民鼓呼，还被赋予了特殊的政治使命和社会责任，"铁肩担道义"是一种道德标杆。

然而入行越久，我却越有种删繁就简的体悟：对这个行当已生发出喜爱、眷恋的人，是不待扬鞭自奋蹄的——在路上，吃苦便是享受，因为喜欢，因为好玩。

"试玉要烧三日满，辨材须待七年期。"入行至今十年有余，方敢大言不惭地说句话：我天生就是干记者的命。

回想自己在青海的足迹：

五年来，我已四上可可西里深入过无人区腹地，好几晚借宿在索南达杰保护站，与十余位巡山队员打过交道，到那里就像串亲戚一样；

先后六次到访过三江源头，与牧民出身的生态管护员乘坐皮艇一同在通天河上漂流巡线，海拔4610米的黄河源头牛头碑，我就登上过三回；

大江大河、莽莽昆仑、沙漠瀚海、神奇天路、藏地秘境、民族风情……一个个远方，被自己"打卡"。站得更高些就看得更远些，经历不同的风土和人物，记录他们的命运和悲欢，我悟在其中。

但代价也不小。在高原上，我曾两次突发脑血管痉挛，持续剧痛且十分危险，为此先后打了五针安定和"封闭"。青海全省海拔最高的县城玛多，留下过"夜不宿玛多"的俗语，几年来我却夜宿过多次，而且越往后高反症状越轻，这个现象其实令人不喜反忧：为了适应高原，我的心肺在悄然变大。

与身体的阵痛相比，心理关更难过：两地分居数年，逢到周末，妻子常独自一人带着女儿逛街，看着来来往往的一家三口，触景伤怀，"要是老公能牵着宝宝的另一只手，多好。"

2020年，第四次上可可西里，刚刚在索南达杰保护站做完一场客户端直播，导师就发来十余条微信语音。平时不太在朋友圈露面的她，把我的一些报道都转发到了师门群里，她为我没有坐在办公室里而由衷地欣慰。

我为导师的默默关注而湿润了眼眶，但内心已是平静而释然。

因为喜欢和好玩，苦中作乐。

因为喜欢和好玩，自己倏忽一生的尺度，能够伸展、触摸到采访对象那无数人生的生命长度。个人的喜怒哀乐，渐与他人的苦辣酸甜、外物的阴晴圆缺融合成一味。境由心生，境随心转。探访文成公主的足迹，我为她总结出八个字"西出长安、壮行无悔"；用双线叙事的笔法，采写一位在"忠孝两全"间执着、纠结、担当、超脱的扶贫第一书记，写他犹如写自己。

因为喜欢和好玩，我的兴奋点不再只聚焦于大江大河之类的精彩，反而更多地去关注草根、书写平凡，渐渐有了点返璞归真之感。乘着皮卡车，寻访到一个并不知名、再普通不过的乡镇卫生院蹲点调查、"解剖麻雀"，一蹲就是一个礼拜，记录最基层的卫生人员、藏族牧民的真实生存状态。立夏时节，漫天飞雪，在这个海拔超过4000米的藏乡卫生院的产房，我邂逅了一个五斤七两的藏族男婴的呱呱坠地，还给小家伙随了喜钱……

对旅行者来说，青海是罩着滤镜的诗意和远方，风土民俗都仿佛沾染了点仙气。对常驻于此的我而言，越来越觉得青海的工作和生活不过是些柴米油盐、鸡毛蒜皮，弥散着人间烟火，逃不出七情六欲，处处有百般况味，说到头即是众相凡躯——祛魅后直面庸常，但诗还在，因为人生俯仰皆诗意。

以上经历和感触，都成为我写作本书的冲动和底气。写书，也并没有多大的追求，不过是想记录下我在青海的这些心情。

木心在故纸堆中翻出古罗马时人的诗，称许两千年前的作者"才干贡献当代，心情留给后世"。若不是木心的译作，作者的心情恐怕也已湮没无闻了。

以前，对我来说，青海曾是地图上遍寻不着的点与块。

现在，如果我是个画匠，她就是我用惯了的颜料盒，闭着眼也能找到心仪的色彩。

导师指点了入门的路径，在领导、同事、同行们的示范熏陶下，我渐渐领会和走近了新的一境：好的记者，不应仅仅满足于在路上的状态。除了赶路，还要会抬头看天，低头体悟。

五年采访下来，在我眼中，青海的形象已有"目无全牛"之感：

河湟谷地、青海湖区、柴达木盆地、可可西里无人区、两江源区、半盆黄河——逆时针转下来，入眼的青海已是鲜明的六大区域。

看过很多背包客和地理控写青海的文章，与他们相比，我首先是个记者。翻开本书，读者会发现我对六大区域的理解和讲述里，不仅有山川风貌，还有对经济基础、上层建筑、社会变迁、文化因袭、生态今昔、历史钩沉的观察、思考和建言。除了这些跳出来的宏观体悟，更有扎进去的微观见闻，那就是一个个采访对象真实、鲜活、独家的人生和故事，以及我与他们的互动。我个人的遭际与心路亦在其中，毕竟自己的经历是最具说服力的。

以上，就是本书的特点。

这些特点，是由我的写作对象——青海所决定的。如何凝练地去概况青海的画像？我发现很难。

青海湖，青海最广为人知的名片，省份亦因此而得名，但仅仅通过这座湖来理解青海，则必成盲人摸象。河湟谷地，以仅占全省不到3%的狭小面积，却贡献出青海近70%的人口和

GDP，这个聚集着精华的"小脑袋"，却经常笼罩在"大身子"的巨影之下，不被青海以外的人重视。"三江源"常常并称，但流域内其实风土人情迥异，单说黄河，在青海省内就流经了牧区草原、库区峡谷、农区田园，实难一概而论。一提青海，外地人常会首先联想到藏族风情，殊不知还有回、蒙古、土、撒拉等少数民族世居于此、繁衍生息。野生动物成群结队的可可西里、绵如绸缎的祁连草原、能源富集的亘古戈壁……青海一省，千差万别。

驻青一年之后，我便得一体悟，其后多经论证，如今已然笃信：多元，是青海的底色。青海之美，不及西藏通透，不比新疆浓厚，但美在一张复杂而有故事的面孔，且面孔的五官搭配得很和谐——文化交融、多元共生。

凡事有两面。多元，也是青海最大的弱点。

首先，多元意味着复杂。名片上的头衔印多了，叫人啥也记不住。

其次，百花齐放，却难有一枝独秀。最简单的例子，每遇涉藏的新闻选题，大家首先想到的就是西藏。

再次，诸元之间也存在互相消解。河湟文化源远流长，自古以来，河湟谷地就是中原打开青藏大门的一把钥匙。但多民族的省情特点，却让河湟文化近年来一直难以叫响。每逢节日会展，少数民族风情展台前的观众往往比河湟文化展台前的多。

我观察过各省在电视上投放的形象宣传片，其中凝练的宣传语很有意味。贵州用的宣传语是"醉美"，主打美酒和生态；云南用的是"七彩"，主打少数民族特色；河南用的是"老家"，主打人文乡情；山东用的是"好客"，主打服务环境。

而青海的定位就很模糊，常用的两个字是"大美"。"大美"，恐怕套用到很多地方都可以，并没有强烈的辨识度。也许，不是想不出好词，而是很难用三言两语把多元的青海形容到位。

我想了很久，也还没有想到。您呢？

古人有"终南捷径"的典故。

我在西安时，常爱爬终南山。每每路难行、层林遮望眼，而登上山顶后方得开阔眼目、有柳暗花明之感。于是得一体悟：积跬步才能行千里，一个个字码方得成文章。对记者而言，付出的汗水永远是写作的墨水，世间哪儿有什么"终南捷径"？

到了青海，数年奔波跋涉，才又真正见识到山之高、水之远。曾经海拔两千余米的秦岭顶，原来不过是高原起始的地平线。青海长云、三江川流，风貌殊异、人物殊异，几年的深入体察间，始深知中国之大，各地有各地之省情。

心胸宽了，眼界广了，我的文章也变得开阔起来。入行既久，自觉好奇未减、初心未变，且愈发体悟到新境，更明了当以何种头脑与心肠，让北上广深也能感受到高原牧乡的冷暖，让小康社会"全国同此凉热"。就像刘慈欣在《三体》三部曲里写下的最后一句话："智慧文明，最后总变得和自己的思想一样大。"

人打磨文字，文字反过来打磨人，生活不也如此？这几年的经历，让我变得更宏观了，也因此更加豁达——俯首来路，发现曾经越过的不过是山丘；仰望前途，深知高原远大亦未必可穷尽。山就在那里，山无处不在，而登顶不再是唯一的目的，我正学会且乐于品味攀爬的过程与路上的景色，这无关风雨抑或晴天。行走青海于我最大的教益，是在异乎寻常的磨砺中收获了一种心理上的质感，让我能更踏实、更从容地去面对人生。

同时，我很幸运：越过山丘，依然有人等候。

没有家人几年来的默默支持，恐怕我如今也不会有心力来写这本小书。特别是妻子。报纸采编发流程中有个末梢环节叫"一读"，就是由工作人员作为"第一读者"，不去抠细节，只把握报道和版样的整体感觉，因为记者、编辑钻到文章里，容易跳不出来。我采写的大部头报道，就常请妻子做一读，她的意见，往往令我感觉像照到了镜子——其实，妻子何尝不是我人生的一读呢？

我的幸运还在于，有赖报社各位领导和同事们的关爱与支持，拙作从想法付诸实践，实则源于每一次采访背后同仁们的通力合作、并肩前行，我所讲述的，其实是"我们"的故事。感谢青海数位师长的举荐与帮助，这是我的第一本书，幸得前辈们为引路人。来到西北做记者已逾十载，近四千个日夜，我切身感受到这片古老土地的飞速发展，也感恩经历为我打开了一扇扇窗。

记者如今以融合为方向，讲究"十八般武艺"，本书也力求图文并茂，争取给读者奉上更为丰富、多元、立体的阅读体验。书中所配插图，皆为本人实地走访过程中用镜头记录下的独家画面——未必多么好看，但贵在真实的质感。我将行走青海目之所见以照片的形式呈现出来，每张照片背后都是足迹和故事，希望在文字外能带给您更直观、更深刻的感受。此亦本书的一大特点。

感恩一路帮扶的朋友们，致敬一路同行的战友们！

此为自序，兼全书的总纲。

目录
CONTENTS

第一章
河湟谷地：
从这里打开青藏大门　1

第二章
大湖之畔：
解密鲜为人知的传奇　61

第三章
亘古戈壁：
在绝地触摸人类丰碑　105

第四章

可可西里：

走过世界最远的距离　157

第五章

两江奔流：

倾听源头的鲜活故事　211

第六章

大河滔滔：

上下求索的朝圣之旅　269

第一章
河湟谷地：从这里打开青藏大门

俯瞰西宁，山谷间崛起高原最壮美的城市天际线

大身子的小脑袋

一场鸿门宴，刘邦被项羽撵到了汉中——因地得名，封了个汉王。

汉王心里苦：汉中位于秦岭之南，地理、气候、风俗都接近于巴蜀，是秦蜀的通道、蜀地的门户。两千多年前的巴蜀一带，发展落后，交通闭塞，还远远不是如今的"天府之国"，就连出个远门，都得"明修栈道，暗度陈仓"。

谁成想，短短四年后，汉王逆袭一统天下。由王称帝，新国号顺理成章地定为了汉。

"犯强汉者，虽远必诛"——这段辉煌的历史令后人自豪。多年后，在这片土地上薪火相传、生生不息的主体民族，仍然骄傲地以"汉"自称，就连说的话、写的字、时尚的复古装都叫作汉语、汉字和汉服。

历史就是充满了偶然。某种意义上，汉中可以被视为汉族人的老家。

在陕西时，我就挺爱去汉中出差。青山绿水、热米皮、菜豆腐，生活节奏很"巴适"，连当地人说话都是有味道的四川口音。

可偏偏，汉中却被划归于"八百里关中尘土飞扬，三千万老陕怒吼秦腔"的陕西省——画风确实不太协调。

原因，事关和平稳定大计：古代人逐渐意识到，把四川的大门交给外省管理，让封闭的蜀地门户大开，有助于解决"天

湟水河谷地带是孕育文明的沃土

下未乱蜀先乱,天下已平蜀未平"的难题。

这就是中国厚重的政治智慧和治理艺术。

言归正传。历史上,河湟谷地之于青海的意义,也应当从这个角度去理解:河湟谷地,是中原打开青藏大门的一把钥匙。

这把钥匙,与青海的画风也有点儿不太协调:

什么是青海?你会联想到:雪山、草原、湖泊、牛羊……可河湟谷地,这些都没有。

让我用通俗易懂的语言来描述一下:

在青海的东北角,有一条湟水河,在群山中冲刷出了狭小的川道,最终汇入黄河。就在这近似于峡谷的川道里,出现了文明建起了城市,如今一个叫西宁,一个叫海东——这也是青海全省仅有的两座地级市,其余都是民族自治州。这里的海拔一般在 2000 多米,传统产业是农耕而非畜牧,文化基因是农业文明而非游牧文明——两河间的这片河谷地带,久而久之被称为了河湟谷地。

我的描述,与严格意义上的河湟谷地范围略有出入。但本

西宁的夜

书不是地理教材，没必要乏味地照本宣科。这里不再展开，我行文方便，读者能理解就好。

河湟谷地的东边，与甘肃省接壤。我调到青海3个月后，就幸运地等到了西安与西宁间动车的开通，比坐飞机往返方便了许多。动车要经过兰州，除了旅游旺季，西安与兰州间的座位往往不太拥挤，可以放肆地跷二郎腿。而无论春夏秋冬，兰州与西宁间从来座无虚席，连站票都一票难求，人员往来极其频繁密切。

动车上，一边看书，一边看景，倒也惬意。从西安到兰州，肉眼可见的是：树渐渐少了，山变得秃了。而从兰州到西宁的一路上，景色并无太大的差异——山川地貌也好，风俗习惯也罢，甚至民间的小曲、划拳的酒令，河湟谷地的画风，左看右看都跟甘肃更像。

你还别说，历史上很长一段时期，在行政区划上，河湟谷地真就归属于甘肃，与青海的高海拔牧区比邻。后来，智慧的古代人逐渐认识到，靠前指挥、立足河湟、统筹青海，更有利于地区的和平稳定、繁荣发展。于是，河湟谷地这才从甘肃析出，渐渐成为青海的政治中心与经济、文教中心。

钥匙，就是这么来的。

公元前121年，一位来自中原的19岁的年轻人，千里跋涉，饮马湟水河，并且在水边修建了一座小小的据点，名为西平亭。这个年轻人叫霍去病，这一年成为这片土地的建制之始。

1000多年后的北宋时期，昔日大汉的风流早被雨打风吹去，而湟水河依然川流不息。水边，已经伫立起了一座熙熙攘攘的城市，人们把自己的家园称作西宁。

西陲安宁——这就是河湟谷地的使命和愿景。

省会地区,是一省的中枢大脑,对人流、物流、资金流等资源的虹吸效应十分明显。

近些年,随着中国经济腾飞,许多省份在省会地区周边聚集起了中心城市群,成为一省发展的重要引擎。大成都、大西安、大武汉……省会前若不加个"大"字,好像都不足以形容其在一省之内的巨无霸体量。

可这些巨无霸们,在青海的河湟谷地面前,恐怕都要自愧弗如:

我将过去几年,西宁与海东两市的GDP之和、人口之和、面积之和,与青海全省的GDP总量、人口总量、总面积作了个比较。粗略一算,吓了一跳,以两市为主的河湟谷地,贡献着全省GDP的近70%,人口也占全省的六成多——而河湟谷地的面积,竟然仅占青海省的不到3%!

西宁新华联国际旅游城的节日焰火

青海巨大的身躯，长着一个浓缩的小脑袋。

3%，对70%——这种脑体间巨大的悬殊，才是青海经济社会发展状况的真相。

上文提到的那些巨无霸们，它们的"大"，是人、财、物等资源要素市场化流动的必然结果，更多是后天的。

而青海的脑体之别，更多却是由先天的资源禀赋决定的：高海拔牧区自然环境恶劣，地广人稀，产业基础薄弱；这么一比，同样欠发达、但相对条件较好的河湟谷地，便成了发展担当、一家独大。

其实，如果不是因为海西蒙古族藏族自治州有一定的矿产资源和工业基础，青海偌大的6个民族自治州，在全省经济体量中的占比会更低。

而小脑袋也没有沾沾自喜：当地人很清楚，他们的绝对体量仍然很有限，与内地的差距仍然还很大。

一言以蔽之：大身子发展得不够平衡，小脑袋发展得不够充分。我想，青海未来的发展，无论秉承何种理念，无论依托什么产业和路径，其实都是要解决这两个问题。

穿梭于西宁城区，只要你稍微留心，就会发现一个特点：所有的过街人行天桥，竟然都装着升降电梯。

为什么？

没装电梯之前，我目睹过不少次：老人们为了过马路，蹒跚地从梯道走上天桥。海拔影响，爬两步就得喘口气——别不信，在高原爬楼梯，绝对考验肺活量。赶上冬天下雪，哪怕像我这样的年轻人，走下天桥时都要扶着栏杆，谨防滑倒。

采访西宁市民政局时，我了解到一个惊人的数据：青海省60岁以上的老年人口，有一半都生活在西宁。也就是说，基础设施最齐备、医疗条件最优良的省会西宁，成为全省各市州各民族一半老年人的养老首选地。无怪乎，所有的过街人行天桥都要加装电梯，这是急老人之所急啊。

老有所养、病有所医、学有所教、劳有所得、住有所居……举这个例子是想说，从养老、医疗、教育、就业、人居等社会民生角度来看，河湟谷地之于青海，实在是基本盘、压舱石。

如果跟这些老年人聊聊天，你就会发现，他们中除了土生土长的本地人，还有很多是响应祖国号召支援青海建设、从天南海北来到这里的外乡人。退休后，很少有人选择回原籍落叶归根，而就在西宁养老——毕竟大半辈子的朋友圈都在这里。他们"献完青春献子孙"，后代也大多工作生活在青海，被称为"青二代""青三代"。这些外乡人的后代太多了，彼此间有时候还会再加以细分，比如，定居在果洛藏族自治州的，会被称为"果二代"，在察尔汗盐湖工作的，则被称为"盐二代"。唯独，他们不太会去攀老乡。因为对他们来说，故乡只是个遥远的符号，青海才是安稳的家。

西宁市民都爱跳锅庄舞，这并非藏族的专利

移民多的地方，社会心态往往趋于包容。

河湟谷地实在堪称大融合：从古代屯田于此的中原兵勇，到由中亚撒马尔罕迁来的撒拉族先民，再到族源至今众说纷纭的土族同胞，乃至听从祖国召唤、无私支援青海建设的先驱者们……少数民族大多能歌善舞，这里的汉族人也变得爱唱爱跳。晚上，走在西宁的街头，有跳锅庄的，有唱花儿的，有扭秧歌的，有吼秦腔的，好不热闹。

百家争鸣，百花齐放，只有包容的心态，才能孕育出交融的文化。

2020年，青海举办了首届河湟文化艺术节。

由官方出面，大张旗鼓地打造河湟文化牌，是需要文化自信和底气的。与河湟文化的悠久历史相比，这第一届艺术节无疑来得稍晚了些。我想，这可能与青海以前对河湟文化不够自信有关——倒不是因为河湟文化不够璀璨。

所谓"文无第一、武无第二"，文化艺术焉有高低贵贱之分？以前，河湟文化这张牌打造和推广得不够，可能恰恰是碍于它的交融与多元，反而显得特色不够鲜明。举个不太恰当的例子，就好比打牌，你手里的牌面不错，对子也有、顺子也有、单牌挺大、炸弹不少，可偏偏没有一个能把对家彻底管住，只能顺牌，不能制胜——如果你出牌再不够坚决，那必然白瞎了一手好牌。

西宁湟水国家湿地公园一角

为啥现在敢出牌了？牌面还是那个牌面，但青海变得更自信了。还有更重要的，好酒还需品者高。这些年，公众的鉴赏水平也在不断提升，审美品位也在日益走向多元化，还没有叫响名头的地方性文化品牌也能在市场站稳一席之地了。

说到这儿，我想起了一位采访过的朋友。

"挖了个坑，把自己埋了。"地道西宁人、已年过不惑的陈玉秀，回想过去的坎坷时，曾这样对我感叹。

小时候，奶奶擅长传统河湟刺绣，也熏陶得她迷上了针线。想考美术专业，父母不同意，逼她读了幼教，毕业后当了个幼儿园老师。

儿时的梦还在。她白天上班，晚上就把奶奶留下的绣片、枕套、鞋垫找出来，照着绣。那是十几年前，河湟刺绣在市场上缺乏知名度和竞争力，陈玉秀绣出来的传统花样，一个也卖不出去。

不甘心，她索性辞了职，卖掉了单位分配的房子，专门去拜师学刺绣——全家人反对，老父亲气得都不让她进门，可身材瘦弱的陈玉秀，不撞南墙不回头。

去哪里拜师学艺呢？她跟风，跑到苏州学苏绣，学来学去还是不伦不类，"再绣也比不过人家。"

走投无路时，柳暗花明日。近些年，陈玉秀发现，过去被认为"土气"的传统绣样，反而逐渐受到市场关注。为寻找灵感，她跑遍了河湟一带的农村，到处去收集老绣片，"有的被扔进垃圾，有的还沾着牛粪。"寓传统于创新，陈玉秀厚积薄发创作出的河湟刺绣作品，后来一举夺得了全国民间文艺最高奖项——山花奖。

如今，她被人称为"陈总"。开公司、接订单、带徒弟、传手艺、创新品，一套传统刺绣婚服，能卖到十几万。

假如有那么一天，朋友把河湟刺绣的披肩、挂饰或是手袋送给你时，希望读过这篇文章的你，对来自河湟谷地的礼物并不感到陌生。

烟火西宁，老城留声机

河湟谷地，八山一水一分田。

资源有限，只能因陋就简，机关的办公条件也普遍紧张。本世纪的第二个十年，青海分社就一直和其他十几家单位挤在一栋类似于公租房的办公楼里。楼下有个包子铺，老板是个老陕，年轻时曾在京城摆摊。1990年亚运会前，他就千里转战到这楼下的铺面卖早点，从此没挪窝——指指正在炸油条的二小子，"那会儿娃的个头也就到我膝盖。"

看来，这栋楼实在可算古董了。直到2019年，七层大楼才加装了第一部电梯，只是食堂始终没办起来，一到饭点儿，大家便四处打游击，楼下那条街的大小馆子基本都"扫荡"过好些遍。

这条街名为大同街。茶余饭后，伫立在街道口的一块牌子，吸引了我的注意——大同街的来历，就写在牌子上：

明清时代乃至民国的西宁，是有城墙的，东西南北四道门。抗战时期，1941年6月23日，从山西起飞的27架日寇战机轰炸西宁，曾给西宁人民造成了极大的经济损失和创伤。当局下令，在城墙上再开挖一些出城的通道，以备下次空袭时尽快疏散城内的居民。于是，在西门北边的城墙，又打通了一个小豁口，被人们称为"尕西门"。"尕"，就是青海话里"小"的意思。这里出城方便，人们互相转告："打通了，打通了。"很快，尕西门附近便人流如梭，俨然形成了一条街道。给街道起个什么名字呢？"打通"与"大同"谐音，且寓意美好，于是尕西门正对的这条新街道就被定名为"大同街"。

如果不是这块牌子，我永远不会知道办公楼下的这条街，还挺有故事。

慢慢地走的地方多了，我发现西宁的街头巷尾，还立着不少这样的牌子。正巧有一位搞了一辈子民俗、曾做客央视春晚直播间的朋友来看我，晚上请他吃饭时聊起这件事，他顿时兴奋不已，饭后连夜让我带他去看这些街牌，一边拍照，一边念叨："这才是最好的城市名片，比什么高楼大厦、灯光亮化都叫人过目不忘。"

你走过多少城市？每到一处陌生的城市，你会如何走近它？去地标打卡？用舌尖画一张美食地图？跟司机师傅侃一侃这座城市人们的嬉笑怒骂、酸甜苦辣？

我走访的雷鸣寺街，老城里类似的街牌有 20 余处

看到朋友一脸认真，我也眼前一亮：为什么不收集一下这些"名片"？

2017 年的仲秋时节，天气甚好。我花了一周时间，走遍了老城里的这些老街道，除了找到 20 余个街牌外，还寻访到不少街道里的老建筑，倾听它们讲述这里曾经发生过的故事。每晚回家时，两条腿累得已不像是我自己的。

累并快乐着：于我，这座城市向我分享了它的记忆，我读懂了一个更完整的西宁；于人，我将这些见闻写成了报道，很

水井巷市场旁的街牌，能读出这座老城的渊薮

多西宁的朋友纷纷转发，"原来咱家乡处处有故事。"现在，我又写进书里，希望读者朋友们有机会到西宁时，除了网红打卡地、小吃购物街外，多几个不一样的去处。

西宁有一条名声在外、但已"名存实亡"的老街：水井巷。

这里曾是西宁最热闹的商品集贸市场，主打青藏高原的特产干货，比如虫草、枸杞、牛羊肉之类，特别适合游客和批发商，因此总是人流熙攘，被誉为"西宁的南京路"。

其他文章，一般也就介绍到这个层次为止了。而我要从这小小的街名里，给您讲出点不一样的——先问个问题，西宁老城的规模有多大？

我用两条腿蹚出了答案：北城墙以现在的七一路为界，西城墙以长江路为界，南城墙以南关街为界，东城墙以花园街为界——这座最早修筑于明代洪武二十年（1387年）、明清两代沿用至民国时期的西宁老城，面积接近2平方公里，相当于两个半北京故宫的规模。东西南北四条大街，将老城划分为并不规则的四个区域，大小街巷穿插其中，城市规划并不严整，然而官署军营、商业民居、文化宗教场所一应俱全。20世纪50

年代，随着城市发展的需要，西宁四座城门、四条城墙都被拆除并拓宽成马路，时至今日只留下了东北角的一丁点城墙遗迹，已经被列为青海省重点文物。

曾在西宁老城工作生活过的人，想必都有一个直观感受：这里要比四周高出不少。没错，西宁老城就建在一个高地上，这显然出于军事安全和抵御自然灾害的考虑。但问题来了：这么高，水从哪儿来？

古人是智慧的：老城的地势南高北低，城南有一座南山，山下有一条南川河。他们修了条水渠，借助自然地势，把南川河的水引过来，从南城墙下面的一个洞眼流入城内，供居民使用。这个洞眼正对的街道，久而久之就被称之为"水眼洞街"。解放后，水渠、城墙、洞眼都成了历史，"水眼洞街"

如今复建的西宁老城北门——拱辰门，格外高大

就被更名为水井巷。所以，水井巷其实是一条"名存实亡"的老街。

古人傍水而居。解决水源问题，是定居的前提。有一次去北京出差，空闲时间我便到王府井大街转悠。说巧不巧，看到了一处介绍，发现北京王府井大街的来历和西宁水井巷颇为相似：原来，大街上曾有一口水井，附近便建起了王府宅邸，所以从明代以来就一直叫王府井大街，只是多年后井水干涸了、井口埋住了，街名依然沿用，但人们已无从考证它的来历。直到1998年，这口水井在王府井大街整修改造时才被重新发掘出来，人们这才搞清楚这条街的前世今生。

城市因水而兴，西宁水井巷与北京王府井大街皆因水而得名，也逐渐成为城市的商贸人流聚集之所，并非偶然。

然而，今天的水井巷却有点儿尴尬。

老城里，东西南北四条大街的交汇点，叫作大十字——本世纪以前的数百年间，这里一直是西宁的城市中心。大十字百货、邮政局、新华书店、水井巷市场，就分布在这条十字路口周边，凝结着老一代西宁人的集体记忆。

近年来，随着经济社会快速发展，曾经的城市中心却有点儿无可奈何花落去——我发现，从大十字到中心广场、新宁广场、海湖新区，从水井巷市场到王府井、力盟商业街、唐道，无论是后起的城市生活区，还是迭代的商业综合体，近年来西宁的城市重心在西移，同时也在向南、北、东扩张。年轻一代首选到新城区置业、消费，老城已呈现出空心化，热闹不再。

水井巷市场也如是。改革开放之初，西宁最早的个体工商户，很多都在这里淘到了第一桶金。岁月变迁，排头兵却掉队了，曾经繁华的商品集贸市场，逐渐成了低端、落后的代名词——表面看，是商业业态转型得不够及时；深层次讲，其实还是城市发展的大势所趋，当人流、物流、资金流都随着城市重心的外移而转移，许多城市位于中心位置的老城区反而走向了衰落，对这里的商业而言，就像是恒星衰老、坍塌后的黑洞。

不过我们完全不必悲观。沉舟侧畔千帆过，病树前头也总有万木迎春。平时在西宁购物，我首选去海湖新区——作为青藏高原最大城市的新区排头兵，这里伫立着世界屋脊上最现代的城市天际线。每每从地广人稀的牧区采访归来，我常常会对这里的流光溢彩感到恍惚，一种幸福的恍惚——虽然不比发达地区，但高原各族群众也共享着改革发展的成果，这样的城市面貌哪怕在十年前都是不可想象的。更何况，青海省、西宁市也在想办法对水井巷市场附近地带进行新一轮的改造升级、筹建中央商务区，老树开新花，不是不可能。

一条水井巷，阅尽西宁史。

再念叨念叨其他几条同样"名存实亡"，又有点儿意思的老街吧。

莫家街，西宁最古老的街道之一。元末，安徽人莫得投奔朱元璋，因军功被封为西宁卫世袭指挥佥事，曾负责参与修筑西宁城，家族亦显赫一时，在城中建起私邸、宗祠，莫氏宗祠前的街道，渐渐便被人们称作莫家街。

斗转星移，曾经的莫氏宅院和宗祠早已湮灭于历史尘烟，而街名却保留如初。今天的莫家街，已经是西宁最著名的风味小吃街，手抓、烧烤、酸奶、酿皮、甜醅、拉面应有尽有，其江湖地位等同于北京大栅栏、天津南市、上海城隍庙、重庆磁器口、南京夫子庙、武汉户部巷、西安回民街、成都宽窄巷、兰州正宁路……不用问，我也是个"吃货"。

西宁作为军事重镇，有些老街因军事设施而得名，如今物已非，名还在。比如，明清两代西宁城内设置过一座练兵的教场，也就是如今青海省政府所在地，旁边的街道直到现在仍被称作教场街。从教场到城门，中间曾有一大片菜地，兵卒们图方便，慢慢地在菜地里踩出了一条斜斜的小路，后来菜地变成了居民区，小路上又铺了石块，便被人称作斜石巷——"西部歌王"王洛宾，就曾居住在这条斜石巷。

说完了"名存实亡"，再说说西宁老城里三条"名至实归"的老街——隍庙街、文化街、兴隆巷。

一说隍庙街。此街得名自始建于明洪武十九年的西宁城隍庙，庙里供奉的是管辖河湟地区得力、深得羌人拥戴的东汉护羌校尉邓训，如今仍然保留有鉴心殿、东西厢房、后寝宫等古迹，

1988年被列为青海省重点文物保护单位。

关于城隍庙的来历，我略知一二：中国的城隍神信仰源远流长，老百姓对本地历史上的名臣英雄甚至是传说人物自发地崇拜，加以祭祀、祈求保佑。到了明代初年，政府曾在全国各地大规模、成体制地兴建城隍庙并且以官方的名义册封城隍，在精神层面赏善罚恶、化育民心，这也是塑造社会共同信仰的一种手段。

城隍是啥？就是地方守护神，权力相当于世俗的地方行政官。因

少年宫的孩子们在城隍庙古迹下玩着魔方

此有趣的是，明代册封的这些城隍爷，也根据省、市、县的不同级别存在等级差异。比如，明代永乐后定都北京，以南京为陪都，于是这两座城市的城隍庙就叫"都城隍庙"，而西安的城隍庙有权统辖西北地区的城隍，其他邻省的城隍爷按规定都得到西安汇报工作，所以西安城隍庙也被升格为"都城隍庙"的级别——天上的神仙，不过是人间的倒影。

大晚上，在那位研究民俗的朋友的强烈要求下，我就带着他跑到黑洞洞的西宁城隍庙考察。刚到门口，他眼前一亮——西宁市群众艺术馆、西宁市少年宫，就建在城隍庙的外边。"随着历史变迁，城隍庙演变成了地方民间文化活动场所，逢年过节迎城隍、唱大戏、民俗表演都在这里进行"，朋友讲得头头是道，"如今把群众艺术馆、少年宫建在这里，这就叫文化传承，没毛病。"

二说文化街。这条街不得了，它曾是清代西宁城内的政治中心与文化中心所在地。街的北侧，曾建有西宁府府衙，高堂朱户、庄严威仪，一直是清代西宁府最高行政当局所在地。而在府衙的东侧，就是始建于明代的西宁文庙，占地曾达80余亩，是这座城市的文脉所在，所以此街定名文化街。清代官员都是科举出身，个个要拜孔夫子，文庙挨着政府，很搭。

如今，西宁府府衙已不存，而文庙犹在，

殿前建成了酒吧街

可惜历经数百年风雨后只余棂星门与大成殿。大成殿南的文庙遗址，改建为商业门脸，成为西宁市知名的酒吧街，每到夜晚好不热闹，倒映衬着大成殿灯火寥寥。

三说兴隆巷。这条街上有一座清代山西、陕西籍商人筹资兴建的山陕会馆，正门的四字匾额，当时就是由陕西籍著名书法家于右任题写。到底是商人有钱，会馆在历史上得到过较好修缮，如今建有山门、戏楼、关帝殿、三义楼等数重建筑，整体保护程度良好，比残旧破败的城隍庙、文庙要像样得多，并且对外开放。

会馆内外，商人往来频繁，这条街被称为兴隆巷也就不奇怪。时至今日，兴隆巷的经商遗风尚存，每到夜晚，大小商贩都在街上占道经营摆地摊，前来扫货的市民也摩肩接踵、络绎不绝，而城管是不管的，这也算是管理者对传统的特许。

山陕会馆保护得最完好，兴隆巷经商遗风亦尚存

　　隍庙街，关乎民俗；文化街，关乎文教；兴隆巷，关乎商贸——这三条老街，都与市民生活有着密切联系，可能也正是出于这个原因，所以街上的古建筑多少得以保存至今，承载、延续着城市记忆。

　　反观那些曾经的"起高楼、宴宾客"，纵然一时朱门大户、钟鸣鼎食，却往往经不住"风流总被雨打风吹去"。就像莫家的宗祠和宅院早已灰飞烟灭，而美食荟萃的莫家街却会永远在市民的世俗生活中占据一席之地。

　　世俗生活，才是一座城市的留声机。

　　如今，很多人诟病我们的城市被建设得千城一面甚至千村一面。确实，行走在一座座拔地而起、日新月异的崭新城市里，它们就像是刚刚从石头缝里蹦出来的孙猴子，不知道自己是从哪里来的，更不知道自己该往哪里去。

　　我总觉得，现代化都市，唤不起乡愁。

　　因此，我喜欢逛一座城市的老城区，不是那种挂上灯笼、卖着小吃的仿古街区，而是城市里年头最老、面貌最落伍、居住最拥挤、世俗味最浓、烟火气最重的老城区。这里的人坚持着几十年如一日的生活节奏，也有几十年相处下来的熟络，乐于把时间花在鸡毛蒜皮的琐事上，怡然自得地躺在时代的潮尾。就连老城区里的老街巷，名字听上去也更有味道些，这些街巷往往其貌不扬，名字也跟高大上无缘，但就是让人感到亲切——哪怕到了一座陌生的城市，每当走进这样的老城区，我就会有种回到家的亲切感。

我是河北石家庄人。过去的石家庄，常被人嘲笑面貌落后，是一个土气的庄子，而不像城市。我就在这样的庄子里长大，一街一巷都装在脑子里。上大学后，回去的次数越来越少，每次回去，我都惊叹于"国际庄"又多了几座高楼，同时心里也略略生出几分物非人非、往事难追的惆怅——怪不得人家说，回不去的是家乡。

不过，别怕：在西宁，起码还有一些老街巷，指引着我们回家的路。

西宁与海东：从双城记，到大河湟

方向感差的朋友，到了青海可能会犯晕——因为青海省、西宁市的行政区划，大多是以东西南北来命名的。

前面一篇文章，我在讲明清时代的西宁老城，老城所在的位置，就属于今天的西宁市城中区；以老城为坐标，西宁市的主城区被划分为了城中区、城西区、城北区和城东区——无疑，这是一座近代以来才快速发展、规模扩张、骨架拉大的年轻城市，所以用方位来命名是最便捷和直观的。

青海省也采用了类似的命名逻辑。全省下辖2个地级市、6个民族自治州，当地人为此总结出了一句顺口溜：东西南北黄果树，还有省会西宁市——因为这8个市州的名字分别是：西宁市、海东市、海西蒙古族藏族自治州、海南藏族自治州、海北藏族自治州、黄南藏族自治州、果洛藏族自治州和玉树藏族自治州——民族自治州的名字通常都是比较长的，这样一句顺口溜，朗朗上口又好记。

除了西宁和"黄果树"，顺口溜里的"东西南北"4个市州，都是以青海湖为坐标和分野的。但这里存在着一个bug：青海湖的东边其实是西宁市，西宁市的东边才是海东市，因此海东其实是"宁东"，而西宁反而更该叫海东。

这不是吹毛求疵，也不是无事生非：如今"名不副实"的海东，过去可是名副其实的，这里面的缘故值得一说。

原来在1978年，国务院批准青海设置了海东地区，管辖范围涉及河湟谷地的8个县，规模不仅远远比当时的西宁要大，而且把西宁"裹在肚子里"，在地理上是直接与青海湖接壤的，是当之无愧的海东地区，名字没毛病。

到了千禧年的世纪之交，一次重要的行政区划调整，改变了这种格局：国务院批准，将原先归属海东地区的湟源县、湟中县，划归西宁市——这样一来，西宁市范围大大扩张，并且将青海湖与海东地区分隔了开来，海东地区实际上变成了"宁东地区"。但多年来大家叫惯了，海东的名字也就继续沿用。

再到2013年，随着撤地设市，海东地区变成了海东市。这座年轻的地级市，继承了海东之名——虽然在地理上早已"名不副实"。

海东市互助北山的扎隆沟一角

　　地名之辨，不过是抖个包袱、赚个眼球，权当轶闻听听。此文的重点是：西宁与海东，这两座姊妹城、双子星，演绎出的河湟谷地双城记。

　　一条湟水河，"奶大"了两个娃：西宁在上游，靠近高海拔牧区；海东在下游，距离甘肃省更近。

　　这两座城市的地理地貌太像了，都是南北两山夹着一条河。从西宁市中心开车到海东市中心，不过70公里，正好1个小时。路上，顺湟水河而下，会经过峡谷——西宁与海东，不过就是被峡谷分隔开的两个小盆地。

　　把海东的两个县划给西宁，用意显然是希望把省会城市做大做强。全省一盘棋，虽然地盘小了、人口少了、经济减了，但海东服从大局，谁叫西宁是省会呢？

　　可如果细数一下历史，我们就会发现，河湟谷地的行政中心，有时设在西宁，有时设在海东。而且，越是往前的年代，海东的地位越突出，西宁反而成了陪衬。

个中原因，我猜想是这样的：当中原对河湟谷地一带的控制力更强时，就会选择西宁，因为它靠近前沿；反之，就会选择海东，因为它靠近后方。越是往前的年代，中原经略河湟谷地的时间还不长、基础还不牢，所以就越会更多地倾向于保守方案——把海东作为这一地区的行政中心。

海东市市府驻地，叫乐都区。海东，不过是近几十年才约定俗成的新地名；这片土地，在过去两千年的历史上，更响当当的名字，就叫乐都。

翻开史书，河湟谷地的行政中心，曾几何时一直由西宁与乐都"轮流坐庄"。只不过，大概在宋明以后，西宁坐稳了庄，而乐都则在双城记的故事中慢慢黯淡了下来，乃至如今在行政区划的地位上都已不属于同一级别——按照我上文的猜想，那么这是个好现象，说明越往后来，中原对河湟谷地的掌控越自信。

到青海各个市州采访，如果在政府机关、文教部门碰到海东籍的采访对象，再细问，多为乐都人。青海有句老话："乐都

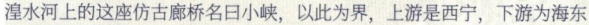
湟水河上的这座仿古廊桥名曰小峡，以此为界，上游是西宁，下游为海东

多才子。"想必，这与当地历史悠久、崇文重教有密切关系。一个家族如果历史长，往往家风好、出人才，更何况一个地区？我的同事中，就有来自乐都的才女。

乐都、乐都，意蕴悠长。古人起名，实在有一套，真值得我们今天的人好好学习。我甚至突发奇想，既然海东的名字如今有点儿"名不副实"，那还不如改回更有历史、更彰显城市品牌的老名字——就叫乐都市。

纯属臆想，博君一笑。不过，看看如今，全国不少城市地区在名字上都在想方设法"认祖归宗"，唯恐历史不够悠久，传统不够厚重，名头不够响亮，足见我的臆想也不完全是异想天开。

从全国范围来看，西宁与海东这双城间的地缘联系，像极了陕西省的西安市与咸阳市。

西安与咸阳，隔着一条渭河。遥想当年，如果不是西楚霸王冲动的一把大火，把秦朝的首都咸阳烧成了一片焦土，想必汉高祖刘邦也犯不着另起炉灶，跑到河对岸新建一座首都。所有第一次到西安出差、旅游的外地人，在订飞机票时都会无比疑惑：西安咸阳国际机场？我也闹过这样的笑话，直到飞机落地，才知道原来西安的机场竟然坐落于咸阳——可见两座城市是何等紧密。

无独有偶。西宁的机场，恰恰也坐落于海东。机场名叫曹家堡，虽然有点儿土，但总比"西宁海东机场"要好吧。

您可能没去过陕西，但应该多多少少听过"西咸新区"这个名字。西安咸阳一体化，陕西人喊了很多年，但起码2014年以前令人感觉成效甚微，西安劲头挺足，咸阳态度暧昧，省上雷声大雨点小，一体化、一体化，最大的成果好像就是把西安与咸阳的电话区号给一体了。2014年,国家层面高端推进,陕西设立了西咸新区,成为中国的第七个国家级新区。摆在新区建设者面前的头一道关,就是如何协调西安与咸阳的关系,打通两座城市间的"断头路"。众所周知,县与县、市与市、省与省交界地带的交通状况往往不理想,因为谁都盼着对方管,结果成了两不管。断头路,恰成为当时西咸一体化推进状况的形象比喻。近几年,情况想必大为改观,只是我不在陕西工作,没有直观感受了。

一体化的努力,背后藏着一个潜台词:与其双引擎驱动,不如整合成一台超级发动机。中国的城市群战略,已经被证明,是区域经济发展的主要增长极。

西宁海东一体化,在青海也被喊了好些年。它可能的路径、存在的障碍、破题的方向、未来的潜力,我想,与全国其他地区类似样本是具有共性的。做不做、怎么做、做成啥,是已有参照系的。从理念的角度,西宁海东一体化这一构想的本质,其实就是要把河湟谷地整合为青海的超级发动机。我分析过,全省发展不够平衡、河湟发展不够充分,是青海经济社会存在的主要结构性问题,发展河湟城市群、打造新的增长极,也许正是一个破题之策。

跳出双城记,我们不妨把视野放得再广阔些。

河湟谷地与甘肃有着密切的血缘关系,距离兰州也不过咫尺之遥。讨论一个区域的城市群发展问题,出发点应该首先考虑市场经济要素,其次考虑社会文化要素,而没有必要以行政区划的条条框框来限定。那么,比西宁海东一体化更宏大的构想是,河湟谷地能否与兰州连成一片、携手发展?

其实,这已经不是个构想:2018年,国务院正式印发《兰

西宁麒麟湾秋景，河湟双城的基础设施、人居环境在青海无出其右

州—西宁城市群发展规划》，提出了"两圈一轴"的概念——以兰州、西宁为圆点，画两个圈，一个圈包括兰州、白银、定西、临夏，另一个圈就是河湟谷地。同时，在两个圈的圆点间连一条线，作为主轴——这个画面，是不是很像一辆双轮车？

我这里不想引用《规划》里枯燥的条文，只谈一谈自己的理解：国家层面意识到，西北地区需要借助这样一辆双轮车来提速，而这辆双轮车如果想跑得快，那么就应该把两个轮子做得越来越大，同时把轮子间的轴做得越来越牢固——所谓兰州—西宁城市群建设，就是这么个意思。

湟水河是西宁和海东的母亲河，流到兰州才汇入黄河。所以，从更大的层面上来说，西宁—海东—兰州，不正可以视为一个大河湟地区吗？

如果给国家推动的兰州—西宁城市群建设找一个文化地理意义上的代称，那么我就将其称之为大河湟。

通往海东市互助北山的扎碾公路，被誉为青海最美乡村公路

新车上路，需要一个磨合的过程，甘肃、青海都在积极落实国家部署，既做大自己家的轮子，也做强两家轮子间的轴。畅想未来，我们既然说西宁与海东的双城记不如一体化，那么有朝一日，甘肃与青海目前的这种"两圈一轴"、双轮驱动是不是也会整合成一个超级发动机？一个带动辐射西北地区发展的超级大引擎？到那时，也就意味着兰州—西宁城市群发展完成了深度融合——对"大河湟"的建设成型，国家层面的规划已经给出了时间节点：2035年。

预言在此，立文为证。2035年，让我们揭晓答案。

达坂山下的女人

"你要是嫁人，不要嫁给别人，一定要嫁给我。"

这句热辣辣的爱情宣言，让《达坂城的姑娘》名声大噪——这首歌，是1938年由王洛宾整理编曲、现代以来中国第一首用汉语译配的维吾尔族民歌，一问世就是巅峰。

于是人们都知道，新疆有个达坂城，达坂城有漂亮的姑娘。

可您知不知道，与新疆相邻的青海，有一座达坂山，风光比漂亮的姑娘还美？

但凡来青海旅游的外地游客，我估摸得有70%以上的人都到过达坂山。为啥？因为从西宁出发向北，如果想去看高原油菜花海，还有祁连山和草原，乃至去往张掖、酒泉、嘉峪关、敦煌、哈密、乌鲁木齐这条西北大环线，无论坐动车还是自驾，都必经达坂山——它，就横亘在西宁与海东的北边，连绵的山系，

达坂山互助段的十二盘坡,新晋网红打卡地

如同河湟谷地的一扇屏风。

达坂山有多漂亮？平心而论，不过是略有姿色：夏天群山披绿，冬天白雪皑皑，海拔在河湟一带算得上出类拔萃，但也并没有什么特别标志性的景点。来往的游客，到这里都是因为不得不路过，所以往往记不住它的名字。

可夸它比漂亮的姑娘还美，这话不是我说的，而是游客们的感受。原因在于，只有打开这扇屏风，才能一窥后面姑娘的真容。姑娘见的多了，难免审美疲劳，回头品味，反而觉得等待屏风打开时的期待，才最吊人胃口。无怪乎，一到七八月旅游旺季，从西宁到达坂山的一路上，总会遭遇大堵车，外地的游客们走走停停，逮着个花儿草儿都要拍照留影，生怕错过什么，殊不知眼前的这点景色不过是一扇屏风；等真见到后面的姑娘时，游客们却又有点儿拍不动了，懒得再下车，笑容也变得僵硬，造型更是早就摆完了——玩回来跟人一聊，"哎，那个什么山还挺漂亮的！"

玩笑话说完，回到正题。达坂山，作为河湟谷地北面的屏风，自古以来就是军事重地，也是民族交流往来极其密切的地方。接下来，我就聊一聊这座山下的人和事。

而且，主要聊聊我采访结识的一些了不起的女性朋友。

你可能想不到，青海也有长城——我爬过。

达坂山南麓，有一个西宁市大通回族土族自治县。县城之外山峦起伏，举目四望，可以清晰地看到远近山梁上有一道道连绵不断的土墙；顺着山路，爬到山顶，好家伙——夯土墙有两个人高，虽然在岁月的洗礼下已成残垣，但依然在山脊上屹立不倒，一眼望不到尽头。摸上去，坚硬如初，仿佛触碰到了铁马冰河——没错，这就是明代在此修筑的长城，全国重点文物。

文物部门的朋友告诉我，青海的明长城，是包括长城、敌楼、关城、卫所、烽火台在内的一整套防御体系，依托巍峨险峻的自然山体而建，总长度达360多公里，前前后后修了50年，分布在12个县区，把河湟谷地保护在里面。毫无疑问，青海明长城是中国万里长城中最高的一段。多少年风吹雨淋，"青海的八达岭"过去没有得到足够的重视，如今青海省已经出台保护意见，相关部门也在长城遗址外立起了护栏，保护工程已然在推进。

大通县娘娘山上的明长城遗址

我在大通探访的这段长城，坐落于县城西边的山峦，名叫娘娘山。这座山的来历，也与军事有关，而且在正史上有着详细记载，可能是中国古代帝王唯一一次御驾亲征到青海的军事行动——隋炀帝西巡。

《资治通鉴》第181卷·《隋纪五》,是这么写的:大业五年(公元609年)三、四月间,隋炀帝率领百官、宫妃及各路大军西巡,途经甘肃,渡过黄河,到达乐都,在这里部署军事,准备进击吐谷浑王国——一个在青海立国长达350年的地方政权,留下了很多故事和传说,对今天的人来说最知名的可能就是"九层妖塔",下文我会为吐谷浑王国专开一章,这里先不展开——带着嫔妃,还要打仗,隋炀帝耀武扬威、好大喜功的心态可见一斑。

五月,隋炀帝到达了大通,并且在这里大宴群臣,算是大战前给文武百官壮行。传说,隋炀帝有一位随行的妃子,非常体恤下情,经常让宫女将药品衣物赏赐给当地百姓,可是由于舟车劳顿、水土不服,这位妃子不幸病逝于大通,隋炀帝下令将她就地安葬于山中一处风景秀丽之地,于是老百姓们就将这座山尊称为了娘娘山。

假如传说是真的,我想这位娘娘的在天之灵,也不愿看到自己魂归之处的青山,还修筑着万里长城——面对这堵墙,她的心情,应该和孟姜女一样。

以女性为主人公的民间传说,如果涉及战争与和平,那么背后隐藏的社会心理,大多是反战的。

历史的烽烟,早已烟消云散。如今,共同生活在达坂山下的汉、回、土等各族人民,和睦而融洽。

说到土族,他们主要聚居在达坂山南麓的西宁市大通回族土族自治县、海东市互助土族自治县和民和回族土族自治县一带。土族的族源问题,至今都还没有定论,有人说,他们就是吐谷浑的后裔,土族的"土"并非土著之意,而是民族称呼。

在互助土族自治县的县城,有一座5A级旅游景区——互助土族故土园。青海是旅游大省,但大而不强,全省的5A级旅游景区并不多。我的印象里,除了这个互助土族故土园,好像就只有青海湖和塔尔寺属于5A。

这其实很好理解,青海的旅游以自然风光为主,而且经济社会发展相对落后,况且又涉及三江源头的生态保护问题,所以旅游基础设施建设和配套水平并不高。这对当地的生态环境来说,显然是好事——越少的人为干扰,越有助于减少破坏——对游客来说,也未尝不是好事,除了限制开放的区域,他们能够触摸到最原生态的自然美景。

互助土族故土园,我就去过一次,我想它之所以能够跟青海湖、塔尔寺平起平坐,可能还是在于民族特色。服饰、语言、歌舞、婚俗、节庆……土族确实历史悠久、自成一派,辨识度极高。而如果你想体验最地道的土族文化,我建议倒未必去什么景区,不妨就找一个土族村落转一转,也会颇有收获。

我就去过不少土族聚居的村落,接触、采访过很多淳朴的土族乡民,慢慢地我发现了一个共同而显著的特点——土族的阿姑,都是巧手的绣娘。过去,土族妇女很少接受教育,打小在家跟着老人学习刺绣,为的就是长大后给自己准备嫁妆。嫁出去后,不是种地养娃,就是缝缝补补——刺绣,是土族妇女一辈子的功课。

土族阿姑在自家炕上缝制绣样

土族传统,婚姻讲究父母之命、媒妁之言,基本都是"说亲",鲜有自由恋爱。我在采访中结识了一位土族阿姑,名字很有意味,叫朱二奴。如今已经接近花甲之年的她,出生在民和回族土族自治县官亭镇的黄河边上。从小到大，朱二奴大门不出、二门不迈，一天学都没有上过，9岁的时候就被订了婚，从此开始绣嫁妆。

16岁的时候，男女两家开始"认亲戚""喝酒盅"，也就是进行结婚前的准备。按照习俗，朱二奴是不能见婆家人的，更不能见自己未来的丈夫，"如果见了，甚至说话，会被认为是很伤风败俗的事情。"

到了婚礼当天，婆家一行人上门来接朱二奴。那是1985年，青海农村结婚迎亲用的还是马。当朱二奴上马时，马突然惊了，牵着缰绳的丈夫，忙冲她喊了一句："抓紧！"——这是夫妻俩之间说的第一句话。

朱二奴穿着自己绣的婚服，带着40多对被套、枕顶、鞋样等嫁妆，跟着素未谋面的丈夫回了家。"绣的花鸟，就像牛舔了身上的毛一样，又光又亮"，朱二奴带去的嫁妆在婆家农村引起了轰动——她在刺绣方面，天赋极高。

阿姑们赶上了好时候。近年来，土族特有的盘绣技艺被评上了国家级非物质文化遗产，手艺不错的绣娘都能得到市场的追捧。这不，过去连斗大的字都不识得一个的朱二奴，如今能说一口流利的普通话，接订单用的是微信，连一对蓝宝石耳坠，都是在捷克参加展会时买的。

民族的就是世界的。土族老祖宗传下的刺绣手艺，如今学习的年轻人越来越多，几乎是"村村搞盘绣，家家弄针线"。在互助土族自治县的卡子村，我还偶遇到一位"绣郎"——"85后"董成宝，一个大老爷们也报名了盘绣培训班，带动全家人脱贫致富——他可能是土族历史上的第一位"绣郎"，当刺绣成为一个致富产业，产业工人又何必分男女？

"我是二月生的，女人过去叫'奴家'，爷爷就给我起了这

董成宝可能是土族历史上第一位"绣郎"

么个名。"朱二奴告诉我。我心里想，现在一定是土族阿姑们历史上社会地位最崇高的时候。

不到西北，不知男人在家庭中的地位之高。

在西安时，我到两位民间艺人家做客，所见所闻惊人地一致：这是两位老汉，一个搞古法造纸，一个打秦汉战鼓，都是农村里的能人，在家里也是说一不二"掌柜的"——媳妇如此尊称他们。客来了，女人们是不能上桌的，只在厨房忙活；到了饭点，媳妇、儿媳妇低眉顺眼地把臊子面、米皮端上桌，然后就又乖乖回了厨房。当然有例外——倘若儿子或孙子回来了，那桌子上是必然可以多添一双筷子的。

不知道，平日里是否也如此。但起码来客时，男人和女人都在向客人呈现出一种他们认为应该呈现的状态。

这种现象，到了青海农村尤甚。我一登门，土族阿姑们就不自觉地往厨房或者卧室里钻——她们不知道，我想采访的主人公，就是巧手的绣娘。一番口舌，好歹把她们请回了客厅的沙发上，往往只是羞怯地笑，不爱言语，何况大多也不会讲普通话。像朱二奴这样见过世面的，还是太少。倒是"80后""90后"的年轻一代，落落大方，没有老一辈的条条框框——她们上过学，出过家门，参与了社会分工，用劳动换来了收入和尊重。从这个意义来理解，刺绣产业彻底改变了土族阿姑们千百年来的命运——发展，只有发展，才是硬道理。

苏晓莉的故事，又与阿姑们不同。

她是回族，家里六个兄弟姊妹，五个都是姑娘。13岁，跟着父母从农村迁进互助县城后，一个字都不识的她才开始读小学。成年后，招工到水泥厂，扛着铁锹在一线当工人。厂里上了个新机器，结果轴承坏了，一停产就是半个月，急得厂长团团转。苏晓莉问厂长，为啥不换个轴承？厂长说，手头没钱。她乐了，"拿咱的库存水泥去置换一个不就得了！"厂长一听，发现她头脑活络，第二天就让她干起了销售员，第三天就把问题解决了。脑袋灵、口才好，苏晓莉很快就当上了销售科科长。

20世纪90年代末，国企不景气，水泥厂也回天乏术，朋友劝苏晓莉调到事业单位，铁饭碗旱涝保收。一听事业单位月工资才三千元，她又乐了，"一天挣三千块还差不多！"她辞了职，下海经商。干什么买卖好呢？想起自己跑销售时，整一身像样的衣服都得去西宁买，她于是在互助县城经营起了服装生意，积累下了家底。

新世纪第二个十年，电商火了，实体店不得不转型。2012年，苏晓莉去法国旅游时，随手带了几个土族盘绣的小挂件，没想到外国人爱不释手，"你有多少我都买！"敏锐捕捉到商机的苏晓莉，回国后立即开始布局：销售出身的她，没有急于搞生产，而是花了三年时间做渠道，先打通全省旅游景区的旅游纪念品市场，然后向高端酒店、会展布局，在全国建起了20多个代销点和4个海外代销点——同一时期，意识到民族刺绣市场潜力

在文创产品展厅，苏晓莉展示土族盘绣最经典的太阳花造型

的人不少，但像苏晓莉一样能发展到现在、发展得挺好的寥寥，因为只有她是先铺渠道打市场——三年后，等销售链条成熟后，苏晓莉这才开始广招绣娘、创制新品、扩大生产。

如今，互助土族自治县就有2000多位绣娘成为苏晓莉公司的产业工人，公司设计研发的新式土族盘绣产品就有200多种——一位回族女老板，带着几千名土族阿姑闯市场，曾经民风守旧的青海农村，如今少数民族女同胞也能顶半边天。甚至，大半个天。

苏晓莉不懂针线，却能成为绣娘们的领头人，还当上了青海省刺绣行业协会会长——市场有它的规律，我们的政府不仅要大力培养绣娘，还应该培育更多像苏晓莉一样懂市场、会经营、善管理的企业家，这将为少数民族女性开辟一片新天地。

话说两端，凡事皆有利弊。古老的高原大地上，市场经济的浪潮带来了变革，也带来了挑战。

青稞酒，香飘青海古今。在河湟谷地，早就流传着对青稞进行土法酿造的酩馏酒技艺。明朝时期，又有山西籍商人在互助县的威远镇融合创新出"威远烧酒"，这里便成为远近驰名的青稞酒之乡，到解放前曾汇集着八大作坊，其中就包括今天的全国青稞酒行业领军品牌——天佑德。

这里，我却想给大家介绍一个并不知名的小众品牌，一个不折不扣的老酒作坊——慕家村酩馏。

它位于西宁市湟中区拦隆口镇一个叫作慕家沟的小山坳上，距离大通县很近，也在达坂山南麓。"老"，说的是青海省商务厅给它评了个"青海老字号"，认定历史有300多年。"酒"是酩馏酒，顾名思义，就是把发酵过后的青稞再蒸馏一下而已，属于原始的土法酿酒。"作坊"，说的是慕家村酩馏时至今日仍然坚持手工酿造、家族管理，从生产方式和管理模式来看，和解放前的传统酒作坊并没有什么两样。

64岁的慕荣，是这个作坊的第九代传人。我很好奇，中国很多名酒都诞生于河谷地带，而慕家村铭馏为何却是在山头上酿酒？慕荣带我到作坊里揭晓了秘诀：其一，山顶有口古井，古井里有眼泉水，用这眼泉水酿出来的酒，就是比别处的口味好；其二，慕家祖传的一个酒醅秘方，是慕家人的命根子，从来传男不传女。

有这两个秘诀，300多年来，让偏处深山的老酒作坊，酒香不怕巷子深。然而，到了市场经济快速发展的今天，过去的优势反而都变成了劣势。

生产方面，泉水有限、手工酿造，都严重制约着产能。如今，慕家村酩馏的年产量只有50吨，还要窖藏一部分，每年可供销售的酒只有可怜兮兮的35吨。管理方面，作为大哥的慕荣，是当年老父亲临终前在五个儿女中指定的唯一传人，酿酒是一把好手，但性格天生内向，不擅长迎来送往。前些年，慕家村酩馏的发展一度陷入困境，传了300多年的老字号，跟不上市场的步伐，快要活不下去了。

危难之际，慕家的五个兄弟姊妹一商量，小妹慕兰挺身而出，在西宁从事妇产科大夫的她，辞去了工作，返回老家农村的山坳，成为家酒作坊300多年来的第一位女当家。

慕兰跟苏晓莉很像，她并不懂酒，也没有企业管理的经验，但她性格泼辣，而且酒量惊人，一斤半青稞酒不在话下，交游广、朋友多、视野开阔。面对产能有限、产品单一的问题，她给老字号探出了新路子：成立饮食文化公司，在慕家沟打造乡村旅游、餐饮住宿、文化体验等多种经营，围绕老字号做文章，不断提升品牌附加值，卖酒如今只占到他们总收入的四成。

慕兰酒量惊人、思路活络，搞经营也有一套

但是有一个底线不能碰：坚决不上机器化生产线，不盲目扩大酒业生产规模，继续坚持手工制作、土法酿造。

"酒是'1'，其他都是'0'，酒的口味坏了，一切都坏了。"年过花甲的慕荣，如今还是天天守在作坊里品酒，每天都处于微醺的状态，"隔十分钟就得尝一次，要保证每一滴酒的品质。"

还有一个规矩不能破：慕荣有个儿子叫慕生沓，也就是慕兰的侄子。"我虽然是家族的第一个女当家，但按照传统，家业将来还是得传给我侄子。"慕兰悄悄告诉我，祖传的酒醅秘方，只有慕荣、慕兰和慕生沓掌握，慕兰连自己的老公、孩子都绝对保密，"一切为了把祖宗的老字号守下去、传下去。"

守旧与创新，慕家村酩馏就是这样一个复杂的矛盾体。不求新求变，老字号恐怕早就被市场淘汰了；可如果有些传统不坚守，老字号也就变了味——生命力有多长，市场会给出评判。

应该说，青海农村相对闭塞保守的环境，反而成全了慕家村酩馏。如果搁到内地，市场化的巨轮，恐怕会把它碾压到渣都不剩。

也是"传统"成就了慕兰，让酒量奇大的她得以发挥"一技之长"——在青海农村，来客人的时候，女人虽然不上桌吃饭，却有给客人敬酒的习俗，如果能让客人多喝几杯，她的男人会觉得很有面子。所以，青海的女性往往酒量不俗，甚有个别能喝两三斤青稞酒者（青稞酒偏低度，不似内地白酒多次蒸馏），"饮如长鲸吸百川"。给大家提个醒：如果遇到来自青海的女性朋友在酒桌上端起杯子，那你可不要轻易挑战她。

"传统"之为物，有时让你如鱼得水，有时又令你无可奈何。慕生沓的媳妇怀了双胞胎，本来是大喜事，可他心里却有点儿惴惴不安——作为家酒作坊未来的接班人，他如果想把老字号传下去，那么还得坚持传男不传女，也就是说他的下一代里必须有男娃。"我跟媳妇商量过了，如果双胞胎都是女娃，那就继续生，直到生下个男娃为止。"慕生沓对我坦言，语气中充满无奈。

所幸，结果皆大欢喜——双胞胎生了，两个都是男娃。产房外，当慕生沓听到这个消息时，性格内向如父的他，第一反应是直接蹦了起来。

生而为人不易，生而为女人更难。像朱二奴、苏晓莉、慕兰这样坚韧自强的女性，我在青海农村遇到过不少。每每回想起来，就觉得她们的身影，比达坂山还高。

吐谷浑末代王孙，是慕容复的原型

金庸是一位历史感很强的小说家。

丘处机拿"靖康耻"给郭杨起名字、蒙哥大汗身死襄阳城下、朱元璋是明教中人……这些历史与虚构真假参半的段落，想必大家早就耳熟能详。

我讲一个自己实地考证过的：王重阳与全真派。

王重阳，历史上确有其人，而且是一个极具个性之人：他的祖籍是陕西咸阳，年轻时喜欢游侠四方、打抱不平，中年后又想当政府的公务员，仕途上求进步，可惜这文武两条路都没有走通，于是看破红尘，索性去当了个道士。

当道士，他也不走寻常路：已经48岁的他，在今天西安市鄠邑区的终南山下偶遇仙人指点，传了妙法。为了潜心修炼，王重阳就挖了一个地洞，自己住到里头，一住就是三年。他还把这个地洞命名为"活死人墓"，并且题了一首诗："活死人兮活死人，活中得死是良因。墓中闲寂真虚静，隔断凡间世上尘。"三年后，他闭关功成、走出地洞，开始在附近布道传教——墓里的活死人出关了，如此爆炸性的新闻，他想不火都不行。

他布的道，后来成为道教主要派别之一的全真派；他收过七大弟子，被称为全真七子；他挖的"活死人墓"上，如今建起了成道宫，所在地也得名成道宫村；村外两里地，是他最早传教的地方，后来建起了恢弘的重阳宫，现在已是全真祖庭、全国重点文物，香火颇盛；以重阳宫为中心的这片土地，如今得名祖庵镇。

重阳宫里有一片碑林，也被列为全国重点文物，因为极其罕见：元代皇帝亲敕的圣旨碑，而且是用蒙古八思巴文与汉文对照合刻的——我第一次见到这些圣旨碑时，蓦然发觉蒙古八思巴文很像藏文——可不是，蒙古八思巴文就是由忽必烈的国师、藏传佛教萨迦派祖师八思巴创制的，脱胎于藏文字母，曾是元代的官方文字，后来随着蒙元帝国的消亡而失传。重阳宫碑林，是蒙古八思巴文仅存的实物资料。

如此看来，王重阳实在是个了不起的人。他追求自我——游侠、当官、做道士；他善于包装——得仙人妙法、挖"活死人墓"；他懂得造势——闭关三年、写诗传世；他知道进退——与政府保持良好关系，工作做到了皇帝那里。

这么说来，金庸是个更了不起的人。妇孺皆知全真派、无人不晓王重阳——他用天马行空的笔法，让普罗大众记住了那段本会被遗忘的历史，何其大哉！

从境界上看，武侠作家有两类：金庸，和其他人。

说到正题。看过《天龙八部》的朋友，想必都记得"南慕容北乔峰"这句话。姑苏慕容复，既是可恨之人，也有可怜之处。我到青海后才发现：原来慕容复也有历史原型，他是慕容鲜卑在青海建立的吐谷浑王国的末代王孙。

乱世史一般比治世史好看。读《资治通鉴》，我最爱读两晋南北朝这一段，常有一唱三叹之感。大家都知道当时少数民族入主中原：匈奴、鲜卑、羯、氐、羌。其中的鲜卑族，就包括拓跋、慕容、宇文等好几大部落。

拓跋部落里的一支，当时就辗转来到了河湟谷地，在西宁和海东建立了南凉政权。这一支的姓氏很有意思，叫"秃发"，几个国王的名字都是"秃发某某"。难道他们都是秃顶不成？专家考证，"秃发"应该是"拓跋"的变音，而且多少带有点儿贬义。

当时中国的北方，先后出现了16个割据政权，被历史称为十六国时期，你打我来我打你，战火纷飞，民不聊生。生逢乱世，南凉政权存在短短 18 年就覆灭了，如今只在西宁市的中心城区留下了一个当年阅兵时筑起的土台子，叫虎台遗址，有 30 米高。

与它相比，另一个鲜卑族在青海建立的政权就很长寿——慕容部落的一支建立的吐谷浑王国，有国 350 年，是中国历史上存在时间最长的一个地方政权。

慕容部落有个首领，生了两个儿子。老大是小妾生的，身份很低，名叫慕容吐谷浑。老二是正妻生的，身份高贵，老父亲死后成了部落的新首领。

很快，兄弟俩闹起了矛盾，老大一气之下，带着自己人脱离了部落，向着西南方迁徙游牧。后来，这一支来到青海定居下来，为了纪念始祖，便将王国的名字定为吐谷浑，先后传了二十二代王，有些王很有故事。

比如，第六代王叫阿柴，远在青海的他，曾派遣一个大规模使团，辗转跋涉三千里来到今天的南京，和当时的刘宋王朝建立了政治往来。史书上把阿柴的动机写得很浪漫，说有一次他带着群臣登山，问大臣们山脚下的河会流到哪里，大臣说河流无论大小都会流入东海。阿柴很感慨，他说连河流都知道百川入海，像我们这样远居塞外的草原王国，也应该与中原正统王朝建立联系，于是便派出了使团。

其实，政治家眼里首先是利益。当时的吐谷浑与刘宋王朝之间，隔着强大的西秦，对吐谷浑是潜在的威胁。阿柴不远千里去跟刘宋王朝套近乎，不过是远交近攻的那套政治逻辑。

后来，阿柴得了病，将不久于人世。他有很多弟弟和儿子，他担心人心不齐、发生内乱，于是把大家叫到一起，叫人先把一支箭折断，当然很容易，然后又让这个人折二十支箭，自然折不断，阿柴便告诫大家团结才是力量——众人皆知的这个典故，就是这位吐谷浑王贡献的，写进了《资治通鉴》。

过了100年，到第十八代王夸吕时，吐谷浑的国力达到了顶峰。夸吕在青海湖的西岸建起了一座王国的都城，名为伏俟城——伏俟（发"寺"的音）是鲜卑语，意思为王者。伏俟城南北长1400米，东西长700米，占地面积比北京故宫还大，而且城里还有一个内城，是上层统治者居住的地方。只是可惜，在岁月的侵蚀下，这座古城如今只留下些残破的夯土墙。遥想1000多年前，偌大的青海湖边，伫立着这样一座王者之城，那是何等气象。

在今天的陕西省靖边县，有一座白色城墙的古城，那是在历史上叱咤风云的匈奴族留下的唯一一座都城遗址，建设者是鼎鼎大名的赫连勃勃，都城的名字十分霸气：统万城。统万城的建设年代，略早于伏俟城，我在2014年的时候去过一次，那时的统万城已经被毛乌素沙漠的风沙吹刮得千疮百孔，早不复当年的雄风，而且没有像样的保护措施，任凭自然气候和人为活动侵蚀着古城的面貌。听说近几年，当地已经启动保护和展示工程，希望有机会再去时，能够看到一番新面目。

一个是陕西与内蒙古交界处、毛乌素沙漠边缘的匈奴首都，一个是高原之上、青海湖畔的鲜卑古城，时代相近的统万城与伏俟城有着共同的特点：随着游牧民族政权退出历史舞台，它们的足印也湮灭在岁月的风尘中，遗物甚少，遗迹难存。

原因我想有两个方面：其一，游牧民族的政权大多建立在大漠和草原，当地的自然气候，令建筑物易受风化、雨蚀，难以较好地保存；其二，更主要的是，游牧民族习惯了居无定所，无论是有形的器物、建筑，还是无形的文字和语言，都不注重保存和传承。一旦发生政权更迭等变故，一个民族的历史就容易中断。后人整理他们的历史时，发现实物资料是残缺不全的，比如这两座荒城，至于文献资料更是少得可怜，而且还跟许多神话传说杂糅在一起，令人真假难辨，不明所以。

反过来，我们也可以这样理解：这些游牧民族政权在人类历史长河上的昙花一现，是不是也跟他们不注重历史的积累有关系？

一个家庭讲究家风的传承，子孙后代就往往有出息。一个民族如果连自己的历史和痕迹都不注重保存和传承，那么又如何从中汲取兴衰得失的经验教训？对历史短视的民族，历史往往不会长。

有人可能觉得奇怪：一个有国350年、寿命最长的地方政权吐谷浑，为啥没有太大的名气？

因为它从未站到过舞台的中央，连聚光灯都不曾照到。

两晋南北朝时期，吐谷浑就一直在青海地区"岁月静好"，从未参与群雄逐鹿。打得你死我活的群雄，也就压根没工夫去管吐谷浑，所以吐谷浑得以偏安数百年。像统万城的赫连勃勃，也曾问鼎中原，打遍天下无敌手，只是其兴也勃焉，其亡也忽焉，赫连勃勃一死，立即江山易主。偏安高原，对吐谷浑也是好事，如果觊觎中原，恐怕早被灭了。

可随着隋、唐大一统王朝的建立，吐谷浑的好日子到了头。先是隋炀帝西巡，把吐谷浑打得元气大伤，刚建好不久的伏俟城，也被隋朝占领了，吓得吐谷浑王一路从青海湖跑到了阿尼玛卿雪山——也许，对游牧民族来说，建造一座都城目标太大、不易机动，游击主义可能就是草原王国的宿命。比隋朝更强盛的唐朝建立了，吐谷浑更是吃不了兜着走。

怎么办？吐谷浑想到了联姻的老法子。

隋文帝的时候，吐谷浑王上表称藩，隋朝将宗室女光化公主嫁了过去。到了唐太宗，又把宗室女弘化公主嫁给了吐谷浑王。这位王叫诺曷钵，还亲自到长安来迎亲——他的父亲，曾作为人质久居长安，早就没了游牧民族的遗风，反而喜爱中原文化，到了诺曷钵这一代，吐谷浑已经完全成为唐朝的属国，就连诺曷钵本人都是在唐朝的武力支持下才得以继位的。

娘家有钱有势，弘化公主也能在家里说了算。出嫁吐谷浑12年后，她想回娘家看看，诺曷钵就真陪着她一道去了长安。唐朝一共有15位远嫁边疆地区的公主，弘化公主是唯一一位回过长安省亲的。后来，文成公主远嫁吐蕃，路过河湟谷地的时候，还受到了诺曷钵和弘化公主的隆重接待，一团和气，其乐融融。

这一幕，成为草原王国最后的余晖——短短20年后，强势崛起的吐蕃，对吐谷浑大举进攻。诺曷钵丢盔卸甲，带着弘化公主和部众逃到了唐朝境内的凉州、今天的甘肃武威，吐谷浑全境被吐蕃占领。

一个失去了尚武之风、在大国屏藩下苟延残喘的游牧民族，一个爱慕中原文化、对"上国公主"恩爱有加的草原王国君主，走到这一步，恐怕是注定的。

吐谷浑败亡，对唐朝也是一个沉重的打击——它失去了过渡地带，将在未来两百年直面吐蕃的威胁。

名将薛仁贵，被派去收复吐谷浑。在今天的青海省兴海县，唐军全军覆没，连薛仁贵都被俘虏。吐谷浑复国的希望彻底破灭，诺曷钵作为吐谷浑的末代国王被记入了史册——天意如此。

可诺曷钵和弘化公主该怎么安置呢？

唐朝没有嫌弃他们，反而给予了高规格的礼遇：吐谷浑灭国了，但慕容王室的规格还是得有，再怎么说也是咱女儿女婿，于是册封诺曷钵为"青海国王"，说不定有朝一日卷土重来呢？同时，还把他带来的数千帐部众安置到了有塞上江南美誉的宁夏银川、吴忠、中卫一带，而且让诺曷钵做了当地的刺史。这支从辽东的白山黑水间出发的慕容鲜卑部落，兜兜转转数百年，历尽辉煌与坎坷，最终归宿于贺兰山下的黄河边。

诺曷钵死后，他的儿子世袭为"青海国王"。这个名不副实的封号，后来又传了四代，最后一代就叫作慕容复。《新唐书》里这样记载："慕容复死，停袭。吐谷浑有国三百五十年，及此封嗣绝矣。"

《天龙八部》里那个同名的角色，不知纯属巧合，还是确有出处。如确有出处，那原型必在此。金庸先生乃史学大家，信手拈来个名字，就是350年的尺度。

单名一个"复"字，不知道这位"青海国王"是否有志于复兴吐谷浑的大业？所谓"停袭"，不过是史书上的漂亮说法，其实就是唐王朝褫夺了慕容后裔的王室地位，估计是彻底对吐谷浑复国死了心。

这位名字叫复的慕容公子，恰恰成了吐谷浑王脉的终结者，历史就是这么讽刺。那时，已是公元9世纪初，距离吐谷浑灭国已过去了100多年，而他们的世仇吐蕃也已步入崩溃的前夕；至于曾经强盛的唐帝国，早已被安史之乱、藩镇割据折腾得日薄西山，再无心供养吐谷浑的徒子徒孙。

最后，说两句闲话。

唐代以后,吐谷浑在历史上逐渐销声匿迹。如今被人提起时，多半跟盗墓小说有关——今天青海省海西蒙古族藏族自治州的都兰县热水乡，1982年青海省文物考古队到这里进行田野调查时，意外发现了大大小小200余座墓葬群，其中有一座规模最大的血渭一号大墓，就是名声在外的"九层妖塔"。

我特地去探访过一回，从县城过去跑了很长的路。当地传说，大墓修建时，用一层柏木夹一层石头，层层叠起，共有九层，故而得名。在现场，却看不出来这些门道，只见到两层的封土堆。倒是大墓后面的山峦，神似一只展翅飞翔的巨鹰，而大墓恰恰位于鹰喙的位置，选址十分讲究。

都兰县的朋友告诉我，这座大墓背后的山叫热水大山，它面对的河叫察汗乌苏河，背山面河，风水极佳。确实，大墓坐落在自然山丘上，高出地面30多米，其中封土堆高11米，远望就像城阙一样雄伟壮观，也有人管这里叫"高原金字塔"。

传说中的九层妖塔，后面的山峦如雄鹰展翅，大墓就正对鹰喙

神秘的古墓，招来过不速之客的觊觎。

2017年冬天，当地的不法分子与外省团伙勾结，对血渭一号大墓进行了盗掘。他们昼伏夜出，每天晚上8点一起乘车出发，两个小时后到达大墓，一直挖到次日凌晨三四点才返回。挖了几个晚上，这个盗墓团伙最终盗得文物646件，其中金子就多达4公斤，还有大量的绿松石。

这批被盗的文物恐怕已经不能用"价值连城"来形容。盗墓团伙中有的人是惯犯，他们之前就曾在血渭一号大墓打过一点儿秋风，盗出口径15厘米的金属材质碗一个、指甲盖大小的50余克带花纹金片——仅仅这一点儿文物，就变卖了20余万元。646件文物，价值得有多少？天网恢恢疏而不漏，这个盗墓团伙还没来得及将文物出手，就上了公安部的A级通缉令，很快被一网打尽，文物也被全部追缴。

而文物的主人，至今仍是个谜。大墓的年代，是吐蕃已经占领吐谷浑之后。且不说那些金银珠宝，就说墓葬里出土过一顶王冠，其做工之奢华精美，显然是级别很高的人所有。是吐蕃的王吗？未必，他们不该葬在青海。是吐谷浑的王吗？吐蕃占领吐谷浑后，仍然有很多吐谷浑的部众留在了故地，成为吐蕃臣民，有这个可能性。

惜墨如金的游牧民族，那神秘的历史，总是让后人猜来猜去。

河湟伽蓝记

故事，从一座隐秘的寺庙、一场艰难的寻访说起。

丹斗寺，相信很多人从未听说过。不知名，一个原因就是它的位置太隐秘了。

它位于青海的河湟谷地，南边是循化县城和黄河，直线距

丹斗寺就藏在僻远幽深的山谷间

离不过几公里，中间就隔着一座山。但这座山，是著名的积石山，巨石纵横、山体陡峻、落差极大，尽管咫尺之遥，丹斗寺与循化县城却是不通路的。

因此只能由北边到达丹斗寺：从西宁出发，先走一个小时高速，再走半个小时国道，到达海东市化隆回族自治县，然后再走一个半小时的省道，需要翻过三座山，沿途的山路破损严重，很多已经没有柏油硬化路面，只剩砂石路，颠簸难行，尘土漫天。到达化隆县的金源藏族乡后，还得再走半个小时的乡村道路，这已是完完全全的土路了，再翻过一座大山，丹斗寺就藏在幽深的山谷里，大经堂的位置就在道路的尽头——180公里的路，要走4个小时，何等艰难的寻访！

离它最近的村庄都隔着一座山，山谷里更是没有人烟，丹斗寺完全处于一种与世隔绝的隐秘状态。如果把观察的尺度再放大，它的位置，是两省（青海、甘肃）四县（化隆、循化、民和、永靖）的交界处，不仅交通设施落后，而且人口稀少，信众们上个香都得翻山越岭——到底是什么原因，让丹斗寺选址在这里？

难道就是为了与世隔绝、静心修持？

不。选址于此，正体现着丹斗寺建寺之初的苦心——为了给遭逢灭顶之灾的藏传佛教留下香火。唐朝与吐蕃，是公元7世纪前半叶，东亚大陆上几乎同时崛起的两大王朝。碰撞、冲突、交流、融合，文明在这个过程中彼此成就，迸发出最灿烂的火花。

巧合的是，200年后，两大王朝也同频共振地走向了衰落——这种双雄对角戏式的登台与落幕，在世界历史上也不少见。

吐蕃王朝退场更早一点儿，直接导火索就是王朝最后一任赞普朗达玛的灭佛事件。他们封闭寺院、

丹斗寺大经堂

捣毁佛像、焚烧佛经、裁汰僧尼，吐蕃佛教受到了毁灭性的打击。

为了避祸，9世纪中叶，西藏的僧侣藏绕赛、约格迥和马尔释迦牟尼三人，带着经书先逃到了阿里地区，然后又辗转到新疆南部，最后走到青海，落脚在丹斗地方——可以想见，选择在这交通不便、环境僻远的两省四县交界处传法，显然是为了避人耳目——这三人，在艰险中保存了星星之火，被后世尊称为三贤哲。

火种需要传薪者。在三贤哲的晚年，他们剃度了一个当地的牧童作为弟子。这个牧童出身低微，但天资聪颖，他继承了三贤哲的衣钵，并且创建了丹斗寺，授徒弘法。

到了10世纪中后叶，此时距离灭佛事件、三贤哲逃出西藏已有百年之久。西藏一些地区的领主，又想重新发展佛教。而此时，三贤哲早已作古，他们收的那个牧童徒弟成了年高德劭的名僧，被人们尊称为"贡巴饶赛"（意思是明白佛教的教理教义）。于是，西藏的领主们就派人不远千里寻访到了丹斗寺，向贡巴饶赛学习三贤哲当年逃出吐蕃时保存下来的佛教经典。学成后，这些人返回西藏大力弘传，为藏传佛教的复兴提供了重要支持。

历史上，就把灭佛事件以前的时期称为佛教在西藏发展的"前弘期"，把佛教再度复兴称为"后弘期"。后弘期的弘传来源有多支，其中护法的三贤哲、传法的贡巴饶赛、学法的藏地后人间薪火相传的故事，颇为曲折而传奇——如此说来，丹斗寺曾是存放火种之地。

公元975年，完成承上启下历史使命的贡巴饶赛圆寂了。

他圆寂的地方，不在丹斗寺，而在位于今天海东市互助土族自治县的白马寺。

白马寺背靠一座天然的巨型红土山，山岩近90度角垂直于

镶嵌在赤岭间的白马寺

地面,是一片红色的悬崖,寺庙就"镶嵌"在悬崖间,颇得地势之雄奇。走上白马寺,向南眺望,山下便是湟水河,车水马龙的京藏高速桥跨河而过,高速桥的南边是青藏铁路,再南边便是海东市平安区的主城区,高楼林立。据说贡巴饶赛圆寂后,肉身就存于白马寺后天然巨岩的石窟中,今已不存。

可见,从丹斗寺到白马寺,从僻远深山、隐秘之所,到交通要道、闹市之侧,贡巴饶赛比他三位老师的处境,要改善了很多。潜心修炼,怀着出世心,最好遗世独立;布道传教,乃是入世事,还需大隐于市。

说到白马寺,相信大家第一反应肯定是洛阳的那座。其实全国同名的寺庙还有不少,海东的这座也是其中之一。关于名字的来历,有说是三世达赖途经此地,坐骑死去,于是塑白马于寺,乃得名。有说是贡巴饶赛创建此寺,有着承上启下的作用,历史意义相当于洛阳的白马驮经、佛法西来,于是得名。

我喜欢后一种解释。

今天的丹斗寺、白马寺,规模都极小,各只有几间建筑而已。

站在白马寺前，眺望西南方的群山，遥想当年三贤哲带着经书从青藏高原历尽千辛万苦远涉河湟谷地，那是怀着一种怎样的宗教精神？而一个小牧童成了传递薪火的大宗师，令教法义理不绝于缕，这难道不是冥冥中的因缘际会？山不在高、寺不在大，丹斗、白马的故事写在历史上。

其实，河湟谷地的佛教传播史，比这还要早得多。

今天西宁市的北山上，有一座北禅寺，也是建在悬崖之间，寺内有九窟十八洞，洞内大多是佛教壁画。据专家考证，其中有一部分是北魏以前的壁画。也就是说，北禅寺的修建不会晚于公元4世纪——这应当是河湟谷地佛教传入的最早时间。

如今的北禅寺，还有一个别名叫土楼观。因为清代的时候，这里曾改为道教庙宇，可谓佛道合一。与北山隔城相望的西宁市南山上，坐落着一座南禅寺，是汉传佛教净土宗寺院，旁边有一座法幢寺，是汉传佛教比丘尼寺院。两座寺院的佛殿建筑都是明清风格的，而佛殿里的造像、器物，又与藏传佛教有类

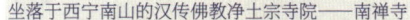

坐落于西宁南山的汉传佛教净土宗寺院——南禅寺

似之处。两座寺院间有一条小路，可以一直攀上南山顶，山顶的南麓，又有一处伊斯兰教拱北，是始建于元代的先贤陵园——河湟谷地多元文化的并存共生，可见一斑。

西宁老城里，还有两座在历史上地位崇高、如今藏在闹市街巷之中不为外人所知的藏传佛教寺庙。

一座是靠近西门、教场街上的大佛寺。它坐北朝南，但从街上是完全看不到佛寺的，必须由一个挂着牌子的小门进入，拐进一条东西向的又窄又短的小巷，巷子两侧是非常老式的居民楼，就在楼的包围里，你会蓦然发现，一栋佛殿竟然伫立在眼前。那就是只有一座主殿的大佛寺。寺院墙的那一边，就是青海省政府。

据说，大佛寺始建于宋元时期，供奉的是三贤哲，现在亦如是。其后，明、清、民国历代又曾多次整修。特别是在民国时，据记载大佛寺的占地面积一度达到30多亩，这对当时被城墙包裹着的西宁老城来说，算是非常奢侈了。其中三层的大殿，是空心楼阁、雕梁画栋，堪称老城里最雄伟的建筑。后来，大佛寺还成了班禅在西宁的办事处。1951年，中央特派习仲勋同志到青海，在大佛寺举行了欢送十世班禅返藏的仪式。

另一座是位于老城东南、宏觉寺街上的宗喀大慈宏觉寺。街道以寺庙之名来命名，可见其历史之悠久。不过这座寺也并不是那么好找——整条街不过500米长，街的北边挂着寺庙名的小牌子，走进去，是一个印刷工厂，再往里走，一座高数层的佛殿就藏在楼宇里面。

据记载，明代永乐年间，这里被敕封为宏觉寺。后来，寺主还曾赴西安主持重建荐福寺（小雁塔就在该寺）事宜。清代，这里成为蒙藏高僧和地方官员商谈重大政教事务的场所。后来，习仲勋同志为十世班禅赴藏送行，还曾在这里与十世班禅商讨过相关事宜。

这些宋元时期乃至年代更久远的寺庙，都曾在历史上风光一时，冠盖一方。然而，到了公元14世纪的元明之交，更多时至今日如雷贯耳的名寺，后起于河湟谷地。

后起源于一个人。

从海东市平安区向南，拉脊山脉的北麓，有一座夏宗寺。1359年，西藏僧人、噶玛噶举派四世活佛若白多杰受到元顺帝召请，进京途中路过此地。有一位当地官员，带着自己年仅3岁的儿子来到夏宗寺和活佛相见，并请活佛对儿子授了近事戒。

过了四年，在黄河北岸的一座高山上，这个已经7岁的孩子被家人送到了一座创建不过15年的噶当派寺庙，并在这里受了沙弥戒、学习了九年的佛法，奠定了一生受益的坚实基础——这座寺庙，就是今天位于化隆县查甫藏族乡的夏琼寺。

想到夏琼寺，需要行走一条建在群山山脊之上的羊肠小道，道路两侧都是山崖。夏琼寺就在路的尽头，寺外便是悬崖，九曲黄河从山下蜿蜒流过，可以极目黄河河谷的壮阔。寺门，伫立着一座巨型塑像——纪念的正是在夏琼寺受戒修行的那个7岁孩子、藏传佛教格鲁派创立者宗喀巴——1372年，16岁的宗喀巴完成了夏琼寺的修行，从这里出发，前往西藏进一步深造，走向了佛教理论家之路。

赴藏六年后，宗喀巴的母亲思儿心切，让人给他捎去了一

夏琼寺位于峭壁之上，悬崖下便是九曲黄河

夏琼寺寺门伫立着宗喀巴塑像

束白发和一封信,要宗喀巴回家一晤。宗喀巴接到信后,为潜心修佛而决意不返,并且给母亲和姐姐各捎去自画像和狮子吼佛像一幅,并且写信说:"如果能在我出生的地点,用十万狮子吼佛像和菩提树为胎藏修建一座佛塔,就如同与我见面一样。"

塔尔寺一角

于是第二年,也就是明洪武十二年、公元1379年,宗喀巴的母亲在信徒们的支持下建塔,取名"莲聚塔"。后来,以塔为中心,陆续建起了大量的佛殿,规模不断扩大。这座在宗喀巴诞生地建起的寺院,缘起于塔,而后有寺,它就是如今藏传佛教格鲁派六大丛林之一的塔尔寺。

在这里出生、在夏宗寺和夏琼寺受戒学习的宗喀巴,一手创立的格鲁派虽然是藏传佛教中最后出现的教派,却逐步占据了藏传佛教的主导地位,其深远影响一直延续到今天。

与塔尔寺几乎同时期,1392年,我国西北地区至今保存最为完整的明代寺院建筑,也在河湟谷地、今天海东市乐都区的南山间兴建起来。

它背山面河,采用的是汉式庙宇形制,全寺由前、中、后三进院落组成,并坐落在一条中轴线上,中轴线之上布局着数座大型宫殿式建筑,最大的隆国殿,两翼有呈向上朝拱之势的斜廊,还有大钟楼、大鼓楼对峙左右,明显仿自北京故宫相关建筑的布局——这也让这座寺院有了"小故宫"之称——明朝初年的四位皇帝,先后下了7道谕敕,派太监率工匠历时36年

瞿昙寺隆国殿,形制与故宫有异曲同工之妙

才将此寺修建完成,寺名是明太祖朱元璋早早就赐过的:瞿昙。

瞿昙,是佛祖释迦牟尼的姓。从寺名,足见此寺当时地位之隆。

今天的瞿昙寺,整体建筑保存依然完好,鲜明、古雅而恢宏的汉式寺庙形制令其在青海独树一帜。尤其为人珍视的是瞿昙寺内左右回廊间大约四百平方米的巨幅彩色壁画。这些壁画主要绘的是佛教传说,如《叨利天众迎佛升天宫图》《善明菩萨在无忧树下降生》《净饭王新城七宝衣履太子体》等,形象生动、技法高超、色彩鲜艳、保存较好,是难得一见的珍品。

瞿昙寺回廊里的巨幅彩色壁画

古寺钟楼上，有一口明宣德二年御赐的青铜巨钟，钟声悠扬洪亮，令当地传下一句"瞿昙钟响，巴燕马惊"的民谣。瞿昙寺所在的海东市乐都区瞿昙镇，南边与化隆回族自治县驻地巴燕镇毗邻，古寺钟声远远地惊动了巴燕的马，这句民谣用一种夸张的说法道出了瞿昙寺的影响之大。

上述这些河湟谷地的名寺，集中涌现于元明之交的14世纪，并不是偶然的。元代一直对藏传佛教采取推崇扶持的政策，而明代出于对地方怀柔的需要，也对藏传佛教各派采取了"众建多封"的政策，最著者便是瞿昙寺。这些后起之秀的影响力，逐渐超过了前代的古刹，直到今天仍然是青海佛教文化的符号与象征。

元末以降，明清时期，又有不少藏传佛教寺庙曾兴盛于河湟谷地间。

从白马寺往北车行40分钟，山谷间有一座坐北朝南的寺院——佑宁寺。此寺始建于明代万历年间，历史上曾规模甚大、属寺甚多，号称"湟水北岸诸寺之母"。后来遭受兵燹，盛况不及以往。如今的佑宁寺得到了一定程度的修复，庙宇依山而建，层层叠叠，规模虽不比曾经，但仍可称得上宏大，山崖上还有数座密宗修行庙宇，游人也可一观。

佑宁寺所在的互助土族自治县，土族群众亦广泛信仰藏传佛教。该寺历史上名僧、学者辈出，出现过许多土族的高僧大德，历来被土族人民奉为圣地。寺庙四周的山峦雄伟壮观，林木茂密，山下河谷地带地势平坦、土壤肥沃，居住着民风淳朴的土族同胞，使宗教寺庙、山水景致与土乡风情融为一体。加之交通十分便捷，颇得山川形胜、人文化育的佑宁寺，是远来青海的朋友们在游览塔尔寺后尚有余闲时的不二之选。

同处互助土族自治县的，还有一座却藏寺。此寺位于互助

俯瞰佑宁寺

县城北边的南门峡镇，离南门峡水库也不远。历史上的却藏寺规模颇大，这一点从今天它的占地规模仍能看出，只是后来也毁于兵燹，如今虽加以维修复建，但庙宇并不算很多。却藏寺建在一片平地之上，少了些山水的层峦叠嶂，因此自然景致也比佑宁寺要逊色。

在西宁市大通县县城东北边的河谷间、鹞子沟林场旁，有一座历史上也曾声名赫赫的广惠寺。此寺与却藏寺一西一东，隔山遥望，每逢夏季，远方长云翻浪，祁连支脉达坂山风光旖旎，近处青稞、油菜田绿黄相间，虽谈不上什么盛景，乡野田趣倒也颇值得一观。

夏琼寺、佑宁寺、却藏寺和广惠寺，曾被人并称为藏传佛教的北方四大寺。今日的知名度虽不及塔尔寺和瞿昙寺，但在当地的信教群众中仍拥有不俗的影响力。

说到最后，还要提一笔海东市的循化县。这里虽是撒拉族自治县，但也是多民族聚居，距离循化县城不远，有一个文都藏族乡，那里是十世班禅诞生地，他的故居如今面向公众开放。离故居不远处，还有一座文都大寺，是十世班禅幼年时学经之所。文都大寺，一片苍翠，也是景致清幽之地。

河湟伽蓝众多，而且颇有独特的历史与来历，这些也都不是偶然的，而是与河湟谷地的经济、社会、文化发展密切相关。

河湟谷地的经济发展水平在整个青藏高原上无疑是相对较好的，无论是布道传教，还是吸纳信众，这里都是能够提供经济和人口支撑的。从社会文化心理来看，我前面也分析过，河湟谷地自古以来拥有包容的心态和交融的文化，我想这也是为什么藏传佛教能够在这里弘传、兴盛的原因。

就佛教论，河湟谷地算得上青藏地区的一极。

海湖如碧

第二章
大湖之畔：解密鲜为人知的传奇

拱海老城丹噶尔

我将河湟谷地，比作中原打开青藏大门的一把钥匙。

那么西宁市湟源县，就相当于大门上的钥匙孔。

它位于西宁的最西端，从湟源县城再往西走，就是青海湖，就是高海拔牧区。"湟源"，顾名思义，湟水河源头的意思，但这个地名其实是一个误会。湟水河发源于青海湖东北岸的山麓与草原，向东流过湟源县所在的很长一段峡谷后，才进入河湟谷地。而河湟谷地的人只道湟水河是从峡谷里流出来的，于是就把这片峡谷地带命名为湟源县——这个误会，其实很能反映人们的心理：从河湟谷地乃至中原看来，湟源县是可以代表万里高原的一个门户性节点。

文成公主进藏时路过的日月山，就位于今天湟源县的日月藏族乡。当年，这座山曾是唐朝与吐蕃的交界。反过来理解，在高海拔牧区的人看来，湟源县也是走向中原的第一站。

于是，人们给这个钥匙孔起了个更响亮的名字：海藏咽喉。

我觉得，虽然湟源县毫无疑问地属于湟水河流域，但从地理、人文等意义来看，湟源县都更接近高海拔牧区，而非河湟谷地。

因此，我便不拘泥于行政区划，而把湟源县的故事纳入青海湖环湖地区的系列讲述中。我将以这里为起点，绕着青海湖画一个顺时针，聊聊大湖之畔那些我感兴趣又确有意思的人和事。

从西宁市区向西，一路上溯湟水河，过了多巴镇，眼前便是高耸的群山。以山为界，山后面都是湟源县。

湟水河，在群山里冲出了一条峡谷，为高速公路提供了天然的通道。就在峡谷的入口，山头上有一大片新砖亮瓦的仿古建筑，供奉的是昆仑神话中的西王母娘娘。虽然建筑风格颇显艳俗，看上去有些不伦不类，但据说历史上当地群众很早就在此祭祀了。

此地，距离昆仑山少说还有七八百公里，为何这里的人却会供奉西王母呢？我想，还是跟湟源县的地理区位有关——今天高速畅通，我们想去昆仑山，从西宁开车过去还得10个小时；对古人来说，湟源县最东边的这个小山头，恐怕是他们能够到达的最西端了，在这里遥祭西王母，已经很具有象征意义了。

进入峡谷，北面的山脊上，经常能够看到长城、烽火台的遗迹——那是我提到过的青海明长城的一部分。尤其是烽火台，每每建在山脊的最高点，清晰可见。这一切，似乎都在提示着人们，这段路曾经刀光剑影，鼓角争鸣。

没错，且不论1000多年前唐蕃在此地展开的拉锯战，就说明清以来，在这里便修筑了一座军事重镇——如今已被建设成开放式的旅游景区：丹噶尔古城。

古城位于今天湟源县城的东边，始建于明代洪武年间，距今已有600多年历史。前面我跟大家聊到过西宁老城，后面还会谈到绿色黄河边的贵德古城，之所以一个用"老"，一个用"古"，是因为还有很多人仍在西宁老城生活着，老城仍然是西宁市的一个有机组成部分，所以与新城相比强调在空间上的"老"，而贵德古城里面已然不再有人居住生活，古城不再是城市的有机组成部分而更趋近于博物展览馆，所以与今天相比强调时间上的"古"。

从这个意义来理解，其实我们应该把这里叫作丹噶尔老城，因为随便走进一条小巷子，老宅里的后人们还在日出而作、日落而息。粮油行、调料店、理发铺、小诊所，这些在丹噶尔老城里偶见的门面，都不是一个旅游景区的必备，却是一座老城里人们生活的必需。

聊了半天丹噶尔，丹噶尔究竟是个啥意思？

原来，在清朝初年，老城的东边，曾有一座藏传佛教寺院东科尔寺，东科尔在藏语里是"白海螺"的意思。蒙古语里，又把东科尔音译成了丹噶尔，也许这个音译用汉语读起来更朗朗上口，久而久之，人们就把这座老城叫成了丹噶尔。直到民国时期，才改称湟源县。

从名字，已能看出湟源自古就是多民族频繁交流的地方。

丹噶尔老城，在规划上也与西宁老城、贵德古城有着较大区别。西宁老城，有东西南北四条大街；贵德古城，则一条南北中轴线纵贯全城，主要古迹都分布在这条中轴线上；而丹噶尔老城，恰恰是一条东西方向的明清老街横穿全城，老街的两端是老城的两座城门。

西门名曰拱海门，正朝着青海湖的方向。拱，是拱手、作揖的意思，代表着对青海湖的尊敬。据当地朋友介绍，清朝时这里仍然保留着祭海的风俗，去往青海湖祭祀的官民都要从拱海门出发。与之相对应，东门名曰迎春门，这个很好理解，太阳从东边升起，迎春门寄托着人们对于阳春德泽的期盼。

从拱海门走进老城，这条明清老街上，自西向东依次分布着城隍庙、仁记商行、丹噶尔厅署、镇海协营、文庙等古建筑，此外老城内外还散布着火神阁、关帝庙、财神庙、清真寺等建筑——你看，商业、军事、宗教、民俗，这里占全了。

一条明清古街横穿老城

老城里的这座城隍庙，因为壁画保存得较为完好而出名。明清时期大规模兴建城隍庙、册封城隍，带有教化人心的目的，因此全国很多地方的城隍庙壁画，画的都是扬善惩恶的内容，此处也不例外。

城隍庙斜对面的仁记商行，也有意思：它是晚清民国时期，外国人在这里开办的洋行，足见唐蕃古道上茶马贸易的繁华程度。走在这条横穿全城的老街上，每隔十几步，便见到一个横跨街道的大型排灯，这便是被列入国家级非物质文化遗产的湟源排灯。

当年，各地客商云集丹噶尔老城，就连晚上也生意兴隆，客商们为了招揽顾客，纷纷制作店铺招牌，在招牌内插上蜡烛，夜晚一点熠熠生辉，逐渐形成了带有底座、形态图案各异的牌灯，后来又在此基础上改制成了横跨街道的大型排灯——到后来，这种排灯演变成了一种民间节日灯彩艺术，排灯上的广告，变成了神话传说、才子佳人，直到如今每逢元宵节，湟源县城还都会搞排灯展。

朝西开向青海湖的拱海门

随着时代的变迁、交通的便利，曾经作为唐蕃古道上节点性城市的丹噶尔，如今虽已不复往昔的辉煌，但旅游景区的打造，又让老城变得热闹起来。走在悠长的明清古街上，西望夕阳下的拱海门,我彷佛听到了几通暮鼓的回声。

在湟源县,道路分了岔,有两个方向可以抵达大湖畔,一个是往湖南岸的日月山、二郎剑方向,一个是往湖北岸的金银滩、原子城方向。接下来的讲述,就让我们从日月山出发,顺时针转下去。

日月山下,思念逆流成河

三国演义,为什么好看?

没有一边倒的胜利,或望风披靡的失败。英雄辈出、各领风骚,一时多少豪杰。

我替周瑜不值:都督一国水师兵马,小乔初嫁了,却纠结于"既生瑜何生亮"——上天嫌三国这出戏不够精彩热闹,特地派了个诸葛亮来跟你唱对台戏,谁知道你竟早早地把自己给气死了。

风水轮流转。等遇到死缠烂打的司马懿,诸葛亮无奈"出师未捷身先死",壮志未酬地在五丈原归天。

群英荟萃,历史的天空才会缀满星斗。

但换个角度看,大人物的星空,却是小人物的长夜。说什么匡扶汉室、道什么六出祁山,一封《出师表》,让多少蜀中弟子埋骨他乡。三国不到一百年,你方唱罢我登场,目睹了"白骨露于野,千里无鸡鸣",曹操才会说出大实话,"如果天下没有我,还不知会有几人称帝,几人为王。"你觉得三国好看,是因为没看到也看不到小人物的血与泪。

400年后，又到了一个英雄辈出的时代，连他们闪耀的星空都更大了：

一个是打过无数神仙仗，年纪轻轻就削平群雄，后来影响力远及丝绸之路，被尊为"天可汗"的李世民；一个也是少年天才，历史性地完成了统一吐蕃全境的大业，吐蕃政权实际上的立国之君松赞干布——在公元7世纪的东亚大陆上，唐蕃双雄并起，角逐势所难免。双方的攻守、局势的天平，暗合了双方执政者的年龄：松赞干布才二十出头，而李世民已经老了。

面对年轻执政者的咄咄态势，李世民不得不做出妥协：双方共同选择了一个当时对彼此都最有利的选项——和亲。

选谁去做"王昭君"呢？皇亲贵胄，绝不愿把自己的女儿远嫁到吐蕃，那就在宗室的远房亲戚里挑一个。经过物色，有一个16岁的女孩，各方面条件都比较合适，于是就被选中，册封为了公主——这个待遇，平日里多少人梦寐以求，这会儿却是唯恐避之不及。

史书里，可能觉得和亲政策有损贞观盛世的威名，便对这段故事一笔带过、惜墨如金。于是这位新晋的公主，在史书上连名字都没有留下，我们只知道她姓李，这点还不如王昭君。为帝王将相立传的所谓正史，眼里只有公主，哪有李氏。

就这样，1300多年前，小人物李氏或者叫大人物文成公主，从长安远上青藏高原，一辈子再没回到故乡。

正史亏欠李氏的，民间传说给找补了回来。

送亲的一行人，穿过河湟谷地，走到了距离青海湖不远一处叫赤岭的地方。

赤岭，就是一道山梁，因为土壤呈现赤红色而得名。这儿的海拔不算很高，也就3520米。但它的地理意义却很重要：这里是唐朝与吐蕃的交界，黄土高原在这里与青藏高原划分出了天然的分界线，一边是农耕文明的田连阡陌，一边是游牧文明的牛羊遍野。换句话说，赤岭就是两个文明间的一道门槛，无论朝哪边迈过去，都将是另一番天地。

在赤岭，民间传说为李氏留下了第一段神来之笔——

跨过赤岭，即将进入吐蕃境内，李氏回望故土，不禁触目伤怀。这时，她突然想起，临行前父母赠给了她一对日月宝镜，嘱咐她当想念家乡的时候，取出宝镜就能看到双亲。

李氏取出了宝镜，接下来的故事有两个不同版本：

一种，奇迹并没有发生，镜中只浮现出李氏憔悴的面容，她这才知道被父母骗了，一气之下，将日月宝镜抛下了赤岭。

另一种，李氏看到镜中的自己花容憔悴，想起唐蕃和亲重任在肩，不应再顾影自怜、思乡伤身，于是将双亲所赠的日月宝镜弃于赤岭，象征与故乡彻底诀别，从此毅然前行。

无论哪种版本，结果都是一样的：日月宝镜被留在了赤岭，化为了山峦，从此这里更名日月山。

传说，藏着一个民族的秘史。日月山的这个传说，我们已无法去探究它形成的年代，但可以肯定的是，它来自民间的集

日月山上的文成公主像

体创作，是民间情感的集体投射。无数不知名的"作家"，创作、增添、删改、润色、完善了一出"公主断宝鉴"的大戏，当这个极具想象力和戏剧性的故事足够闻名遐迩、深入人心时，终于有一天，人们忘掉了赤岭的古称，约定俗成地把这里叫成了日月山。

日月宝镜，无疑是传说中被巧妙添加的、推动故事发展的核心物件，它隐喻着对故乡的念想。细品两个版本，同样是对日月宝镜的舍弃，却有着截然不同的价值指向：

前一个，摔碎宝镜是因为儿女情怀，贴近普通人的反应，主人公的心理活动被塑造得更加真实，令人可怜；

后一个，舍弃宝镜是由于家国大义，更为贴近公主的身份，也将主人公的精神境界加以升华，令人可敬。

不妨这么理解：古往今来，汉藏广大群众心疼又敬佩这位奇女子，既同情小人物李氏的个体命运，也认同文成公主的历史功绩，传说便以两种版本的形式流传至今，并存而不悖。

民间传说是浅显又深邃的。它丰富了语焉不详的历史记载，让历史人物有血有肉地站在后人面前。你更喜欢（或者需要相信）哪个版本的传说，李氏就是你想象的样子。而我选择兼容，我相信平凡与伟大并存，接受人性的多元。

我总觉得，不是白居易创作出《长恨歌》"在天愿作比翼鸟"的浪漫想象，而是民间心理的集体呼唤，握着诗人的笔写下了一个美好的结尾——民间情感，才是主流价值。

紧接着，民间传说又为李氏留下了第二段神来之笔——倒淌河。

中国地势，西高东低，江河东流，方为常态。

然而，日月山位于青海湖的东边，山脉水系是自东向西汇入青海湖的，于是当地就管这条水系叫倒淌河。

由于局部地势影响，全国像这样倒着流的河，也不在少数。偏偏这条倒淌河位于日月山脚下，便又为民间传说提供了一个绝妙的结尾：李氏从日月山继续前行，踏上高原再不回头，只留下对故乡的眷恋之泪、相思成河，恰如她的人生之路，自东向西，永不回头——传说至此，余韵悠远，荡气回肠。

在李氏的故乡长安，也有一条寄托思念的倒淌河。

陈忠实的《白鹿原》，故事发生在"滋水县"。"滋水"，就是今天西安市灞河的古称。它发源于秦岭，由于地势原因，自东向西倒流入渭河。春秋时期，秦穆公为了纪念称霸西戎，便将滋水改名为灞河。秦汉时期，人们在灞河上架了一座木桥，名曰灞桥。离开长安需要经过灞桥，久而久之形成了"灞桥折柳赠别"的传统，《全唐诗》中关于灞桥送别的诗歌就收录有200多首。灞河、灞桥、灞柳，已经成为一种文化符号，自带离愁别绪的文化基因。其影响之大，以至于今天这里的城区都叫作灞桥区。

我不知道李氏离开长安时有没有经过灞桥，但当她走到唐蕃交界处，竟也见到一条恰似故乡那倒着流的伤别河时，岂能不触景生情？

不过，李氏一人的眼泪，恐怕还汇不成河流。

史载，文成公主进藏携带了大量诗文、医学、农桑等典籍，相应的传播与交流工作，自然需要众多的文士、医官、工匠等随行人员——或者叫公主的陪嫁人员来完成。至于随行多少人、姓甚名谁、来自何方、归宿何处，史书中没有留下他们的记载。翻越日月山、蹚过倒淌河，回望故乡的最后一刻，这些平凡人的心情，我们无法再听到。

日月山下，小人物们的思念，逆流成河。

回望长安的方向

有一档叫作《见字如面》的综艺节目，曾读过一封2200多年前、战国时期秦国普通士兵的家信，无非盼家里寄些钱物、念叨琐碎的家常，却在"秦王扫六合，虎视何雄哉"的大时代下，让今天的观众触摸到一丝小人物的烟火气，仔细回味，更悠远、更绵长。

遗憾的是，习惯了宏大叙事、英雄叙事的正史笔法，让今人很难再去多打捞一些沉没的声音。这些沉没的声音，自然也包括文成公主本人——那个小人物李氏。

日月山和倒淌河，在我心中一直占据着一席之地。这倒不仅因为它们是我来到青海后寻访的第一处名胜。交通便利的今天，天路之艰辛，仍被很多人视为险途、畏途，我不禁畅想：1300多年前的日月山上，年仅16岁的李氏，还有更多无名无姓的随行者们，当他们俯仰天地、决计前行时，又是靠什么蹚过内心的"天路"呢？

就在日月山的东边，曾经筑有一座坚固雄伟的石堡城。

我曾专程去寻访，可惜车陷道中，草草折返。与村民闲聊，当地人一直口耳相传古时候有这么一座古堡，只是如今遗迹全无。

史书对这里的记载却极其详尽：文成公主与松赞干布成亲后，唐蕃迎来了近十年的和平。然而，随着松赞干布早逝，吐蕃统治者加强了对外扩张，唐蕃在青海地区展开了漫长的拉锯战。到了唐玄宗时期，双方曾在石堡城惨烈交锋，唐将哥舒翰投入了六万三千人的庞大兵力,以极其惨重的伤亡,才夺下这个战略桥头堡。此战,距离文成公主赴藏和亲,已过去近百年。

兵燹连年,违背了各族人民祈盼和平的意愿,在当时也备受非议。杜甫诗中"君不见青海头,古来白骨无人收"的痛心,李白诗中"西屠石堡取紫袍"的嘲讽,无不传递着时人的呼声。

岁月,做出了公允的选择:被正史详尽书写的石堡城,如今连残垣断壁都不复存在,更没有人愿意去追记;而当时连名字都没留下的李氏,却历经千百年来民间情感的集体创作,成为融入各民族文化记忆的活的传说——战争与和平,人心向背可见一斑。

从这个意义上,我才真正理解了李氏,和那些一同入藏的先行者们——当她选择将日月宝镜弃于赤岭、毅然前行时,赤岭不在了,从此日月山屹立在人们心中;李氏也不在了,那一刻起,她真正成了文成公主——天降大任,舍我其谁?西出长安,壮行无悔!

其实,正如张骞通西域前,古丝绸之路的民间往来便早已有之一样,唐蕃古道这条路,也并非文成公主一行首拓,而是汉藏人民友好往来间,靠一双双普通人的脚踏出来的。

别乡、远行、思念、憧憬……日月山、倒淌河之上,寄托

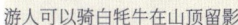
游人可以骑白牦牛在山顶留影

的情感永远都是来自汉藏人民双方的。

今天的日月山景区，名声在外，又处于赴青海湖的必经之路，所以来自全国各地的游客人流如织。走在见证过历史风尘的唐蕃古道上，文成公主的汉白玉雕像依然面朝着长安的方向。20世纪80年代，人们在山上盖起了两座亭子，附会日月宝镜的传说。西边的月亭，里面供奉着爱国爱教、深受群众拥戴的十世班禅大师像；东边的日亭，里面伫立着文成公主进藏纪念碑。碑文读罢，令人唏嘘感慨不已。

日月山与倒淌河，恰如这些情感的一体两面：

传说里的弃镜前行，正似日月山之刚，体现的是开拓的勇气与开放的胸襟；思念之泪、逆流成河，这倒淌河之柔，则恰恰击中了各族人民心中最温情最柔软的部分。宏大叙事下饱含人文关怀，喜怒哀乐里又见家国情怀，如此富有层次和深度的民间传说，就算大文学家也未必写得出。

日月山、倒淌河的传说，凝聚了各族人民和平向善的美好心愿，这才是最伟大的时代史诗。

青色的海，在草原的天边决堤

日月山下，倒淌河边，坐落着一个以河为名的集镇。

如果青海湖是你赴高原旅行的第一站，那么倒淌河镇就可以代表高海拔牧区乡镇的普遍特点：几条并不算长的主街道，政府机关、学校、卫生院、商铺、汽修店沿街一字排开，门脸后面是住宅民居，建筑一般只有两层高，街巷的延伸线，通往宽广无垠的草原——牧区的县乡集镇，风貌大抵如是。

从西宁到倒淌河镇，全程有高速，但一路穿峡谷、钻隧道、爬陡坡、翻山岭，100公里的路至少要跑一个半小时。抵达倒淌河镇，再去青海湖边，广袤的草原上只有一条笔直的道路，甚至无需再打方向盘。但俗话说"望山跑死马"，看着目的地就在前面，但等你跑到也得花近一个小时的工夫。于是，倒淌河镇便成了西宁与青海湖之间最佳的补给点，餐饮业格外发达，各色餐馆的招牌林立。

牧区集镇的餐馆，在招牌的颜色上可以分为两大类：绿色和其他。前者，代表清真餐馆；后者则是非清真。高原路远，行人旅途劳顿、饥肠辘辘，最能大快朵颐者莫过辛辣刺激的味道，于是在清真菜系外，川菜便在高原深受欢迎、大行其道、一统江湖——到过拉萨的朋友，想必对此会深表认同——就说这倒淌河镇，除了清真餐馆，便是林立的川菜招牌。

牧区的川菜馆，入乡随俗，也都因地制宜地搞起了融合菜系：既有短平快的炒菜米饭，也有突出草原特色、适合当地人口味的手抓羊肉、炒牦牛肉之类，又是高原又是旅游点，使得菜价不菲。名曰川菜馆子，掌勺的师傅、前台的伙计却来自天南海北——我跟他们一聊，有川渝、两湖的，也有安徽、河南的，旺季时帮工的人多些，到了漫长的冬天，哪怕缺氧苦寒，也要留一个人把店面开起来，挣一点儿是一点儿——吃得下苦，才能享得了福，这些人的韧性令我钦佩。

在倒淌河镇解决掉吃饭问题，就可以直奔青海湖了。笔直的双向公路伸向西北方，你只需踩着油门，等待那片青色的海出现在地平线——给家人和朋友当地陪，我去过十余次青海湖，以至于早就没了新鲜感。外地人来到青海，我总想给他们推荐一些小众去处，但出于待客之道，作为青海地标的这座大湖又

青色的海

是不能不去的——回想起来，我第一次到青海湖，心中也是充满了憧憬，当行驶上这条笔直的"通湖大道"时，甚至还放起了《天边》的音乐，不然不足以烘托当时的心情。

就这样走着，忽然——青色的海，在草原的天边决堤。

青海湖，在不同的季节，有不同的色彩。

游人最多的夏季，她是比绿毯般草原更亮眼的青色，水天同碧，往往耀得人睁不开眼，戴上墨镜方能一睹真容；春秋时节，草原尚未吐绿，她又成了镶嵌在黄色荒野间的一块蓝宝石，蓝得静默而深沉；到了元月初至四月初的结冰期，这一回，她悄悄地将美丽封藏在了白色的镜面下，走在厚厚的冰面上，理论上是可以穿越冰湖的，只是我不敢，也不想惊扰她的幽梦。

开湖后的一个月，湖水最清澈纯净；七八月的夏日里，牧民在草场种上油菜花、薰衣草，姹紫娇黄开遍，也为大湖平添几分颜色，当然只要有阿姨旅游团，哪里都不会少了大红大绿的花衣裳彩披肩。赶上艳阳天，是青海湖最佳的摄影时间，湖色一览无余，但也稍显单调；如果天公不作美，偏偏遇到雨雪或阴天，那青海湖简直全无可看处；最妙的，便是前一晚天气降温、雨雪纷纷，第二天的白日里再逢着放晴，那才是青海湖的颜值巅峰——不仅有湖光浩渺，还有远山的白雪皑皑，更有

四月,棕头鸥飞回青海湖

云海翻腾,这种富有层次的青海湖一般只出现在春秋季节,尤其是春季,以成群结队的棕头鸥为代表,来自青藏高原南边甚至是东南亚的候鸟都按照固定路线飞回这里繁衍,那不仅是青海湖鸟岛最热闹的年度派对,更是整个大湖畔最欢快的时候。

  这些见闻,都是我于不同季节数访青海湖后的心得,而且深觉自己十分幸运:2017年5月初,当我抱着最大的憧憬第一次寻访青海湖时,就邂逅到了她的巅峰颜值。此后去过多次,却总觉不及第一眼的美——最糟的一次是在某年的6月底,夜宿湖畔的小木屋,仲夏时节仍要开着电热毯入眠。谁料,深夜狂风暴雨突袭,气温骤降,凌晨时分被冻醒,方才发现电热毯早已没了电。清早起来,这才得知附近地区的电都断了,饭店都无法开火,最后只能饿着肚子,裹上羽绒服到湖边草草一转便返程——路上的风景好不好,除了风景的质素,还要看彼时的机缘,以及心境。

  作为青海人,如果对外人夸耀一座无人不知的湖的美丽,那难免显得自己浅薄,于是便要另外推荐不为人知的小众美景,人越不知,越显得高明;作为外地人,到青海旅行倘若不去青海湖打一下卡,回家后自己难免遗憾,就连地陪的诚意都难免会受到怀疑,于是不去不行,留张影便足矣——就像北京人往往没上过天安门,西安人往往不愿去兵马俑,在青海过路的与居住的，都一样不甚了解青海湖。

作为中国最大的内陆湖，青海湖的面积是太湖的两倍，相当于四个香港的大小。爱好摄影的朋友到了这里，往往会感到无可奈何——只见，四周湖岸平坦，基本没有高地，除非使用无人机，不然很难拍出广阔的湖面，就算飞起无人机，拍到的也不过是一鳞半爪。杜甫年轻时登顶泰山，将五岳之尊踩在脚下，不由得飘飘然起来，用"荡胸生层云，决眦入归鸟。会当凌绝顶，一览众山小"来形容自己的感受，豪气干云的诗风，全然不似后来的老成持重。可惜在青海湖畔，就算把眼睛睁得再大，也永远只能看到她的一个侧面。人的眼界，装不下这大湖。因此，想充分领略青海湖，其实是一件十分困难乃至不可能的事情。

每年夏天，青海湖畔一年一度的湟鱼洄游

夜晚，游人在湖边营地燃起篝火

为了感知这座湖，人们想了很多办法：

很多人，选择互动性。在青海湖的东南角，有一个二郎剑景区，观湖视野极开阔，且有远山做衬托，颇有层次，同时还有一些水上活动项目，可资娱乐。西南角，有一个黑马河镇，东望大湖，最适合看日出，只不过要在旅馆熬一夜的严寒，以及忍受与价格并不相符的服务。湖西边，有一个鸟岛，候鸟最

青海湖一角

集中，适合爱鸟人士；湖东边，有一个沙岛，高原强劲的西北风将流沙堆满湖岸，骑着沙地摩托到湖边，也是别样的体验——只是可惜，出于生态保护的需要，这两个岛自2017年以来都已关闭，不再对游人开放。

　　有的人，选择原生态。绕着青海湖，有一条环湖公路，从公路到湖边，是当地牧民的大片草场。如果牧民许可，那么只花一二十块钱，就可以通过他们的草场道路直达湖边，享受大湖岸原生态的风光——不过可惜，这两年随着保护措施的不断完善，牧民草场与湖岸间也架起了网围栏，游客只能远观不能亵玩。出名要趁早，出游何尝不是？

　　如此一来，如果想近距离地感受青海湖，我劝您还是老老实实地买票进景区吧。当然，还有人选择开车环湖一圈——环湖公路一圈有360公里，开下来需要整整6个小时，而且看到的景致并没有什么不同。

　　最后，我向各位推荐自己后来领略青海湖的方式——既然近距离无法将大湖尽收眼底，那就从一个更高的维度俯瞰——乘坐从西宁赴德令哈的飞机，只需几分钟，就可以阅尽青海湖的全貌，甚至包括传说中的海心山。眼界不够，那就站得更高。

第一次从飞机上看到海心山，我才确信它的存在。

毕竟，史书上关于它的记载，神话色彩过于浓厚："青海周回千余里，海内有小山，每冬冰合后，以良牝马置此山，至来春收之，马皆有孕，所生得驹，号为龙种，必多骏异，能日行千里，世传青海骢者也。"——意思就是，青海湖里有一个海心山，每到冬季湖面封冻后，牧民就把良种的母马送到山上，第二年春天母马就会怀上"龙种"，生出来的马驹异乎寻常，被世人称之为青海骢。

如今从高空俯瞰，这才揭下神秘的面纱：东西狭长的海心山，不过是两个足球场大小的一座湖心岛而已。但神秘感，也是魅力感的来源之一，就如同无边无际、仅凭肉眼难以丈量的青海湖。也难怪，从古至今，各个民族都自发举行着青海湖祭海的仪式，乃至如今被列入了国家级的非物质文化遗产——人们对于不可知，总是充满着敬畏。

有人去过纳木措、羊卓雍措后，说那里比青海湖还好看。我付之一笑：这两座湖的美是可见的，而青海湖还有太多的神秘之美不为大多数人所知，亦难为大多数人所见罢了。

《论语》里有这样一则故事：端木赐，字子贡，善于雄辩，为人实干，后来成为孔子弟子中的首富。于是就有人说，子贡比孔子还强。子贡说，我家的围墙也就肩膀那么高，人们站在墙外，就能看到我家屋里还算不错的陈设；而我的老师孔夫子，他家的围墙墙高数仞，如果不得其门而入，就无法发现他家中的华美至极。

青海湖就是这般被万仞宫墙包裹着的圣殿，我们都在她的墙外寻找着入门的路径，但更多时候在匆忙赶路中又不得不放弃这种徒劳的努力，只在离去时回首，投去眷恋而匆匆的一瞥。

金银滩、原子城，总有一种力量让人泪流满面

尊奉儒家教义者，有大宗师，也有虚伪至极之人。当然，更多的是迂阔的书生。

篡汉的王莽，就是历史上著名的伪君子。

古人讲"天子富有四海"。已经做好篡汉准备的王莽，瞅了瞅当时西汉的版图：东海、南海、北海郡都有，唯独缺一个西海郡。好大喜功、不切实际的他，就把脑筋动到了青海湖上——这不就是西海嘛。

他想在青海湖设一个西海郡，凑齐四海，算是给自己代汉自立凑个吉利。可在当时，青海湖是羌人的地盘，人家凭啥让给你呢？

王莽动起了歪脑筋。他找来一个叫平宪的中郎将，让平宪想办法使羌人自愿地归附汉朝，把青海湖的地盘献出来——至于什么办法，王莽暗示了平宪：花点钱嘛，反正都是朝廷的。

通过贿赂羌人头领，平宪还真把这事儿办成了。任务交差，得给朝廷报告一下，可花钱的事儿是绝不能提的。

"上有所好，下必甚焉。"平宪知道，王莽爱面子、好虚名，所以表面功夫还是要做足，于是他这么上报：

"羌人头领主动请降，自愿把青海湖地区献给朝廷。我问羌人头领为啥这么做，他们说，自从大人摄政以来，天下太平，五谷丰登，禾苗能长三米多高，一粒粟能生三颗米，甚至不播种就自己长出来，连我们羌人也生活幸福、没有疾苦，所以我们自愿请降，归附朝廷。"

如此瞎话，马屁连篇，真是青出于蓝而胜于蓝。

就这样，公元4年，在青海湖东北边的草原，汉朝设立了

西海郡。有了行政建制，就得有个治所，最好临近水源。恰好，西北方的山上流出来一条河，叫湟水河——没错，这里就是湟水河的真正源头——于是，在河南岸的草原上，建起了一座近似于正方形的城池：城墙东西长 650 米，南北宽 600 米，有四个门，面积相当于 55 个足球场，还是不小的。

然而，国王的新衣终究会被揭穿。仅仅两年后，得了好处的羌人，又抢回了这块地盘。什么请降、什么自愿，王莽与平宪自以为得计的拙劣表演，被后代修史的班固和妹妹班昭一五一十地记录了下来，在青史上徒留笑柄。随着篡汉自立的王莽政权被农民起义推翻，没有任何实际意义的西海郡，也彻底被废弃。

雄伟的城池，就这样变成了断壁残垣。多年后，人们给遗址所在的这片草原起了个美丽的名字——金银滩。

1939 年，一支电影摄制组千里迢迢来到金银滩草原取景。随行采风的，还有一位 26 岁的作曲家。

当地有一位叫卓玛的藏族姑娘，面容美丽，能歌善舞，不仅吸引摄制组给她安排了个角色，也吸引了那位年轻的作曲家。在一次独处时，卓玛察觉到了对方投来的灼热目光，于是用牧羊鞭轻轻地打了他一鞭子。就在这欲语还休的微妙情感刚刚萌芽时，摄制组完成了取景，年轻的作曲家也满怀惆怅地离开了卓玛和草原。返程路上，他想起卓玛唱过的民歌，剪不断、理还乱的一番离愁别绪间，结合自己的经历和感受，即兴将民歌改编成了一首歌曲。

这部电影的拷贝，如今已很难再见到。而这首无心插柳的歌曲，却成了传唱甚广的世界名曲——《在那遥远的地方》。

几十年后，有一位非常喜欢这首歌的台湾女作家，不可自

上星站，我国第一颗原子弹在这里被装上专列，运往新疆罗布泊

拔地爱上了已经年逾七十、被人们尊称为"西部歌王"的作曲家，留下了一段同样令人唏嘘的阴差阳错。

这一首旋律，穿越了时间，唯有情感丰沛的至纯之人，才能听出其中的百般滋味。

过了20年，又有一大批人千里迢迢来到了这片草原。

西海郡遗址所在的地方，已成为青海省海北藏族自治州海晏县的县城。去往海晏县的路上，你会发现，有一条铁路也通往那里——在地广人稀的高海拔牧区，这并不多见——而且通到县城后，铁路又往西北方的湟水河上游延伸了20公里，才在金银滩草原的深处宣告到达了尽头，终点处有一个十分不起眼的火车站台——1964年的一个深夜，我国第一颗原子弹，就是在这里被装上零次专列，运去新疆的罗布泊。

这里就是我国第一个核武器研制基地，我国第一颗原子弹、氢弹、核航弹、核导弹、核潜艇导弹都产自于此——位于青海省海晏县金银滩大草原的中国原子城，代号221。

战略核武，大国重器，它的故事一直笼罩着神秘的色彩。我国第一颗原子弹、氢弹都是在新疆罗布泊爆炸成功的，戈壁滩上升起的蘑菇云令国人印象极其深刻，因此很多人一直误以为这些核武器是在新疆秘密研制的。

其实不然，大国重器，青海铸造。

1958年，代号为221的中国核武器工程正式启动。当年7月，邓小平代表党中央批准了选址报告，选定在海晏县的金银滩草原创建221基地。

基地选在这里，我分析有两个原因：其一，研制核武器，首先要保密，选在远离人烟的地方最好，那么地广人稀的金银滩草原无疑是合适的；其二，基地还要养活大批的科研人员、干部工人、部队战士，必须保证生产生活物资的及时供应，因此也不能选址在太偏僻的地方——金银滩草原距离西宁市中心只有100公里，区位优势得天独厚，为了这座基地，还修了一条38.9公里长的铁路专线，因此物资和交通保障是没有问题的——真要是在戈壁滩上研制核武器，别说物资供应，就是喝水都成问题。

然而，高原的恶劣自然环境，却是无法改变的。

金银滩平均海拔3100米，年平均气温只有0.4℃。我出差时在那里住过两回，一次是季节很好的8月份，结果晚上冻得和衣而眠；一次是9月下旬，草原的远山上已覆盖着薄薄的积雪，所幸住所早早就供上了暖气。

国庆献礼片，就经常以"两弹一星"为题材。1999年的《横空出世》，2019年的《我和我的祖国》（相遇篇），画风都是沙尘扑面而来的大漠戈壁——这其实是导演在迎合观众的心理。来自全国各地的"两弹一星"先驱者们，放弃优越的生活环境，告别亲人，奔赴221基地，一直在和高寒缺氧的环境勇敢地作战。

当时负责基地建设的李觉将军，在回忆录里写道：这里水烧不到沸点，饭煮不到全熟，一年有八九个月要穿棉袄，很多人都出现缺氧、水肿等病症。特别是基地刚起步的时候，恰恰赶上20世纪60年代初的三年困难时期，是填饱肚子要紧，还是搞核武器要紧?

事分轻重缓急。填饱肚子是眼前的要紧事,搞核武器是给未来上个保险,两者都不可偏废。陈毅元帅说,"当了裤子也要把原子弹搞出来",还跑到各大军区为221基地化缘。张爱萍将军说得更形象,"再穷也要有一根打狗棍"。就这样,221基地继续上马,基地人员的伙食标准是这样的:每人每天不到一斤粮、每天一钱油和一角钱的干菜汤。

人活着是要有一点儿精神的。困境不是阻碍人前行的藩篱,软弱才是。

如今,这座神秘的原子城,早已人去楼空,遗迹尚存。

20世纪六七十年代,是这里的黄金期。70年代后期,221基地完成了向四川绵阳的战略转移。根据国家战略部署调整,1987年,国务院、中央军委作出了撤销221基地的决定。1994年,移交给了海北藏族自治州,成为当地的州府所在地。1995年,中国第一个核武器研制基地对世界宣告全面退役。

基地上万名职工,也随之合理安置到了全国各地,如今极少还有留在金银滩的老职工。经过环境整治,基地周边的水样,全部达到了一级饮用水的标准。

因此,曾经拥有18个厂区和4个生活区的221基地,如

生活区的三层老式宿舍,被列为全国重点文物单位　　　　原子城2分厂的一处老建筑,工号218

今厂区的建筑还在，但人都走了，设施也都送到了纪念馆，只留下空荡荡的厂房。由于海北州将州府搬到了这里，所以基地的生活区仍然被使用着，老剧院、地下指挥中心、被列入全国重点文物的一排排写满毛主席语录的三层苏式宿舍，与现实的柴米油盐生活就这样奇妙地融合在一起。

对一般游客来说，人去楼空的厂区确实是没什么可看的，很多场景需要脑补：

比如，18个厂区里的1分厂，负责生产加工铀部件和无线电系统，被称为弹头加工厂，也就是生产核武器的最精密部位，曾是整座基地保密等级最高的地方，三步一岗，五步一哨。如今，被整体接收，成为当地一座火电厂的厂部。

人去楼空的老厂区

2分厂，负责炸药的加工，以及核武器的组装，被称为总装厂。游客可以自由进入参观，厂区很大，不用买门票，因为厂房里的所有建筑都是空的，除了见证过历史的斑驳的墙壁，再无其他。当年，出于保密和安全的需要，2分厂的33栋建筑物全部是掩体或半掩体，通过特意设计的房顶，如果从高空卫星俯瞰的话，和旁边的草原平地看不出差别。就在这个2分厂的215车间，完成了我国第一颗原子弹的总装。

我国第一颗原子弹在这里完成总装

原子城2分厂209工号部分复原的旧貌

1964年，总装完毕的这颗原子弹，被送出了2分厂，运到了

原子城2分厂209工号部分复原的旧貌

500 米外的铁路专线的终点——上星站,再通过零次专列运往新疆罗布泊。据当时的工作人员回忆,原子弹运上专列的过程,是在夜间秘密进行的,没有任何特别的仪式,不知情的人都以为是一次普通的货物运输。专列的窗户全程拉着窗帘,车上的工作人员也不许往外看,运送的什么,运到哪里去,一概不透露。

直到 10 月 16 日下午 3 时,秘密运抵罗布泊的第一颗原子弹,爆炸成功。张爱萍将军第一时间向周恩来总理汇报了情况,当时周总理正在人民大会堂接见音乐歌舞史诗《东方红》的演职人员,当他把这一喜讯告诉大家时,全场"炸"了,周总理说:"别把地板蹦塌了!"

《我和我的祖国》总导演陈凯歌,当时正在上小学,他回忆,"整个北京的人仿佛倾城而出,漫天飞舞的都是《人民日报》号外。"他抢到了一张号外——套红的大标题,写着《我国第一颗原子弹爆炸成功》。

这一幕,国宝级演员李雪健也忘不了。新中国成立 50 周年时,他被邀请出演《横空出世》里的将军,"《人民日报》号外上登的原子弹爆炸的照片,和人们手拿《人民日报》相互传阅的激动场面,又出现在我眼前。"

横空出世的背后是很多人的默默奉献,乃至牺牲。

221 基地的工作人员们,只留下过唯一一张私人照片。

四位年轻漂亮的女大学生,她们刚刚来到金银滩草原时,在自己居住的帐篷前留下了一张生活照。为了保密,从基地建成到退役,所有人员都严禁私自拍照。初来乍到的她们,拍下这张照片后才得知禁令,于是小心翼翼地将照片收藏起来,一藏就是几十年。直到基地退役后,海北藏族自治州筹建原子城纪念馆,向老员工们征集展品,在一再声明不违反保密规定的前提下,纪律意识极强的四姐妹，才公开了这张基地历史上唯一的私人留影。

为了这项崇高而隐秘的事业，太多人不要说影像，就连名字都没有留下。

其中也包括大人物。早在20世纪三四十年代，就以中微子的存在和介子的衰变等科学成就名扬海内外的世界级科学家王淦昌，突然从国际科学界神秘消失了，他改名王金，为了祖国的核事业隐姓埋名18年，直到1978年才回到公众的视野。

我国先后为23位科学家颁发了"'两弹一星'功勋奖章"，其中有一半以上的功勋科学家都在青海的221基地工作过。这里面，郭永怀是以烈士身份被授予的这份荣誉。在美国时，他的老师是国际航空大师冯·卡门，为了能够顺利回国，他当着所有人的面烧掉了自己研究成果的手稿。1968年12月，他在221基地发现了一个至关重要的线索，于是连夜飞往北京，准备向中央领导当面汇报。谁想到，就在飞机降落到北京首都机场时，突然失去平衡，偏离了跑道——人们寻找到郭永怀的遗体时，他仍然和警卫员紧紧抱在一起，装有绝密文件的公文包就夹在两个人的遗体中间，完好无损。

为有牺牲多壮志，敢叫日月换新天。我总在想，一穷二白的新中国，为什么能够创造出很多如今看来不可思议的奇迹。答案也许就是，1840年以来，一个长期被侮辱被损害的古老民族，迸发出前所未有的精气神，从而唤醒了勇于改变自己和世界的集体意识，以及超越现实困难的巨大潜力。

离开原子城时，有一幕令我记忆深刻：2分厂偌大的厂区，如今成了当地牧民的草场，大片的羊群悠然自得地"占领"了曾经的原子基地——先驱者们的奉献与牺牲，换来了今天的和平年代、富强中国，我们这些后人才有足够的底气，铸剑为犁，马放南山。

名马、大河与花儿

1969年秋,甘肃省武威市北关。

在全国备战备荒的号召下,当地人民公社的生产队正组织村民们大挖防空洞。一个镢头下去,竟然挖出了一个东汉古墓。

金银铜铁、玉骨石陶,古墓出土了200多件文物,在当时也算引起了不大不小的关注。其中,有一匹青铜马,深藏地下1700多年后,有幸在这次考古发掘中重见天日,但起初,它的艺术价值并未得到足够的重视。

直到它遇到了善于相马的伯乐——郭沫若见到这匹青铜马时,第一眼就惊为天人,认定它是一件绝世珍宝。果然,赴北京展出时,它一鸣惊人,引起了全国轰动。

后来,它被确定为中国旅游标志、国宝级文物,不允许出国出境展览——这匹青铜马的名字叫马踏飞燕。

除了造型精彩绝伦,此马也绝非凡马:一般的马匹,奔跑时将两侧前后腿同时抬起,俗称"对角步",人走路奔跑也是"对角步",否则就会被嘲笑为顺拐;而马踏飞燕的这匹马,竟然用"对侧步"在奔跑,也可以理解为顺拐——您可别笑,能跑"对侧步"的马都是特种良马,跑起来又迅速又平稳,十分罕见。

专家考证,中国青藏高

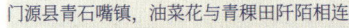
门源县青石嘴镇,油菜花与青稞田阡陌相连

原的浩亹(发"门"的音),就产这种马。浩亹,就是今天的青海省海北藏族自治州门源回族自治县,与武威市之间就隔着一座祁连山。

说了铜奔马,再说青海骢——上千年前就已享誉华夏的青海名马。

前面我讲过,作为正史的《隋书》里把青海骢加以神秘化,说是吐谷浑人将波斯的母马送到青海湖的海心山上,怀了龙种,这才生下了日行千里的青海骢。

青海骢的真相并不神秘:专家研究发现,吐谷浑人以中亚良马为母本,以青海湖环湖地区的良马为父本,进行杂交,这才培育出了青海骢,符合择优隔离繁殖的科学道理,而并不是什么龙种。

作为父本的青海湖环湖地区的良马,也产自浩亹。

浩亹的亹,意思是指河水流动无休无止,还可以引申为孜孜不倦——如此陌生的字,如此复杂的书写,一看就是个很有历史的古字,而且这个字是跟水有关,虽然它并不带三点水的偏旁。

祁连山下,浩亹河汤汤而过

至于浩，毫无疑问也跟水有关系，其本意就是指水很大，后来引申为大和多——所谓"天下大势，浩浩汤汤"，中国人自古傍水而居，用水造字、做形容词再自然不过。

那么，不用我说，您也能猜到：浩亹这个名字，肯定跟一条大河有关——它就是浩亹河，发源于祁连山脉深处，自西向东流到今天门源回族自治县所在的这块小盆地时，方才蔚为大观——河的北岸是祁连山，南岸是达坂山，两座山系都是如屏风般连绵不断、山色绝佳，中间则是宽广的河道，确实水势甚大、川流不息，配得上"浩亹"之名，而且河道中偶有浅滩沙洲，上面植被茂盛，水鸟翔集，亦成一景。河的两岸，如今都修了沿河公路，交通便利，我就曾数次沿河岸行走，看山看水，大饱眼福，这里实在堪称青海最美的乡村道路之一。

近代以来，政府在这里设置了县级行政区划，当时人们不知道浩亹河发源于祁连深山的无人区，以为是从此地流出来的，便将这里定名为亹源县，意即浩亹河之源。解放后，由于亹字写起来太过复杂，于是又简化为了同音字"门"，这就是今天门源县的来历。捎带手，浩亹河也简化成了浩门河。

20世纪五六十年代，全国很多地方富有历史的古称，都由于字体复杂、字义古奥、生僻难认、书写不便等原因，而被简化成了常用的同音字。这一点在陕西就很普遍，比如西安的西南边曾有个盩厔县，这个名字是汉武帝时期定下的，此县的南边是秦岭，北边是渭河，山蜿蜒曲折叫盩，水蜿蜒曲折叫厔，于是得名盩厔县，就这样叫了2000多年，古人从没觉得有啥不方便，结果就被简化成了"周至县"。如此简化，已经完全看不出这个县的来历和特点，更遑论历史。

还有今天的汉中市西边有一个勉县，说起这个县可能您会感觉陌生，但提到这里的历史您肯定如雷贯耳：黄忠斩了夏侯渊的定军山，就在这里；诸葛亮病逝后，按照他的遗愿也归葬在定军山下，这座武侯墓保存至今，后来刘禅下诏并拨款在墓所附近修建了历史上最早的武侯祠，比成都的武侯祠还要早50年；还有马超，当时就驻防在勉县，病逝后也葬在这里——这么一个有故事的地方，那么勉县的"勉"又是什么来历呢？是勉励的意思吗？不好意思，完全不是——这里是汉江的上游，古时候被称为沔水，直到向东流到汉中市区的地界后，才开始称为汉江。因为沔水，此地便得名沔县。如此叫了千百年，结果被简化成了"勉县"，理由是"沔"字太生僻——几千年来养育过祖祖辈辈沔县人的母亲河，名字能算生僻吗？你会因为自己母亲的名字不太常用，就随便给母亲也简化一下？如今这个"勉县"，给人的感觉张冠李戴、莫名其妙，诸葛武侯泉下有知，恐怕也要对自己阴间户籍的更改摇头苦笑。

在这拨更名浪潮中，历史厚重的陕西成了重灾区，先后有14个县的古称被简化，千年历史被腰斩，从此面目全非——我不是抱残守缺的人，我也不反对合情合理的简化，作为记者，我们新闻写作所追求的标准之一便是通俗易懂，但我反对这种无视历史与文化的机械简化——杜甫在安史之乱中写下的五律名作《月夜》，其写作地鄜县被简化成了风马牛不相及且十分俗气的"富县"，这就好比你给孩子起名叫"旺财""来福"一样，就不怕人笑话吗？

更有意思的是，这几年一些地方借着撤县设区的机会，又兴起了将行政区划名称改回古称的复古风。还是西安市周边，有一个当年简化后的户县，前两年设区时又回归了古称——鄠邑区。有的人叫好，有的人反对，就连中央电视台新闻频道的主播，有一次播报新闻时不认得"鄠"字，只能硬着头皮错读成了"鄂"。

该怪古代人起名太生僻？还是怪现代人缺少文化底蕴？

我想，冲着"亹"字这么繁复，浩门河、门源县是绝不会改回去了。

上文提到了汉江，从陕西省安康市到湖北丹江口这一段的汉江，古时候还有一个响当当的别称：沧浪水——全国的江河这么多，论内涵、论气势，敢跟沧浪之水比肩的，恐怕只有浩亹之河了。

浩门河、门源县还有三件委屈事，我这里再多唠叨唠叨：

第一件。宋代的时候，曾在浩门河畔修筑过一座城，名曰"大通"，是军事战略要地，从此人们也管浩门河叫大通河。后来，大通城移到了达坂山南麓，也就是今天大通回族土族自治县的位置。而出于习惯，大通河的别名还是被人们一直叫着，叫来叫去，甚至比浩门河的知名度还大，虽然这条河跟今天的大通县并没有任何关系。

第二件。浩门河最后汇入了湟水河，是湟水河的支流。可事实上，无论河流的长度，还是河水的流量，浩门河这条支流都远远超过湟水河干流。但没办法，谁叫人家湟水河千百年来孕育出了西宁、海东这样的大城市，是河湟谷地当之无愧的母亲河，名头、地位、影响都远胜于浩门河，只好委屈浩门河乖乖地当个支流吧。

第三件。解放后，门源县就一直是海北藏族自治州的州府所在地，这里相对气候宜人，人口稠密。然而到了1993年，州府却迁到了海拔3100米的海晏县，原因有二：门源县与省会西宁之间隔着达坂山，当时交通条

从照壁山俯瞰门源县城

鸟瞰门源油菜花海

件差,往来十分不便,而海晏县距离西宁更近,路也好走些;恰巧,221厂也就是原子城刚刚被撤销,留下了大量的机关、宿舍等空置建筑,有现成的条件。于是,门源县就不得不让出了州府的位置。然而,随着近些年交通建设的飞速发展,门源县的区位优势再次凸显出来,公路好走、高速在建,更是通了动车,往来西宁不过40分钟,一到旅游旺季,车水马龙好不热闹,全县人口已超过15万。反观迁到原子城的州府,驻地海拔高、气候恶劣不说,常住人口也很稀少,哪怕在旅游旺季,也还是一派萧瑟荒凉的景象,说明州府迁来近20年,并未给当地带来多大的带动作用。

这三件委屈事,虽然属于题外话,但为了帮您厘清来龙去脉,也还是有必要说一说。

每到夏季,门源县就变成网红打卡地——高原万亩油菜花海,就坐落在这里。

近些年,全国各地都在种油菜花、搞连片花海,既有观赏价值,又有经济价值,何乐而不为?欣赏花海,看的不仅是花,还要看景——门源高原油菜花海的独特之处就在于此:北有祁连山,

门源油菜花，金色的海洋

南有达坂山，两座山系东西连绵、落差极高、立体感强，山腰裹着绿带子，山尖尖在夏季也戴个雪帽子，花海后面的这个背景板独一无二。而且，赶上大晴天，又会有云海助阵，那画面绝了。

　　青海长云源于山——山峦和林木积聚了水分，高原昼夜温差极大，一到白天迅速升温，在强烈的日光照射下，山上便会短时间内蒸腾出大量的水气，继而形成层层叠叠的雾霭流岚。我在青海这几年的经验，便是一遇大晴天，山上就会起云，且以气温最高的午后时分为最，排云如海，蔚为壮观，无怪乎王昌龄说"青海长云暗雪山"。而草原、湖泊之上便不易起云，起云处必有山。回到内地，就很少见到高原一般的云海翻腾，我想一是大晴天不易见，二是温差不够蒸腾不足。

　　门源高原油菜花海的最佳观景点，在县城西边的青石嘴镇。从西宁来的游客，翻过达坂山的最高处，就可以从山顶俯瞰这片金黄色的海洋。从山上下来，随便找一处花田，给花农交10元的门票，便可以进入观赏拍照了。花海中有一个小山包，被辟为了圆山观景台，四面皆被花海包围，作为景区也可一去。如果嫌人多喧闹，还可以径直开车去花海旁的小山村，到村里随便找个高一点儿的山包包，爬上去也是同样的景色。但我要提醒您的就是时间：内地观赏油菜花，大多在三四月间，而门源高原油菜花海每年要到7月10日左右才进入花期,20日左右进入最旺季,到7月底就基本凋谢了,进入8月再看不到一丁点儿的金黄色——我说过,青海生如夏花,门源油菜花尤其美得灿烂而短暂。您来的话,可一定要把握好时间。

花海的背景板里,有一顶最亮眼的雪帽,那就是青石嘴镇西北方的岗什卡雪峰。

它是祁连山脉东段的最高峰,海拔5254.5米——这个高度,足以保证它终年白雪皑皑、银光熠熠,宛如一条无论春夏秋冬从不褪色的玉龙,为灿烂而短暂的高原花海增添了一抹最闪耀的远景;这个高度,又不是难以企及的海拔,于是成为国内外许多登山爱好者的入门级挑战对象。

从青石嘴镇往西走,有一条进山公路可以直达岗什卡的山脚,交通十分便利。家人和朋友来了,我都会带他们到山脚转转,虽然气温骤降、山风呼啸,但这毕竟是我们这些普通人能够最近距离接触到的一座终年不化的雪峰。

从此再往西去,翻过景阳岭,便是海北藏族自治州的祁连县。

仰望祁连

民族地区的山川地名,多为音译。像青海,就以藏语音译和蒙古语音译居多,每个地名后面都有一个故事,很有意思。

祁连,显然也是民族语的音译,不过这个民族和语言都要古老得多:2000年前,蒙古高原的霸主是匈奴,匈奴语里"祁连"指的是"天",祁连山也就是天山的意思。

卓尔山一瞥

公元前后，以秦、汉为代表的华夏王朝，与匈奴展开了长达数百年的拉锯战，互有攻守胜负，华夏民族曾经远征燕然、勒石纪念，一度令漠北无王庭，而匈奴族在五胡十六国时期也曾于长安、洛阳建立过割据政权，深刻影响过中国的历史进程。

就是在这样的历史烽烟中，饮马祁连山，成为了华夏王朝渴望建功立业者的夙愿，祁连乃成为一个标志性的符号：霍去病两次出击匈奴，全部占领了河西走廊，令匈奴人悲歌"失我祁连山，使我六畜不蕃息；失我焉支山，使我嫁妇无颜色"。

今天，从祁连县东端的峨堡镇向北，便可开车驶入祁连山，这是祁连山脉间较窄的一处通道，不到半个小时，就能抵达甘肃张掖的扁都口，面前便是平坦无垠的河西走廊。祁连山脉，正是青海省与甘肃省的界山，山脉东西绵延，南北纵横，冰川河谷无数，实非三言两语可以道尽，我这里只作一简单的描述：

从东西论，祁连山脉东段海拔较低，人居相对集中；西段则大抵是无人区，海拔5827米的祁连山脉最高峰团结峰便坐落于此，山下便是被誉为"人类最后一滴眼泪"的哈拉湖，都是没有人烟和交通的绝地。

牛心山的倒影

　　从南北论，祁连山脉北部是甘肃的河西走廊，海拔较之青海陡降，我过路时远眺过名声在外的焉支山，与高原的山峰相比不过就是个矮矮的山包，当然，这里的气候、自然环境也就更适宜人居，半农半牧、灌溉农业发达，经济社会发展相对更富庶；而山脉南部则是一派草原牧歌——一山南北，风土人情迥异。

　　就说青海的祁连县，这也是新中国成立后才有的县级建制，以前名义上归属他县管辖，实则是少数民族部落的游牧区域，是过去行政体系覆盖不到的偏僻角落。祁连县城的东边，有一座阿柔大寺，大家知道，牧民习惯依寺而居，这阿柔大寺一带，以前就是一个阿柔部落的牧场。

　　祁连县因为年轻，县城规划十分规整，城市面貌整洁而现代。县城呈东西向布局，南倚一座雄峰，因形似牛心，故俗称牛心山，而藏语称其为阿咪东索，意为千兵哨卡，更显威武雄壮；北靠祁

鸟瞰祁连县城

位于祁连县野牛沟乡的八一冰川,是我国第二大内陆河黑河的源头

连山脉,名声在外的卓尔山景区便坐落于此,天气凉爽的夏日,清早最宜爬山,山虽不高,亦能俯瞰整座县城,四周山色更尽得祁连之特点:既有陡峭挺拔的丹霞地貌,又有妩媚柔美的山脊曲线,林海阵列点缀期间,油菜青稞相映成趣,举目皆景,卓尔不凡——不识祁连真面目,只缘身在此山中啊。

　　有一条穿祁连县城而过的黑河,它的古称可谓如雷贯耳:弱水。作为我国第二大内陆河,它浇灌了河西走廊的富饶与繁华,归宿在大漠深处的居延海。而其源头,就是位于祁连山腹地的八一冰川。1958年8月1日,一支科考队找到了这座孕育黑河的"固体水库",因而得名。近年来随着生态保护,八一冰川已不再对外开放,而我则因采访的机会有幸到访。

我在亘古之墙八一冰川下

　　出祁连县城向西,溯流黑河峡谷而上,过野牛沟乡,跋涉数小时,在一处海拔近5000米的山顶,一个长达两公里的"白玉"便在眼前。走近,极寒,最厚处达15米的八一冰

默勒镇的牧民骑着摩托赶羊

川如墙矗立、巍峨坚固、连绵不绝,像极了《权游》里的北境长城。手触其上,如晤神明——这面亘古之墙,是我邂逅的第一座冰川。

而祁连最雄浑精华处,我还没有机缘一访,也鲜有人到过——那就是团结峰、哈拉湖等无人地带。随着祁连山生态保护力度的加大,这些地方是非准勿入的。我想,就应当把山川还给祁连,让美丽的独自美丽。

"祁连山下好牧场",这几年,祁连县的生态畜牧业在青海内外都打出了名头。

论草场、牛羊这些资源禀赋,青海各州县谁也不服谁,都觉得自家的草膘羊肉最好吃;可论产业发展规模和水平,祁连县在青海要是排第二,没人敢争第一。

这背后,有许多鲜为人知的艰辛努力:

初秋时节,从祁连县城向南,翻越海拔 4120 米的大冬树山垭口,横亘东西的默勒镇牧场在望。

从垭口俯瞰,一幅多彩而新奇的画面映入眼帘:牧场被成片的红绿色块分隔成相间的若干区域,若不是点缀其间的牛羊

卓尔山的柔美曲线

群,远远望去竟好似田连阡陌,一派农耕景象。

驱车再深入,我这才探出究竟:

那鲜明的红,是成效显著的生态修复区,如今牧草长到近半人高,枝头结满了泛红色的草籽,孕育着来年更广袤的新生;而那脆嫩的绿,是人工种植的燕麦饲草区,为的是"牧繁农补、农牧耦合"。

你可能想不到,眼前这片生机盎然的默勒镇牧场,2012年时还是原生植被退化殆尽的黑土滩。

对我回忆起往事,李世雄忘不了那时初到这里的一幕:几近裸露的大地上,可利用的草场星星点点,南北两侧的山峦也部分退化成黑土坡,饥肠辘辘的野生黄羊被迫从山谷迁徙到平地,与牧民畜养的羊群争食。

"牧民完德加的女儿,十几岁就当起了放羊娃,身材弱小又赶不跑黄羊,只能用鞭炮把'不速之客'吓走",来自青海大学畜牧兽医科学院的李世雄,从此把高寒草地生态试验站建在了完德加的隔壁。

一面人工增草,一面种植饲草,几年朝夕相处,科学家跟牧民成了好朋友，而邻居的可喜变化让李世雄深感努力没有白费。"以前羊没草吃，牲畜减产，还得倒贴钱买饲草"，牧民完德加告诉我，多亏李博士的研究，如今高高的草又长回来了，他家的羊数量翻了一番，全家年收入有二十多万元。

这份收入，不仅来自畜牧。

放了半辈子牧的完德加，如今选择把牧鞭交给村合作社，连同全家人的"命根子"——草场和羊群，自己则走上了外出务工的新路。

过去，粗放低效的传统畜牧业导致了严重的人草畜矛盾。后来，青海在六州牧区启动了现代生态畜牧业改革，核心是改变草原畜牧业的生产、经营、组织方式——

完德加所在的牧业村，就发动牧民们以草地、牲畜等生产资料入股组建村合作社，牲畜分群饲养，草地划区轮牧。

"以藏羊为例，过去一家一户各自放牧，往往公母同群、'四世同堂'，很容易造成品种退化。"完德加讲起畜牧养殖头头是道。合作社成立后，实行精细化管理，"母羊分别组群，种公羊统一调配，产羔集中在秋冬和冬春两季。"

在经营组织方面，合作社实行社员分工分业，牛羊统一销售，以及用工按劳取酬和收益按股分配。随着劳动效率提升，牧民富余劳动力得到解放，"除了经验老到的老羊倌替合作社放牧领工资，其他人都可以出门打工挣钱，再不用被牛羊拴住"，完德加发现，牧民"抱团取暖"也让他们拥有了更大的议价权。

过去几年，青海在全省800多个牧业村推广了这种股份制合作社的模式，其中尤以祁连县普及得最好——我想，这才是"祁连山下好牧场"的真正肇因，谁将生产经营方式改革得最彻底，谁才能抢到产业发展的先机，这比资源禀赋更重要。

李世雄还告诉我个"小秘密"：完德加在祁连县城买了房子，

自小放牧的女儿也嫁到了城里,"他刚刚当上姥爷了!"

今天的人们谈起祁连,说的多是生态、绿意。在我看来,这还是一座有着红色基因与血脉的大山。

1992年7月2日,一架空军小型运输机,从甘肃张掖机场起飞,驶向祁连山深处。

飞机上的人,满含着热泪,遵照国家主席李先念的遗嘱,将他的骨灰撒向这片红军西路军当年浴血奋战的群山——在这里,李先念曾指挥红军与数倍于己的敌军血战40天,最终寡不敌众,艰难突围进了祁连山;在这里,他曾率领只有800多人的残部,翻越祁连山分水岭,在冰天雪地里行走了20多天,才逃出生天,为新中国保留下宝贵的星星之火。

多年后,弥留之际的李先念,仍然忘不了西路军的悲壮,忘不了数万将士的流血牺牲,忘不了这座祁连山。他说,"过祁连山时,零下30多度,好好的同志,晚上睡觉时还一起说话,第二天就起不来了……我那个十几岁的警卫员是拽着马尾巴才翻过山的……"

这个大汉与匈奴的古战场,在2000年后,考验着也见证了一支人民军队的由弱变强、苦难辉煌。

我曾于峨堡镇和扁都口间往返数次,每每穿行于祁连山间,从来难觅人烟,目之所及皆是草、石、山,风光虽美,却不适宜人居,更何况是一支血战后突围进山的残部,又如何寻觅补给?

夏日,祁连山中的温度很低,赶上阴雨天气,更是冷风刺骨。乘车穿行于此间,我总会遥想当年,那800多人的星星之火,行走在吞噬着生命的雪山绝地中,又为何能够饱经风霜雨雪而不熄?

唯一的答案,就是精神的力量。

西路军留下了太多令人唏嘘不已的人和事——原川陕省苏维埃政府主席熊国炳，当时与李先念一同率残部向祁连山突围，就在他骑马刚刚跑上雪山，眼看就要翻到山岭的另一侧逃出包围圈时，却不幸被流弹击中，负伤掉了队。

这颗仿佛冥冥之中飞来的子弹，彻底改变了熊国炳此后的命运。

起初，他遇到被打散的战友，继续追赶部队，但在一个雪山脚下，又不幸被敌军骑兵俘虏，化装为伙夫才脱离险境。

这之后，也许是屡遭变故、心灰意冷，他再没有去找队伍，而是一路乞讨到酒泉，从此隐姓埋名，在当地成了家，靠做小买卖艰难度日，浑浑噩噩地了此余生。直到新中国成立后，人们才知道他的真实身份。1960年，这位曾经的红军高级将领，因病而离世。

他为革命立下过赫赫战功，他的遭遇也极其不幸，我们无法去苛求前人，更无法苛求饱经磨难的西路军将士们，但祁连山确是熊国炳一辈子没有翻过去的坎儿——改变他命运的不是那颗子弹，而是他动摇的信念。

险境与绝地，也是对人的意志的试炼场。我总在想，若是把我放在那近乎四面楚歌的绝境，我可有足够的信念、勇气与毅力，去翻越面前的大山？

对谁来说，这都很难。但，李先念和那800多位勇士，做到了。

仰望祁连，我无限敬畏。

第三章
亘古戈壁：在绝地触摸人类丰碑

巨岩交错、万壑纵横的英雄岭

从一座盐湖，叩开生命的绝地

比赛、选拔、考评之类，都会定一套游戏规则，来规范运动员和裁判员，以示公正。

但场外因素从来不可避免——国人美其名曰：合理利用规则。

1904年的科举考试，主考大臣将试卷按名次排列后，呈给慈禧太后钦定。

当时的满清，已是风雨飘摇。正巧，慈禧也快过七十大寿了，她就想借科举添点吉利、冲冲喜。

她翻开头名的试卷，文辞华丽、字迹清秀，可一看到落款，就大怒不已：头名叫朱汝珍，是来自广东的举人。一见这个名字，慈禧就联想起当年光绪皇帝最为宠爱、经常犯上忤逆自己的珍妃，加之康有为、梁启超、孙中山都是广东人，慈禧认为广东人是自己的克星，于是当即取消了朱汝珍的头名资格。

再翻第二名的试卷，小楷那叫一个漂亮，落款是：直隶肃宁人刘春霖。这一年正逢天下大旱，"春风化雨、甘霖普降"，名字多吉利。再加上直隶属于京畿重地，肃宁有肃静安宁之意，直隶肃宁，也吉利。于是慈禧大笔一挥，就把第二名刘春霖钦点为当年的全国状元。

1905年，在国内外的压力下，清廷宣布，废除延续了1300年的科举制度。刘春霖成了中国历史上的最后一位状元。

又过了6年，武昌首举义旗，短短4个月后，天怒人怨的满清政府土崩瓦解——迷信而自欺欺人的慈禧幻想肃宁而不得，终究是一位广东人推翻帝制、创建民国。

但起名字这个事，有时候确会影响运气，于是为人父母者都不敢掉以轻心。

我是80后，我们那拨小朋友起名时兴起单字，颇有改革开放年代的革故鼎新之意，于是传了好些年的字辈也都不论了。到我们这拨为人父母时，给娃起名却又时兴复古，且偏爱文绉绉，我闺女班里三四十个孩子，花名册看过去，一水的三字姓名，"轩""梓""涵""辰"更是高频词，有时真替班主任忧心，如何记得下来！我也略有点儿后悔，随什么大流，当初为啥不给闺女起个两字的姓名，显得与众不同、特立独行。

不过这种悔意毫无必要。名字与际遇，纯属偶然，岂能预知？

就像有一位游客，数年前到青海的茶卡盐湖游玩之后，把拍的倒影发到了网上，配了个"天空之镜"的名字——谁也没想到，不温不火的茶卡盐湖从此一夜爆红。

一对新人在茶卡盐湖拍摄婚纱照

来过和没来过的朋友，跟我聊起青海，未必记得茶卡盐湖，但都会提到"你们那个什么镜，听说很漂亮"。朋友来了，如果不带人家去一趟茶卡盐湖，就像没去青海湖、塔尔寺一样，显得很没诚意。据说，茶卡盐湖景区后来给那位起名字的游客颁发了个类似于"荣誉市民"之类的奖项。

我觉得，应该让人家入股。天空之镜——营销大师都未必能想到的神来之笔。

凡暴得大名者，易遭"盛名之下其实难副"的讥讽或嫉妒。

　　茶卡盐湖属于青海省海西蒙古族藏族自治州的乌兰县。我听过很多海西州的人，对茶卡盐湖表达着一种从容的不屑：这种天空之镜，我们那儿有的是，不收门票，而且更漂亮。

　　天空之镜的奥秘，其实跟盐湖关系不大。茶卡盐湖过去就是一个国有采盐场，后来才开发旅游。湖底，是卤水结晶形成的5~10米厚的固体盐层，盐层上面，有薄薄一层刚过脚腕的液态卤水。坚硬的盐层，让人可以放心自由地行走其上，薄薄的卤水，恰好可以在水面映出倒影——这就是天空之镜的奥秘，不过是光的折射罢了，在地上洒滩水也能做到，如果说与盐湖有关系，那无非是盐层能让你走到这滩水上拍照而已。

　　更何况，海西人是有底气自信的：中国最大的盐湖察尔汗、一池碧水的翡翠湖、新晋网红有"中国马尔代夫"之称的东台吉乃尔湖、开发后的盐田如同教堂花窗一般的霍鲁逊湖、钾盐储量仅次于死海位列世界第二的东达布逊湖……地理环境，让海西州最不缺千姿百态的盐湖。

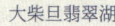

大柴旦翡翠湖

南有昆仑山，西有阿尔金山，北有祁连山，大山包围之中是地表荒凉、资源富藏的柴达木盆地，亿万年的蒸发风蚀造就了戈壁荒山、瀚海盐湖、雅丹林立——荒漠，乃是海西州的主色；戈壁，乃是柴达木的标志——除了由海西州格尔木市代管的唐古拉山镇这片飞地，总的来看，柴达木盆地上建起的海西州是青海的一个异数，代表了多元青海的一元。

因其资源富集，所以现代人类有条件将开发的脚步踏上这片亘古无人的戈壁。因其荒凉广漠，所以渺小的人类用意志将凡人的丰碑铸在这片昆仑神话的渊薮——

一位将军，带领着筑路大军，选择根据地。可戈壁之上，遍寻不到那传说中的格尔木。将军指向脚下："帐篷扎在哪儿，哪儿就是格尔木！"

横穿戈壁、纵贯盐湖、跨越昆仑，先驱者们将自己的汗水、鲜血乃至生命，筑成了路基和枕木，铸就了青藏公路和青藏铁路两条神奇的天路。

茫崖，一个听上去就令人感到苍凉和绝望的地名。三代油田人，驻守在那里已经超过一个甲子，在蒸发量是降水量70倍的环境下，开采出不竭的地火。

海西州，也是媒体的一座富矿。我总在想，是什么激发出了这么多平凡人的英雄本色？

答案，也许就是这八个字：艰难困苦，玉汝于成。

越是艰苦的环境，越能激发出一个人最大的潜力。海西之艰苦，无以复加，平凡人到了这里，坚持下来的，都会被锤炼成英雄。海西，实在是英雄的试金石。

海西盐湖甚多。看着像是水，可不但不滋养生命，喝下去反而会危及生命；曾经是源泉，经历过沧海桑田，如今被开发成另一种资源——这卤水、这盐湖，我觉得最能代表海西州和柴达木的辩证性格——生命的绝地，人类的奇迹。

青海有6个民族自治州。其中，海西最特别，它是蒙古族藏族自治州。

大家要注意这个排序，这与历史紧密相关。公元16世纪初，东蒙古诸部开始进入青海，海西成为了东蒙古诸部的统治地区，在历史上留下过深刻的影响。举例来说，青海其他民族自治州的地名多为藏语音译，而唯独海西，地名大多是蒙古语的音译。

就比如盐湖。像茶卡、察尔汗和达布逊，这三个盐湖的名字都是蒙古语的音译，都表示"盐泽"的意思，只是在语义上有细微的差别。为此，我专门咨询过海西州的蒙古族朋友，但他们也语焉不详。我想，这可能就类似于让我们去区别"江"与"河"的不同一样——如果有人问我这个问题，我会觉得他脑袋不灵光。

再比如地名，更有意思：

海西州州府所在地德令哈，蒙古语意思是"金色的世界"。这个金色，是形容丰收的庄稼还是形容土地富饶，我不知道，反正第一次去德令哈是在10月中旬，层林尽染，还真是金色的世界。

游客在察尔汗盐湖享受绿浪白滩的别样风光

青藏高原的重镇格尔木，蒙古语意思是"河流密集的地方"。这个名字很能迷惑人，起码在格尔木的城市内外，你是很少能见到水的，有一条格尔木河，但河道常是干的，据说地下水网很密集，一到汛期就发洪水。

海西州最西北端，青海省的西北角、与新疆交界的茫崖，蒙古语意思是"额头"。为啥管这里叫额头？从地形上实在看不出来。也许因为这里是青海省的西大门？应该讲，茫崖的这个汉语音译实在精彩，比额头可是传神多了。

青藏公路必经之地、小镇香日德，意思是"丰富之水"，跟格尔木类似。从香日德再往西去，有一个著名的劳改农场诺木洪，有"温驯、美好"之意。

德令哈、格尔木、香日德、诺木洪……细品这些音译的蒙古语地名，都韵律感十足、朗朗上口，而且求音译不求意译，反而使几个简单汉字组合出了一种虽无实际意义却无法言喻的美感，可谓兼具音律之美和文字之美。

拿青海音译的藏语地名与之比较，比如治多、杂多、称多、玛多，我们就会发现它们多为两个字，韵律组合、文字搭配上少了些空间和可能。当然，也有音译得出人意表者，比如玉树——它的藏语意思是"遗址"——我去玉树出差有小十次，在那里拍个照片发朋友圈，就常有人留言戏谑，因我的名字为"峰"，他们便调侃这张照片是"玉树临峰"。

在青海时间长了，去到民族地区的一个乡镇、村落，光听名字，大概就能听出这里的历史和渊源。

上面的话题，其实是个大文章。展开了，可以写一本《青海地名考》。

我无志于此，但地名确实是了解一个地方最直接、快捷的途径，一个地方的秘密也许就藏在它的名字里。

但青海前几年有些不自信，整出来一堆的"小"字辈：

黄河穿城而过的贵德，河谷两岸林木丰茂，看着山水连绵，于是号称"青海小江南"。

乐都的瞿昙寺，形制与北京故宫部分建筑相仿，且建造年代相同，可知必有师法之处，便称"高原小故宫"。

循化的孟达保护区，山顶有片天然湖，就叫"小天池"；祁连县城的山上常积雪，又有森林，就叫"小瑞士"。

龙羊峡，叫"中国的科罗拉多"；东台吉乃尔湖，叫"中国的马尔代夫"。

我感觉，除了青海湖、塔尔寺足够知名外，青海其他的自然名胜地，似乎总嫌自己不够有特点，常爱蹭别人家的热点。蹭来蹭去，就容易出问题：自己的特点足够出众而不自知，就比如贵德，明明是大山大河间的宝藏古城，却偏要打造"小江南"的流行人设，人家从江南来的游客，又何必看劳什子"小江南"？

文化的不自信，归根结底是发展的不自信。茶卡盐湖旺季日均游客就有几万人，茶卡镇上酒店林立，附近村民更是家家开民宿、户户办旅馆——我相信，肯定有外地开始打起"小茶卡""XX的天空之镜"一类牌子。发展还是硬道理，茶卡盐湖的品牌包装、宣传营销、运营管理等内核东西，值得"小"字辈们好好学学。

沿着青藏公路，茶卡是进入海西州的一道门。叩开此门，让本书的第三部分带您走进这片神奇之地。

昆仑山：告别神话的失乐园

沿着青藏公路，从茶卡盐湖向西便是都兰县，再走不远，广漠而平坦的柴达木盆地便出现在眼前。

接下来的高速，变成了笔直的一条线，延伸到天边。路的北边，是荒凉的戈壁；路的南边，那连绵不断的群山，便是莽莽昆仑。

"飞起玉龙三百万，搅得周天寒彻。"毛泽东主席写过一首《念奴娇·昆仑》，他没有来过青海，但他对昆仑山的诗意想象很到位——昆仑山北麓的雪水融化成河，流进并消逝在柴达木盆地。但这有限的水源已格外宝贵，靠它的滋养，才有了都兰县香日德镇、诺木洪农场的郁郁葱葱。这片沙地上，最耐旱、最出名的便是枸杞。

曾经的劳改农场，如今成了众多企业的投资热土。我去过一次诺木洪，当时正值9月初，正是红枸杞采摘的好时节。偌大的枸杞林里，矮矮的枸杞树上，红枸杞长得密密麻麻，个个红艳饱满、娇嫩欲滴，摘下便可以直接吃，口感新鲜，汁液香甜。除了枸杞种植，很多企业还在研发枸杞加工，枸杞干、枸杞酒、枸杞饮料等各式产品层出不穷，当地人招待客人，桌上永远不会缺枸杞。

距离诺木洪农场不远，有一个东西走向、宽70米、长2公里的贝壳梁——这是我国内陆盆地发现的最大规模的古生物地层，数以亿计的贝壳，绝大部分只有指甲盖大小，和含有盐碱的泥沙凝结在一起，层层叠叠，厚达20多米。

我试过，不靠其他工具，仅仅用手，是不可能把贝壳从坚硬凝固的泥沙中弄出来的——足见其年代之古老。

当地朋友告诉我，远古的柴达木盆地曾是一片汪洋大海，在造山运动中，陆地上升，海水消失，海洋中的贝壳在死亡后堆积到了这里，恰恰成为青藏高原沧海桑田的见证。

可我查阅资料后发现，专家对这一说法并不认可。道理很简单：造山运动发生于1亿年前，

贝壳梁，远古生物的坟场

如果这些贝壳是1亿年前的，早就该变成化石了；经过鉴定，专家认为这片贝壳梁不过形成于15万年前，所以并没有石化，质地跟今天的贝壳是差不多的。

这个鉴定结论，令人略感失望。但专家讲述的故事令人惊心动魄：柴达木盆地曾经水网密布、湖泊众多，随着气候变迁，这里越来越干旱，湖水面积也不断缩小，贝壳生物为了生存不得不成群结队地向最深的湖心处迁徙，越聚越集中。直到15万年前的某一天，泱泱大湖彻底干涸露底，只剩下盐碱和泥沙，数以亿计的贝壳们最终全部灭绝、集体葬身于此——这片远古贝壳生物的坟场，见证了柴达木盆地的一场大灾变。

站在贝壳梁上，南望昆仑，我萌生了一个大胆的猜想——

海子写过一首《以梦为马》，其中有这么两句：

"千年后，如若我再生于祖国的河岸
千年后，我再次拥有中国的稻田，和周天子的雪山"

海子生前游历过青海和西藏，"周天子的雪山"，指的就是昆仑——周王朝的第五代君主、周穆王是公元前1000年的一位超级驴友，他从今天西安的沣河畔出发，驾着八骏北渡黄河，翻越太行山，出了雁门关，经过贺兰山和祁连山，最终在昆仑山的瑶池见到了西王母，后人把他西巡的经历写成了《穆天子传》——严肃的学者，对这些记录都是存疑的。即便在交通发达的今天，昆仑山仍然是很多人可望而不可及的远方，以3000年前的社会发展条件，这样的西巡怎么可能完成？于是，学者把《穆天子传》只是看作神话色彩浓厚的传说故事。

但，这并不影响对传说故事展开解读的可能。神话是夸张的、变形的，但并非无中生有，往往是有原型的。

在中国的古典神话中，以昆仑山及其相关人物为主要内容的昆仑神话，占了不少的比重。其中最有名的，恐怕就是西王母和她的瑶池了，这还要归功于大闹蟠桃宴的孙猴子。

青藏高原深处、遥远的昆仑山，为何会在上古的神话传说中频频露脸？今天去过昆仑山的人都不多，难道上古的先民们都是驴友？只有一种解释：先民们曾经对昆仑山十分熟悉，或许就生活在昆仑山，于是那些夸张变形的神话传说往往以昆仑山为故事背景，只是后来由于某些原因，先民们向外迁徙，离昆仑山越来越远，但童年记忆仍然刻印在了上古的神话里。

至于西王母，那就像极了世界各地神话中总会出现的女性形象——比如女娲、盖亚——专家认为，这都是因为在人类母系社会时期，女性往往是一个部落的首领，因此在神话中常会出现女性造物主或者领袖的形象。那我可以反过来倒推，西王母既然是昆仑神话体系里当仁不让的主人公，那么昆仑神话很可能产生于曾经生活在昆仑山的母系社会时期的原始部落。

2017年8月，我第一次到昆仑山。心中满怀憧憬，谁想到却是大跌眼镜——它竟然无比荒凉！

昆仑山不是一座山，也不是一座普通的山系，而是横亘东西，跨越西藏、新疆、青海的巨大山脉。昆仑山的西部，是新疆塔里木盆地和西藏北部高原的天然界山。它的东部，也就是进入青海境内的昆仑山，山系庞大，像长江与黄河源头分水岭的巴颜喀拉山、藏地四大神山之一的阿尼玛卿山，这些举世闻名的大小山系，都属于昆仑山脉的一部分。大洋有"海纳百川"的说法，大山不也是吗？无怪乎，昆仑山被世人誉为万山之祖。

对这个巨大山脉的理解，仅仅站在国内还是不够的，甚至应当跳出中国地图，从更大的视野去看——卫星遥感图上，昆仑山脉就像亚洲的脊梁。

它太大了，我路过昆仑山口七八次，也仅仅看到了一点儿

远眺昆仑山东段最高峰——玉珠峰

皮毛。就说从都兰县到格尔木市的这一小段，当你在高速上开了3个半小时的车，已经赶了350公里的路后，你发现，昆仑山一直在高速路的南边伫立着，连绵不断。你会感觉自己就像那个孙猴子，再翻筋斗云也跳不出如来佛的手掌心——面对自然的伟力，我深感人的渺小。

就我眼见的皮毛，昆仑山是极其荒凉的。山体上植被覆盖率极低，看不到一棵树，草也极少。即便最舒适的夏天，也难觅一丝绿，到处是触目惊心的黄。昆仑山并不缺水，高山积雪融化后的雪水，让这里有充沛的水源，但河道里的水并不能让周围的荒山长出新绿。如果没有青藏公路和铁路，这里就是无人区，时至今日也没有人在这里定居生活。

我不禁怀疑起前文的推论，这样一座荒凉之山，怎么可能是先民的居所？

所幸考古发现，让我坚定了自己的推断——昆仑山发现了一处野牛沟岩画，在岩壁上刻画了180多个形象，都是原始先民人工打凿而成的，而且据测定，这些岩画距今已有3000年历史——巧不巧，正好跟周穆王西巡见西王母的时间是一致的。

这些岩画，成了昆仑山有原始先民生活居住的铁证。当时的昆仑山也像现在一样荒凉吗？他们靠什么生活？——岩画里透露了关键信息：有大量牛、鹿、骆驼、狼、豹、鹰等动物的形象，并且还有人类狩猎、出行的场景——可见，起码在3000年前，这里还是生态良好、适宜人居的。母系社会的领袖，带领族人在昆仑山间以狩猎为生，那是先民心目中的伊甸园，是玉液琼浆、仙乐飘飘的瑶池。

然而，就像那个贝壳梁一样，昆仑山必然是遭遇过生态大灾变，才会沦为今天的不毛之地。为了不像那些贝壳一样灭绝，昆仑山的先民们选择了远徙。

是什么导致了大灾变？

当然有人类活动的因素，但我们不要过于高估人类对于大自然的改造力量，更何况原始的先民们又不会建造工厂、乱排污染，我不信他们为了填饱肚皮猎杀动物、建造房舍砍伐树木就能造成昆仑山生态的巨变。

今人的足迹，重回神话渊薮昆仑

大灾变，应该还是跟气候变迁有关。有许多证据能够证明，过去3000年，中国是越来越冷的。于是，文明初兴的北方，生态状况在下降；而在古代被视为瘴气之地、炎热潮湿、蛇鼠盛行的南方，如今却变成鱼米之乡、天府之国，因为南方变得没那么热了。

昆仑山一带本来海拔就高，如果气候越来越冷，那么植被萎缩、水土流失、动物绝迹、人类迁徙将是连锁反应。

我去过宁夏的贺兰山，贺兰山岩画因其数量之多、画面之丰富、想象力之奇诡，享誉全世界。创作过北京奥运会吉祥物的著名造型艺术家韩美林，就是受到贺兰山岩画的启发，艺术风格为之一变。而今天的贺兰山，也是荒凉且不适宜人居的，所幸有先民的岩画，为今人留下了生态退化前贺兰山曾经的美好。

《三体》三部曲结尾，地球文明即将遭到降维打击，彻底灭绝。无能为力的地球上的人类，想把自己的历史存储下来，让后来者知道曾经有过这样一个文明。可是，人类悲哀地发现，即便最先进的高科技存储设备，也会随着时间毁坏、消逝，而比任何人造设备存储时间都长的介质，竟然是最原始的石头。于是，人类把地球文明最精华的部分刻在了石头上，这些岩画，可以保存亿万年而不坏。

作家冯骥才，曾为贺兰山岩画题字：岁月失语，唯石能言。

无论我们如何想象昆仑山当年的样子，先民岩画里的那个世界，都是走出神话时代后的今人回不去的失乐园。

德令哈、格尔木：拔地而起的戈壁新城

我是河北石家庄人。网上评选"最没存在感的省会城市"，石家庄经常入围。偶尔没有当选，可能是人们想不起河北的省会在哪儿。

至于原因，首先是名字土，人称"天下第一庄"，最近时兴的外号是"rock（石）home（家）town（庄）"，翻译过来就是戏谑感十足的"摇滚之乡"。其次，城市也土，过去面貌像个大县城，以至于本地人对高楼广厦、宽路长桥充满怨念，城市基建每有改观，便奔走相告："国际庄有了国际范！"

这话，不过是石家庄人的自嘲。我们善于也乐于拿自己开涮，

因为石家庄没有任何历史包袱——从20世纪初小小的石家庄村，到1947年解放时近20万人口的城市，短短20年后又一跃成为河北省省会，石家庄在100年的历史里完成了不可思议的蜕变，实在堪称近现代以来中国最幸运的城市。

这一切，都要拜铁路所赐。

我的家乡有一条滹沱河，河的南边是石家庄市区，河的北边是正定县，赵云赵子龙就是那里人。过去几千年，正定才是我们那里的经济政治文化中心。20世纪初，清政府要修一条从河北正定到山西太原的铁路，名字就叫正太铁路。可如果把铁路起点设在正定，就得修一座跨河大桥，成本很高。修铁路的法国人为了省钱，干脆就把起点站设在了滹沱河南边的石家庄村。一个籍籍无名的小村落，一跃成了铁路网上的交通枢纽，人流、物流、资金流滚滚而来，迅速逆袭成一座被铁路拉动起来的新兴城市。而千年古城、北方雄镇正定，眨眼之间沦为了石家庄下属的一个县——时代抛弃你，真是连个招呼都不会打。

石家庄的逆袭之路，这仅仅是个开始，本文不多赘言。纵观国内外的新兴城市，大多是适应资源要素全新布局、经济社会现代发展的需要而快速崛起。海西蒙古族藏族自治州，也有两座像这样从无到有、拔地而起的城市。

1988年，海子途经柴达木盆地的一座小城，写下了一首抒情短诗《日记》：

"姐姐，今夜我在德令哈，夜色笼罩
姐姐，今夜我只有戈壁
草原尽头我两手空空
悲痛时握不住一颗泪滴
姐姐，今夜我在德令哈

这是雨水中一座荒凉的城
……
姐姐，今夜我不关心人类，我只想你"

海子来的这一年，恰恰是德令哈正式设市的一年，也是它成为海西州州府的一年。

这座年轻城市所在的土地，过去属于少数民族的游牧区域，人烟稀少，历史上曾先后归海西州都兰县、乌兰县管辖，千百年来并没有独立的行政建制，其实就是一片广漠的荒地。

海子诗歌陈列馆一角

何止德令哈，整个柴达木盆地不都如此？都兰县、乌兰县位于海西州最东边，自然条件相对较好，人口相对密集，因此历史上一直是当地的经济政治中心。柴达木盆地虽然地表荒凉，地下却蕴藏着丰富的矿产资源。新中国成立后，有能力有条件向西开发柴达木，也需要在柴达木盆地内建立更靠前的指挥所，因此新的城市应运而生。

德令哈所处的位置，向西可以统筹整个柴达木，向东距离省会西宁也不算太远，加上有一条巴音河流过，生态环境相对较好，因此确实是海西州州府的首选。

我在德令哈住过几个晚上，海子见到的那座"荒凉的城"，如今已经繁华现代了许多。夜晚，从市区蜿蜒流过的巴音河，被灯火装饰得流光溢彩，河上还建起了一座摩天轮，也被照得五颜六色，成为德令哈的网红打卡地。

但这座城市真正的名片，不是夜景和摩天轮，而是巴音河畔的一座小小的纪念馆——海子诗歌陈列馆。诗人的经历和作品，在遥远的德令哈被人们用这种方式缅怀着。午后或者晚上，你都可以在这里喝茶、读诗、小憩，关心人类，抑或想她。

有这个纪念馆，德令哈就不再是一座"荒凉的城"。

巴音河也是蒙古语，意思是"幸福的河"。它发源于德令哈市北边的柏树山。

柏树山离市区很近，就像是城市的背景板。那里，据说遍山生长着古老的柏树。柏树树龄极长，是活古董。记得在陕西省黄帝陵的轩辕庙里，就生长着一棵世界上最古老的柏树，距今已有5000多年，被人们附会为"黄帝手植柏"。戈壁滩的深山里，长着成群的参天古柏，我想也是柴达木盆地曾经生态良好、后来剧烈变迁的一个佐证。

德令哈市的西南，有一小一大两个湖。小的叫可鲁克湖，在北边的上游；大的叫托素湖，在南边的下游。两个湖有水道相连，但神奇的是，可鲁克湖是个淡水湖，托素湖却是个咸水湖。

于是富于联想的人们，便编织出"情人湖"之类美丽的故事，其实成因很简单：巴音河流出柏树山，流经德令哈市区，最终流入了可鲁克湖、托素湖。"问渠那得清如许，为有源头活水来"，德令哈人挺幸福，他们的餐桌上常能见到可鲁克湖养殖的淡水鱼，甚至还有螃蟹——这在柴达木盆地简直算得上奢侈；而下游的托素湖，是巴音河的最终归宿，极度干旱的暴晒与蒸发，让这一池死水最终不可避免地变成了咸水湖——这不也是当地生态变化的活见证吗？

就在两湖的中间，还有一个鼎鼎大名的"外星人遗址"——托素湖边的山崖上有个岩洞，岩洞里有许多管子形状的物体插入坚硬的岩石。据说，经科学家检测，"管子"里的氧化铁成分超过60%，是不折不扣的铁管，而且"管子"还有8%的元素不是人类已知的。于是，人们一传十十传百，就说它是来自地球以外的物质，是外星人的遗址。可惜，这个曾经的景区已经被当地封闭，我是无缘得见了。

翻开海西州地图，一个最直观的印象，就是路网非常横平竖直。

可不是吗，开发柴达木，如同在白纸上作画，城市、道路都可以大开大合。让我们把目光聚焦到这张路网西南角的那个节点，一座同样年轻，名气比海西州、德令哈都大得多的城市——格尔木。

历届国家领导人视察青海，往往有一个特殊的规律：先到格尔木，再去西宁。

一个副地级市，其知名度、影响力不仅盖过了州府，甚至连省会西宁都不遑多让，原因何在？

要知道，这是一座1960年才首次设市，建城史不过一个甲子的小字辈。

答案，还是藏在地图上：

有一个丁字路口，北边的路通往甘肃敦煌、新疆乌鲁木齐，南边的路通往西藏那曲、拉萨，东边的路通往德令哈、西宁——这个得天独厚的丁字路口，就是格尔木，它是新疆、西藏、青海间的一个中转站。如果说，河湟谷地是打开青藏大门的一把钥匙；那么，格尔木就是通往各个房间的那道玄关。

历史上，受制于自然环境、建设水平，这道玄关只是设计图的纸上谈兵，从来没有真实存在过。一个房子里相邻的几个房间，互相走动还得绕个大远，岂能像话？新中国成立后，开路先驱们用数十年的奋斗让设计图变为了现实，真正汇聚出一个路网间的丁字口、一个通达各个房间的玄关——和石家庄一

格尔木随处可见的风力发电机组

样,格尔木也是因交通而兴的城市。

2012年,新的石家庄高铁站正式投用。车站外观的设计灵感,来自于1907年正太铁路通车时,那座横跨铁路的立交桥——大石桥。

铁路,象征着这座交通枢纽城市曾经的荣光,但也给城市的转型发展扯了后腿。

过去,石家庄的城市规划是以老火车站为圆点,向外辐射开去。横跨铁路线的大石桥,成为城市格局的分水岭,桥的西边时至今日仍然叫作桥西区,东边则叫桥东区。然而,随着城市体量不断扩大,这个格局愈发凸显出弊端:铁路线,严重阻碍了城市道路和建筑布局;位于圆点的火车站,成了低端商品集散地,环境脏乱差,严重拉低了城市面貌。

被铁路拉来的石家庄,必须"革铁路的命",才有新的转机。

于是,新的高铁站,被建在了远离主城区的南郊。老火车站停用,改成博物馆,铁路线入地,原有的集贸市场全部推倒,建设新业态CBD,打造石家庄的城市天际线。

区位优势、交通枢纽,都不是一座城市的核心竞争力,发展的思路和眼光才是。

近年来,格尔木也面临转型。

20世纪50年代，青藏公路修通，让这座城市初露雏形。1984年，青藏铁路西宁至格尔木段建成通车，往来于内地和青藏间的人流物流，都要在此中转、换乘，一举奠定了格尔木的铁路公路交通枢纽地位。青藏铁路的格尔木至拉萨段于本世纪初开工，那段时间也是格尔木人口的鼎盛期，你想，建设大军的衣食住行，哪个不是产业链？2006年，青藏铁路的格尔木至拉萨段建成，天路全线通车——这意味着，人流物流无须再在格尔木换乘倒车，可以从西宁直奔拉萨，格尔木对资源的集聚效应反而大大下降了——所以，青藏铁路的全线通车对格尔木来说是一个转折点，真可谓成也铁路，败也铁路。

不过，格尔木在青藏公路中的节点地位并未受太大影响，开车走青藏线的人们，还是会在这座城市经停。但当地的朋友常跟我说，如今格尔木的热闹繁华程度，已大不如前了。对此我也深有感触，即便在旅游最火热的夏季，到了晚上八九点，格尔木城市主街道就变得空荡荡起来，而到了冬天，街上更是连个人影都见不到。

对于在柴达木盆地跋涉的远行人来说，德令哈、格尔木都是戈壁滩上的一方绿洲、沙漠间的眼泉源，但绿洲究竟不是森林，泉源也不是江河。

以前，由于施工难度极大，川藏线只有一条国道可供通行。这几年，随着技术水平的提升，川藏铁路、川藏高速公路也在不断突破横断山脉间的梗阻点。川藏线比青藏线距离更短，而且西南远比西北经济发达、人口稠密。可以预见的是，川藏线升级迭代之日，必是青藏线趋于衰落之时。因青藏线而生的格尔木，又该怎样未雨绸缪？

破题之道，早就有石家庄在探索了。

"青藏公路之父"背后的故事,有几人读懂了?

这是一个青海人耳熟能详的故事:1954年,慕生忠将军带领筑路大军,凭借一不怕苦、二不怕死的精神,用7个月零4天修通了从格尔木到拉萨的青藏公路。因开拓之功,慕生忠被誉为青藏公路之父。

这样中规中矩的主流叙述,相信你已经听过很多遍。我并不掌握更多的内情和秘闻,但我想给你讲点不一样的——通过解读现有史料中的春秋笔法、草蛇灰线,为你揭开隐藏在主流叙述背后的历史真相,比如:

60多年前修筑青藏公路,如此艰巨的工程,到底是自上而下的国家意志,还是慕生忠一个人的坚持?

慕生忠当时的职务是什么?修路是他该管的事吗?

修路计划本来已经夭折,慕生忠又用了什么办法、承担了多大的政治风险,才让工程起死回生?

即便重新上马,你可知道,当时的修路方案其实是个"半拉子工程"?

青藏公路最终如愿修通,而慕生忠的后半生又为此付出过多大的代价?

本文的解读,全部依托于格尔木市慕生忠将军纪念馆里公开展出的官方史料,绝无戏说演绎的成分。

读懂了史料背后的真相,你会发现,与筑路大军们的战天斗地、无私奉献、英勇牺牲相比,决策者的果决、坚毅、智慧和担当同样是难能可贵的品质,否则,青藏公路的诞生恐怕会推迟很多年。读懂了主流叙述背后的故事,你会对这位青藏公路之父、对筑路先驱们、对甘当路石的新中国建设者更加肃然起敬。

黄河源头有个鄂陵湖，湖边有个迎亲滩。

传说，当年文成公主进藏时，松赞干布就是在这里接的亲，并且摆下了盛大的迎亲宴席，载歌载舞三个月，然后"与子偕行"，去往拉萨。

这个传说靠谱吗？我们不得而知。文成公主从青海怎么去的西藏，到现在都是学术界的一个谜，学者们猜测有4条路线，可都没有压倒性的证据。但起码途经黄河源头的这条进藏路线，是大大的不靠谱——1951年8月，一支首次挺进青藏高原的部队，一边探路一边行军，就是从黄河源头、巴颜喀拉山方向，跋涉了3个多月才最终抵达拉萨，途中还损失了三分之二的骡马——他们是中国人民解放军第一支从青海进入西藏的部队，慕生忠就是这支部队的政委。

从青海方向进藏，当时不仅没有一寸现成的道路，甚至连一条靠谱的路线都没有。

这支部队里随行的，就有负责探路勘察的工程技术人员。他们发现，黄河源头这条进藏路线虽然地势开阔、坡度平缓，但都是泥沼地带，地形复杂，修路不仅难度大，而且造价高，在当时是不可能实现的。

第一次天路之行，其艰险程度，给慕生忠留下了深刻印象。

赴藏前，他是第一野战军政治部民运部副部长。民运部，是战争年代我军的一个重要部门，主要负责与地方联系部队所需生活资料的供给和兵员补充等工作，是粮草官、征兵官。能在这个岗位干的，想必都是胆汁质性格的人，精力充沛，不怕困难，善于沟通，擅长动员。

入藏后，他任西藏工委组织部长，还是与人打交道的活儿。按理说，他的工作职责跟修路是八竿子打不着的，但特殊的历史机遇，让他第二次感受到天路的艰险——1953年春，上级决定成立西藏运输总队，负责把粮食补给及时安全送上高原，而干过粮草官的慕生忠临危受命，担任起运输总队的政委。

上次进藏用的是骡马，结果损失惨重。这次运输总队从青海、甘肃、宁夏、新疆、内蒙古等地先后购买了27000峰骆驼（占到了当时全国总数的十分之一），雇佣驮工2420名，组织了一支庞大的骆驼队向拉萨运粮。

可走哪条路线呢？沼泽遍布的黄河源区，再不敢涉足。一番打听，得知曾有商人的马帮，走到柴达木盆地西南方一个叫"郭里峁"的地方，那里有一条从昆仑山里流出来的河，沿着河道向南就能越过莽莽昆仑，再途经可可西里、唐古拉山，最终可以到达拉萨。

第二天，慕生忠就叫人找来了一张马步芳时期留下的地图，在柴达木盆地的西南角，还真发现了一个小黑点，上面标着"噶尔穆"。噶尔穆是不是就是商帮说的郭里峁？他又让人去问牧民，得到的答案让人振奋：噶尔穆是蒙古语，意思是河流密集的地方，郭里峁也有一条河，就是同一个地方没错了。

兴奋的慕生忠，立即派人骑着几峰骆驼去找噶尔穆。可找了很长时间，在柴达木盆地的西南角倒是发现了从昆仑山流出来的河，可河道附近都是一望无际的戈壁，连一个村庄、一间房子、一个人影都见不到。

于是，慕生忠亲自赶到了现场，只见大家你一言我一语，纠结于哪里才是噶尔穆、噶尔穆到底存在不存在。毫无头绪之际，慕生忠表现出了决策者的果断——他当场拍板，撂下一句话，结束了争论："我们的帐篷扎在哪里，哪里就是噶尔穆！"

第二天，大家醒来时，发现帐篷外面立起了一块牌子，上面就写着：噶尔穆。这里，成了今天格尔木市主城区所在地。

骆驼大队从这里出发，一路向南，最终成功将救命的粮草送到了拉萨——这条路线，就是今天青藏线的雏形。然而，一个意想不到的难题又出现了：骆驼是"沙漠之舟"，负重好、耐力强，但是习惯吃长得比较高的草，而雪域高原的草都长得很低，且量少，运输队以运送物资为主，不可能携带过多的草料，骆驼们就不得不弯下脖子去啃地上的草皮，一个个都瘦成了骨头架子——最后，数万斤的粮食运到了，但损失了4000峰骆驼，仅仅一趟的折损率就高达15%。

这样下去，如何得了？慕生忠已经极富前瞻性地意识到：西藏的稳定和发展离不开物流的支撑，而青藏高原并不适用原始的运输方式，必须靠货车——想开货车，必须修路！

他是个有心人：运粮的同时，他又安排副政委任启明组建了一支探路队——赶着木轮马车，实地勘测，探探从格尔木到拉萨能不能修一条青藏公路？

有勇有谋，慕生忠的这种性格特质，在他早年的革命生涯里就已体现出来。

他是陕北人，20岁就参加了刘志丹、谢子长领导的革命斗争。残忍的反动派，将他一家四口人都杀害了，还曾悬赏10万大洋捉拿他。慕生忠可不是吃素的，他在家乡拉起了一支游击队伍，倒是砍下了很多反动土匪的头颅——这种敢做敢当、有仇必报的做派，非常像影视剧《亮剑》里的那个李云龙。而且，在反动派白色恐怖的高压下，还能坚持举红旗、打游击，慕生忠显然不是一个有勇无谋的莽夫，必然具备胆大心细的性格。

1954年1月底，探路队传来好消息：从格尔木经昆仑山、唐古拉山去往拉萨的这条路线，"远看是山，近看是川，山虽高，坡度缓，河虽多，水不深"，是青海与西藏间修筑公路的最佳选择。

接到电报时，慕生忠恰好正在北京开会。他二话不说，当即去国家交通部登门拜访，直截了当地提出想修一条青藏公路，希望交通部门领导多少批点钱。

慕生忠的回忆文章里，记录了双方展开的一场神对话——

交通部门领导："在青藏高原修公路？这是件大事，我们作为主管部门，从来没有安排这项工程呀！"

慕生忠："所以我才来要求的呀。"

国家当时根本就没有修青藏公路的规划和安排，慕生忠却主动提出这么宏大的一个构想，你说他胆子大不大？况且，他当时的职务是组织部部长，与公路建设不沾边，如果非要说有关系，那只不过因为他是运输总队的政委，上级让你搞后勤，可没让你修路啊，你说他是不是"多管闲事"？管就管吧，还如此理直气壮，而且张口就要钱——你说慕生忠这个人，是不是像极了李云龙？

意料之中的是，国家交通部门回绝了慕生忠的请求。理由并非因为他不按套路出牌，而是抗美援朝战争刚刚结束，"一五"计划也刚刚启动，百废待兴，国家财政实在拮据；此外，当时康藏（从四川雅安到西藏拉萨）公路已经动工，既然川藏方向的通道正在建设，那么青藏方向的通道是不是可以先搁一搁？

慕生忠明白，这一搁，就不知会搁多长时间了。在国家交通部门吃了闭门羹，他没有放弃，而是"另辟蹊径"，与西藏工委主要领导一起，去找刚从朝鲜战场回来的老首长彭德怀汇报。

这一次，慕生忠也很明智地做了一点儿妥协，既然修建青藏公路有困难，那先修从格尔木到可可西里这一段，看我们能不能做到？彭老总听后很支持，认为从国防角度看，修这条路很有必要，他让西藏工委写一份修路报告，由他转交给周恩来总理。

短短几天后，周总理就批准了这份报告——青藏公路项目峰回路转，国家拨付了30万元经费，支持先修格尔木至可可西里段——意思是，先看你这一段修得好不好，再说后面的事。青藏公路上马之初，其实是个"半拉子工程"。严格说，这一段只占到格尔木至拉萨的四分之一里程。

报告批了还不算完，慕生忠又去找彭老总寻求支持，潜台词是"人家周总理都批了，老首长您不赞助点儿？"彭老总于是又指示西北军区，支援了10辆十轮大卡车还有工兵、炸药、铁锹、十字镐等人员物资，慕生忠这才满载而归——你说他是不是很擅长讨价还价？

后来，慕生忠在回忆时经常提到这件事，"没有彭老总，就没有青藏公路！"

其实，如果没有慕生忠的远见、坚持与灵活，青藏公路的修筑恐怕会推迟很多年。

然而，这种"另辟蹊径"、越级汇报，却犯了行政体系的大忌——主管公路建设的交通部门否定了你的提议，你却找更高级别的领导去汇报，甚至直接把报告递到了国家总理手里，岂不是不把主管部门放在眼里？而且，国家总理最后还批准了这个报告，那当初否定过这个提议的主管部门，是不是被打脸？如果你是主管部门的领导，你对慕生忠的印象会如何？

当时的慕生忠，已经年过不惑，这点人情世故，他自然懂得。然而，为了修路，他甘愿去得罪人。主管部门否定慕生忠的提议，也是出于公心：当时国家财力确实捉襟见肘，何况康藏公路已经在建。而在工程确定上马后，各级各部门的人财物支持也迅速到位,并没有人在中间使绊子——这就是共产党人的大公无私。

国家批准了个"半拉子工程",慕生忠明白,从格尔木到可可西里的这段路,只许成功,不许失败。

1954年5月11日,青藏公路格尔木至可可西里段在昆仑山北麓的雪水河破土动工,慕生忠亲自担任筑路总指挥——从他最早去国家交通部门提出想法,到工程正式动工,中间只隔了不到4个月的时间——这就是新中国建设者们只争朝夕的速度和效率。

后面的故事,想必大家比较熟悉:

上千人的筑路大军开赴荒无人烟的高原,慕生忠同大家一起住帐篷、喝冰水、啃干馍;

他们用十字镐,一镐一个火星地敲开了昆仑山坚硬的沙渍石;

他们用土办法,仅花三天时间就架设了大裂谷的木桩桥,慕生忠亲自坐车驶过去,以身试险检验桥的质量……

筑路者的建设速度也是惊人的:7月22日,汽车就开到了可可西里,亘古无人区,留下了第一履车轮印。

慕生忠立即电报北京,提出继续向前推进,一鼓作气将青藏公路全线修通的想法。这一次,他们的努力换来了国家层面的鼎力支持:200万元经费,100辆大卡车,1000名工兵。

筑路大军的规模为之一壮,接下来,一个又一个空白被填补:10月20日,汽车开上了海拔5231米的唐古拉山口。消息传到北京,周总理非常高兴,还专门派了慰问团前来慰问。11月11日,公路修到了西藏北大门那曲。12月22日,最终修到了拉萨——这项前无古人的伟业,在一年之内,就变为了现实,这就叫"敢叫日月换新天"。

12月25日,青藏公路与康藏公路同时通车,在拉萨举行了隆重的仪式。这一天,毛泽东主席非常兴奋,特地将自己的生日提前一天过，以示庆祝。毛主席指挥过千军万马，如果他知道，青藏公路这场硬仗本来不在计划内，而是慕生忠主动谋划、顽强推进才拼出来的胜果，那他应该更高兴——这样敢干事、会干事、干成事的将领，哪个统帅不喜欢？

从格尔木到拉萨的青藏公路有1200公里，是世界上海拔最高的公路，跨越了昆仑山、唐古拉、沱沱河等高山冰川，慕生忠等筑路先驱们仅用7个月零4天就完成建设，彻底改变了西藏长期封闭落后的状况，使内地进藏时间由历史上的3~5个月一举缩短为当时的半个月左右。2006年青藏铁路全线通车以前，"天路"这一桂冠是属于青藏公路的。这顶桂冠，属于居功至伟的慕生忠，更属于每一位青藏公路的建设者、支持者，还有那些将生命献给筑路事业的烈士们。

1955年，慕生忠被授予少将军衔。他当年在格尔木工作和生活的场所，被保存至今，并称为"将军楼"。后来，人们更习惯尊称他为青藏公路之父。

孩子的名字，往往都是由爸爸起，就从这一点来说，慕生忠都是当之无愧的父亲——青藏公路途经的地方，往往是人迹罕至之所，更没有现成的地名。然而，为了施工方便，有必要给一些关键节点起上名字。没想到，戎马半生的慕生忠，文化底蕴也不差，他给很多地点起的名字，不仅朗朗上口，而且颇具雪域高原特色，得到了广泛认同，一直沿用至今——这些地名包括昆仑山里的西大滩，进入可可西里第一站的不冻泉，往南走的五道梁，沱沱河前的

今天的青藏公路，即在慕生忠筑路基础上改建而成

风火山——这些地名，在本书后面对可可西里的讲述中会反复出现，对走过青藏线的朋友们来说，更是耳熟能详。记得，它们都是慕生忠起的。

我想，一个人，一辈子，能干成这一件事，就足以青史留名了。而慕生忠与青藏线的一生纠葛还没有完。

青藏公路的修通，令青藏铁路建设也提上日程。1958年，国务院特地批准组建了青藏铁路工程局，慕生忠又一次承担重任，兼任起工程局局长。

然而，就在他踌躇满志的时候，命运却跟他开了一个大大的玩笑：1959年，庐山会议上彭德怀被错误地打倒，修建青藏公路时得到过彭老总关键性支持的慕生忠，也因此被批判成"彭德怀的黑干将"，从此沉沦了整整20年。

这期间，他也担任过领导干部，但因为政治上受牵连，所以想干的事情没有一件能干成；他也住过"牛棚"，也曾过着与世隔绝的生活，特别在十年"文革"时期，这位曾经叱咤风云的将军，每天就蜗居在卧房兼客厅十几平方米的斗室里，每天就是来回踱步，踱了十年。墙上，贴着一张地图，地图上的青藏线被他用红笔画得很粗很粗。

直到1979年，彭德怀恢复名誉，慕生忠也得到平反。此时，他已是白发苍苍的69岁的老人。经验最丰富、最想干事情的20年，再也追不回来了。

坎坷的境遇，让慕生忠的情感与青藏线更加牢牢地刻印在了一起——一生荣辱，皆系此线。

1982年，他终于又回到了心心念念二十余载的青藏公路。站在海拔4768米的昆仑山口，已经古稀之年的他嘱托了后事："我死后，你们把我的骨灰撒在昆仑山上，让隆隆的车声伴着我长眠。"

将军楼旧址,格尔木市最早的楼房

  1993年,慕生忠已经83岁高龄了,他不顾子女和孙辈们的再三劝阻,又做了一个"任性"的决定:再回格尔木!——老人可能知道,留给他的时间不多了。当年那几顶帐篷,已经变成一座迅速崛起的戈壁新城,这位老将军和很多留在当地的老朋友谈笑自若,唯有到了将军楼前,他默默站了10分钟,热泪盈眶——这里是当年建设格尔木、修筑青藏公路的指挥所,重回故地,多少往事涌上心头。转身离开时,他向周围人留下一句话:"这可能是我最后一次来青藏线了,如果马克思要见我,我一定还会回来!"

  一年后,老将军逝世。他回来了——遵从遗愿,子女们将他的骨灰送回了格尔木、青藏线、昆仑山。沿途的司机,那都是打小听着慕生忠故事长大的,如今听说是老爷子魂归天路,全都主动停下车,靠边让道。那一天,喇叭声响彻莽莽昆仑。

  中国有很多将军,能够被几代人记一辈子的,慕生忠算一位。青藏公路之父,千古!

天路的路石

1991年，慕生忠患病住院。

他为西藏人民修了一条路，藏族干部群众始终感恩他。时任西藏自治区党委副书记的热地，就千里迢迢赶到兰州的医院，来探望这位对西藏有功的老人。

相信在病榻前，他们聊的最多的，还是青藏线。

彼时的慕生忠，已然年过耄耋。这位从枪林弹雨里闯过来的老将军，昔日的得失荣辱早已云淡风轻，而此生唯一的遗憾，恐怕就是青藏线只修通了公路，没修成铁路。

本来，他是有机会去修青藏铁路的——1954年，他主持修通青藏公路，创造了一个不可思议的奇迹，这令全国上下对在青藏高原上修建铁路也充满信心。其后两年，铁道部对青藏铁路的路线进行了全面勘测设计。1958年，国务院专门成立了青藏铁路工程局，奇迹的缔造者慕生忠兼任局长。就在一切顺利进行之时，翌年，他却卷入了政治旋涡。紧接着，国家遭遇困难，已经完成全线初测的青藏铁路工程也被迫下马、戛然停止。

长使英雄泪满襟的，不是血染沙场，而是壮志未酬。

倏忽十载。

2000年10月，来自全国的中共中央委员们齐聚北京，讨论国家"十五"规划。

"现在，进藏铁路的前期准备工作已经到了关键时刻，希望中央能尽快考虑进藏铁路建设……"分组讨论时，西藏自治区党委常务副书记、人大常委会主任十分恳切地建言。

这个人就是热地，他也已年过花甲。

此时距离当年青藏铁路被迫下马，已过去整整四十载。这条铁路，西藏人民也盼了40年。时间不等人，青藏公路之父慕生忠已经作古，再不呼吁，恐怕会留下更多的遗憾。

一个月后，青藏铁路建设终于等来了关键性决策——中央主要领导批示："修建青藏铁路是十分必要的，应该下决心尽快开工修建。"

40年后，步入21世纪的中国，已经有足够的国力和雄心去贯通天路。

天路分两段。

一段是从西宁到格尔木，一段是从格尔木到拉萨。

后者，在中央主要领导拍板后，于2001年开工，2006年通车。

前者，其实早在1958年就已开始初步建设，但后来因为工程下马，搁浅了十几年。到了20世纪70年代中后期，按照国家要求又恢复建设，并于1984年正式通车——也就是说，青藏铁路在青海境内的路段率先建成了，而打通青海与西藏间的进藏铁路则又等待了很多年。原因无他，客观条件确实不成熟。

铁道兵张生林，就是在1974年来到的关角隧道。

海西州天峻县、乌兰县是西宁到格尔木的青藏铁路必经之地，两个县城离得很近，中间就隔着一座关角山。"关角"是藏语，意思是登天的梯子，可见此山之险峻。而张生林和战友们的任务，就是要在关角山里挖出一个4公里长的铁路隧道。

就是这样一个短短的隧道，却成为当时最难啃的硬骨头。

氧气稀薄、最低气温达到零下40℃，关角山的高寒气候很糟糕。然而，比这可怕得多的是地质条件、施工技术等原因，隧道内每天都会渗入1万吨的岩洞水，施工环境极为恶劣，险情不断。1975年，正在施工的张生林就亲历过一场塌方，他和100多位战友被困在隧道里十几个小时才得救。

如今,张生林已经退休。一有时间,他就会买好烟酒、纸钱回到天峻县,那里有一座烈士陵园,里面长眠了50多位牺牲在关角隧道的铁道兵兄弟。"最艰难的时候,两三天就有一场追悼会,都是些不到20岁的年轻人",张生林这一辈子的泪,都流在了关角隧道。

如果跟外地人聊起青藏铁路,他们会觉得缺氧才是大难题;而跟青海人说起青藏铁路,老一辈的人往往会提到关角隧道——高海拔地区,缺氧是常态;而在落后年代,人与大山角力的惨烈,才令人难以忘怀。

今天的中国,被称为"基建狂魔";而在本世纪以前,想在青藏高原上铺出一条铁路,真是难上之难。不得不承认,慕生忠与先驱者们的夙愿,当年实现的条件还不成熟。我们敬佩人定胜天的意志,但也应当尊重时代的客观规律。

2014年,新关角隧道启用,长度是老隧道的8倍,列车通过时间快了6倍。但那些年轻的铁道兵们的牺牲并没有白费,他们是路石,每一位青藏线的建设者都甘当后人的路石。包括慕生忠、热地,枕着他们为我们铺就的路,今天的人才能越走越远,越跑越快。

西宁到格尔木的铁路通了,通了就得有人守护。

1984年,18岁的龙为民,来到格尔木市以北90公里、位于察尔汗盐湖腹心地带的青藏铁路达布逊工区当养路工,一直干到了现在。

察尔汗,是中国最大的盐湖。它有多大呢?以达布逊工区为圆心,画一个半径15公里的圆圈,就是察尔汗盐湖的范围。

这一大片都是湖水吗?不,有的盐湖是液态,而有的盐湖却是固态,全是坚硬的结晶体。达布逊工区所在地,脚下就都

护路人员巡守着昆仑山间的钢铁动脉

是坚如磐石的黑色盐层，而并非土壤，所以想在地上挖个洞都很费劲。养路工人们，就天天工作生活在盐层上面，旁边就是他们要守护的青藏铁路。

你可能会觉得，既然盐层这么坚硬，那铁路线架在上面可以高枕无忧啊，养路工人应该很轻松才是。

不，恰恰相反：一旦赶上雨雪天气，那盐层就容易溶化，而铁路线将遭遇灭顶之灾。

龙为民就遭遇过一回惊心动魄的险情：1989年的秋天，由于天气变化，昆仑山大量积雪消融、格尔木河暴发洪水，而位于察尔汗盐湖中心地带的达布逊工区，恰恰是整个盐湖的最低点，倾泻的洪水都向工区和铁路线涌过来，很快就达膝盖深，如果不及时排险，那青藏铁路下的盐层就面临被侵蚀的危险。

很快，从各地赶来数百人的抗洪大军，龙为民和他们挥着铁锹，踩着用枕木铺成的水中"独木桥"，最终用40天在青藏铁路线两旁筑起了防洪坝。"挥一天铁锹，晚上吃饭时，双手连抓筷子的劲儿都没了"，龙为民告诉我。

这里怕水，也缺水。

养路工人要喝水，可就地打井，打出来的全是卤水，直到今天仍然要从外地拉水。春天风大，刮得工人们满脸都是盐粒子，晚上睡一觉，早晨起来连鼻子里都是盐。无论春夏秋冬，工区方圆百里看不见一丁点儿的绿色。

如今，工区工长传到了第十六任的唐城手里，他还是个90后。小伙子脸色白皙，与龙为民那些老一辈养路工的粗糙脸庞相比，保养得要好得多。但干起活来，他也是个拼命三郎，硬任务来了，曾经连续4个月没有回过格尔木的家。女朋友想他想得要命，干脆叫了个出租车，想直接到工区来给他一个惊喜，可是司机根本不知道达布逊工区在哪里，手机导航上也找不到定位，最后就硬着头皮向北开，绕来绕去还真在铁路边给找着了——见到唐城时，他穿着脏兮兮的工作服，蓬头垢面。

如今，俩人已经有了小宝宝。守护天路，一代代人薪火相传。

除了盐湖，高原冻土也是青藏铁路的一大难题。

从格尔木向南进入昆仑山，接近昆仑山口的地方，坐落着海拔4484米的青藏铁路望昆站。顾名思义，此站就位于昆仑山主峰的山脚之下——这里没有四季，只有冬天，站在站台上环顾，玉珠峰负雪，万仞山耸立。

望昆站距离拉萨站恰好999公里，从这里开始，青藏铁路就进入了千里冻土地段。再往前走，就是可可西里无人区，就是长江之源唐古拉。

冲着这份神秘感，2006年青藏铁路格尔木至拉萨段通车之际，24岁的于本蕃主动报名来到了望昆线路车间，和工友们负责昆仑山口、可可西里沿线长达116公里路段的维护与保养。

其中，就有49公里的多年冻土地段。

走过青藏公路或者在高原腹地开过车的朋友，应该都有印象：好好的柏油路面，突然就变得颠簸不平，一会儿一个坑——说明，这段路下面就是冻土——冬季冻结，夏季融化，冻土的体积忽大忽小，你说，建在上面的柏油马路，怎么可能稳固？

建在上面的铁轨，岂不是更要出大问题？

改革开放之初，格尔木至拉萨的铁路没有继续修，其中一个重要原因就是高原冻土难题当时还没有攻克——不敢修。

插散热棒、片石通风、保温护坡、放通风管……本世纪以来，冻土攻关取得重大进展，不仅铁路修通了，而且后续养护也有了很多手段。不过，技术再先进，也得靠人去操作——于本蕃就是一线操作者，在平均海拔4500米的可可西里，在氧气含量只有内地六七成的世界屋脊，他每天的工作就是沿着青藏铁路线巡检，平均每天要走10公里的路。

发现问题，就地检修。在这里，操作养路机械，耗费的体力是内地的两三倍，而养护标准则远远高于内地：路基下沉超过6毫米，就必须人工整修，这是我国铁路行业通用的安全标准；可这个通用标准，对于本蕃来说，连最低标准都达不到——可可西里的夏季，冻土地段路基平均每周就会下沉15~20毫米。

我给他算了一笔账：在这里工作十几年，他徒步巡查的路

列车驶过可可西里清水河大桥

段加起来已有 26000 公里，相当于走了两次长征。风吹日晒，30 多岁的他，看起来像 50 多岁的人，还落了一身高原病，晚上不吸氧气根本睡不着。

采访天路的守护者，我遇见过太多像于本蕃一样的人——万里征途，他并未独行。比广袤雪域更辽远的是天路，比天路更博大的是开路英雄和守护者们的情怀。

翻开任何一本地图，这条跨越了世界屋脊的钢铁大动脉都分外醒目，纵贯在地球之巅，就是一座人类的丰碑。

踏上青海的西北角

青藏线的筑路先驱们，并非柴达木盆地的首批开发者。

第一履现代文明的足迹，不在格尔木，而在茫崖；不是为了交通，而是为了能源：

1947 年，尕斯库勒湖畔。一支小型科考队，闯进了这片亘古无人的荒原，爬上了湖泊北边一座寸草不生的沙石山。周宗浚，一位 1933 年毕业于北京大学地质系的高材生，是当时这支科考队的领头人。当他爬上这座荒山时，被眼前的景象震惊了——由于地层断裂，山体内部的地质剖面就裸露在外面，那是肉眼可见、气味扑鼻的石油砂石，那是被誉为"黑色黄金"的"地火"——柴达木盆地有油藏，就是周宗浚在这座山上首次发现并绘制成图的。此山，后来得名"油砂山露头"，其意义相当于新大陆的好望角。

整整 70 年后，2017 年 12 月，青海最寒冷的深冬，因为采访的机缘,我首次踏上了这片土地,爬上了这座"油砂山露头"。山顶上,随便捡起一块砂石,油气刺鼻。陪同采访的中国石油青海油田工作人员开玩笑,"点把火,整座山就能烧起来。"这句话,吓得我连烟都不敢点了。更何况,海拔3000多米的油砂山上,打火机也缺氧,加上冷风如刀、寒气袭骨,我于是乖乖地缩在棉衣里,头顶着安全帽,身上还裹着一件油田人必备的红色防静电工作服——出发采访前,媳妇拉着我专门置办了新行头:一双加棉的防风裤,一双加绒的厚棉鞋,一对皮手套。然而,这武装到牙齿的铠甲,在户外仍然熬不过半个小时以上的寒风——茫崖,太苦了。

青海,地处中国的西北角。

茫崖,地处青海的西北角。

昆仑山、阿尔金山、祁连山于此交汇,这里是广漠柴达木的最深处,俯仰越千年,万里无人烟。

如果不是发现了油气矿藏,人类本不会涉足于此——这里无比干旱、草木绝迹,年均蒸发量是降水量的70倍,一年四季见不到一丝绿色;这里海拔不低、氧气稀薄,平均含氧量只有内地的七成,开水温度只有82℃;这里白天暴晒,夜间奇冷,年平均气温只有1.5℃,昼夜温差高达20℃;这里地处偏远,人迹罕至,距离西宁市1200公里之遥,再往西走就是新疆——茫崖之名,太贴切了,如果让我用大家比较熟知的某种地理地貌来形容此地,那我会说:火星。

是的,火星这个比方其实很恰当——茫崖之苦,是一般人难以想象与未曾经历过的,一种远离大众日常生活体验的苦。

而全世界平均海拔最高、中国陆上自然条件最艰苦的油气生产基地——中国石油青海油田,就坐落于此。

陈忠实先生曾经两次来到青海油田采风,他说:"以前我光听说石油人工资高,待遇好,现在看来完全是片面的,也是错误的。在这样的不毛之地,长年累月,很多人可能一辈子都得待在这儿,把整个青春和生命贡献给柴达木,我想任何人知道都会为之感动不已的。"在这里,陈老养成了一个习惯:喝完矿泉水,还要在嘴上再磕磕瓶盖儿,把瓶壁上点点滴滴的水全都磕进嘴里。

"进入柴达木,便进入生命的绝地。"他说。

于我而言,前后两次造访青海油田、在这里亲历的十余天,是完全跳出日常生活、闯入全新世界的一种体验。这种体验如此深刻,以至于每次归来,竟都有种恍如隔世的感觉。

初次采访,是从甘肃敦煌启程的。那里,是如今青海油田的总部机关和生活基地。

这段历史说来话长:

周宗浚发现柴达木油藏之时,国民政府的统治已走向末路,开发柴达木的历史角色,交到了新中国手中。

仅仅找到一座"油砂山露头",还不足以判断柴达木是否适合开发油田,仍需要全面勘探。20世纪50年代,新中国的第一批地质勘探者,在哈萨克族依沙阿吉老人的指引下,骑着骆驼冒死挺进柴达木。他们的故事写下来,恐怕不逊色于青藏公

油砂山露头,那个倒影是我

柴达木的公路直来直去

路的开拓者。

　　1955年11月26日，柴达木盆地第一口深探井开钻，要探探地层深处到底有没有可供大量开采的石油，开钻之时，就连当时的青海省委副书记、副省长都来到茫崖亲自坐镇——这是我从《人民日报》数据库里查阅到的60多年前的一则见报消息，发在报纸第2版，可见编辑认为这个新闻很重要，可见百废待兴的新中国是多么急需矿产资源，可见第一代青海油田人背负着何等的历史使命和情怀踏上了这片土地。

　　不把握这个背景，就无法理解生命的绝地上为何会诞生出人类的奇迹。

　　十几天后，又一则来自柴达木深处的新闻，历史性地登上了《人民日报》头版头条：1955年12月12日黎明前，钻井工人突然听到井口传来了气泡声，井口上空弥漫着一股浓烈的油味，接着就有原油从井下流出来，到第二天中午，已经收集了600多公升原油，质量良好。

　　石油、煤矿、硼砂矿、石棉矿、铅锌矿、钾盐、天然气……大自然就是如此神奇，荒凉了无数个世纪的柴达木，当现代文明的曙光照射到它的时候，它竟然摇身一变为聚宝盆。

　　我们人民日报社内部有一句话，说《人民日报》这张报纸，既是新闻纸，也是历史纸。每逢大事，尤其如此——1956年9月5日，《人民日报》在头版头条发表了著名的社论《支援克拉玛依和柴达木油区》，以中共中央机关报的名义，号召全国大力支援新油田的建设。

《人民日报》的社论，就是风向标、集结号。那个年代尤其如是。

第一代青海油田人，还有其他各行各业的开发建设大军，就是在这个时候从全国各地、大江南北集结而来，挺进柴达木。

也是在 1956 年，国务院副总理陈毅，作为中央代表团团长前往西藏。途经格尔木时，他举行了 4000 人参加的群众大会并讲话，讲话内容登在《人民日报》上，今天读来，仍然振聋发聩："我们要纠正把青海和柴达木看作是边疆地区的错误观念，青海是我们祖国的心脏，再过几年，铁路将要修到这里，这里将要建设起许多现代化的工厂，国家今后将继续动员更多的人来和你们一起建设青海，建设柴达木！"

这就是新中国的豪情，这就是先驱者们的热血，这就是近代以来压抑了一百多年的华夏民族爆发出的心气。只有那个年代的人，才能说出这样的豪言壮语，并且毫无违和感。理解了这些话，我们才能明白，在当时无比落后的青海，为何原子城、青藏线、大油田能够拔地而起。

青海石油勘探部门的机关，最早成立于西宁，随着开发热潮的兴起，也前移到了柴达木腹地一个叫冷湖的地方，因为那里发现了大量油藏。冷湖与地火，多么矛盾的象征，恰在柴达木合二为一——这里，成了青海油田早期的生产和生活基地，先是一座帐篷城，后来变成上万人的热闹集镇。我有一些 20 世纪六七十年代生人的忘年交朋友，他（她）们就是在戈壁小镇冷湖出生、长大的，谈及当年，都很怀念。

后来，冷湖的油藏走向了枯竭。青海油田的生产基地，转向了一个叫花土沟的地方。我前面说过，海西州的地名都很美，冷湖、花土沟就很有代表性。花土沟，有土有沟但无花，这里是后起的石油、石棉矿等矿产资源富集地，也是如今茫崖市的驻地。最早挺进柴达木的那一代热血青年，也都携家带口了，年纪大的面临退休，年龄小的需要上学，再常住柴达木腹地，显然也不现实，于是青海油田的生活基地和总部机关就势必要迁出去。据说，他们本想迁到西宁，但因为种种因素没有成行，结果在甘肃方面的积极争取和政策优惠下，就近迁去了敦煌的七里镇，教育、社保等政策都与青海接轨，相当于甘肃给了青海油田一块飞地，冲着这几万员工和家属的吃穿住行、经济拉动，甘肃都不亏。

西出敦煌，路过阳关遗址，接着向南行，会途经一座废弃的老县城，那是阿克塞哈萨克族自治县曾经的治所——电影《九层妖塔》就拍摄于此。老县城的南边，便是甘肃与青海此段的界山：当金山。

当金山不高，名气也不大，它的西边是青海与新疆交界处的阿尔金山，东边是青海与甘肃间连绵的祁连山，两座大山间的这一段便是它。穿越当金山的路，也并不长，只觉沿途极其荒凉。出了山，便是青海的柴达木盆地，视线顿时开阔起来，只见巨大的风力发电机在荒野上转着，一条望不到头的笔直公路伸向前方。媒体同行们纷纷下车留影，我也恣意地坐在路中央，拍出了美国西部的感觉。

再往前不远，便是冷湖。昔日上万人的基地，如今只剩下八百多人驻守，成为青海油田里并不出挑的一个小厂区，荒凉可见一斑。很多能源基地，都分布在戈壁深处，常因能源富集而兴，亦因能源枯竭而废，并没有形成一座城镇自我发展、持续造血的循环生态，冷湖亦是一例。

采油人因油而徙，但有的人永远留在了这里——冷湖有一座公墓，多年来因公因病去世的400多位油田领导和职工家属，永远长眠于柴达木深处。

苍山埋忠骨：公墓里，有首批挺进柴达木的第一代油田建设者；有在涩北气田会战中壮烈牺牲的"涩北六烈士"；还有立下"生不能来柴达木、死也要葬在柴达木"遗嘱的石油地质专家黄先驯……一座高耸的汉白玉烈士纪念碑后，几百方矮矮而错落的墓碑，在当金山的映衬下，显得格外肃穆凝重。

位于冷湖的油田公墓

在这些英雄们逝去的身影中，最为今人熟知的，可能就是那八位女地质队员了。在柴达木盆地开发早期，曾有八位女性地质勘探者，在今天冷湖东南方一带寻找石油时遭遇沙暴，最终不幸遇难。她们牺牲的地方，被人们起了一个凄婉而又美丽的名字：南八仙。那是一片典型的雅丹地貌，沙和盐凝结成的小土包，被千万年的狂风侵蚀雕塑成了奇特怪诞的形状，因此也叫风蚀土林。风从中掠过时，会"呜呜"作响，如泣如诉，再加上当地岩石富含铁质，地磁强大，常使罗盘失灵，无法辨认方向，因此又被人们冠以"魔鬼城"的称号。

海西州内雅丹地貌遍布，外形大同小异，还有号称"水上雅丹"者，其实就是盐湖水淹到了风蚀土林而已。从冷湖向西，有一处规模甚大的雅丹地貌景观，叫俄博梁。此地位于高台之上，风蚀土林密布，而且高耸巍峨，乘车穿行其间，如入庞大的迷宫，俯仰皆奇景，常有游人夜间在此搭帐篷露营，

俄博梁魔鬼城的巨型雅丹

俄博梁一处雅丹形似狮身人面像

为的是拍雅丹和星空,但一定要有当地向导陪同,不然三转两转就容易迷路,当然最后总能走出去,但找不到方向时的心焦也是够煎熬的——如果让我推荐,那俄博梁实在是青海最宏伟神秘的雅丹魔鬼城。

离开俄博梁,继续向西行。尽管坐在车上,但鼻孔里、嗓子里已满是沙尘。翻看手机导航,信号全无,地图上,只能辨认出青新两省区间那条清晰的省界线,我们离青海的西北角越来越近了。天色渐暮,没有尽头的戈壁深处,突然有一片灯火闪烁——小镇花土沟,茫崖市驻地,便在眼前了。

英雄岭的日与夜

上午9点,深冬的晨曦刺破长夜。

石油小镇花土沟,距离我国的东部海岸线有3000公里之遥,日出时间比北京要晚1小时40分。

清早拉开窗帘,我总有种恍惚之感:荒凉的戈壁上,伫立着成排的三层小楼,楼顶烟囱里蒸腾出大量水汽,显示着员工宿舍良好的供暖;宿舍楼间,点缀着餐厅、澡堂、电影院、体育馆,彼此离得都不近,再加上横平竖直且宽敞的街道,足见这里是一座白纸作画、大笔规划的新城;所有建筑都不高,最高的要数一座中国移动的信号塔,小镇整体呈现出一种属于20世纪80年代的色调,兼有苏联、东欧的审美风格,处处洋溢着年代感;远望,群山裸露,绿意难觅,火烧火燎的嗓子眼,提醒着我这里是柴达木盆地深处。

栖居荒漠、年代斑驳——我脑中涌出了最适合描述此情此景的字眼。

把最厚的衣物都裹上。街道上,除了午饭和晚饭时间,人迹寥寥,鲜明的红色防静电工作服,一眼就能辨认出是油田职工。花土沟是中国石油青海油田的生产基地,干部职工们大多把家安在了敦煌,每次上来轮班,一待就是两个月,白天到油井一线工作,晚上就住在这片生活区,油田拉动起了整座小镇。小镇的西南边,散布着茫崖市各个部门的机关楼和宿舍。2018年底,中国最年轻的城市在这里诞生,但看上去更像是为油田配套的,茫崖的骨子里,流着黑色的血液。

2017年12月蹲点调研,2019年1月新春走基层,我曾两次到访此处,前前后后住过十来天,对这里也混了个半熟:花土沟镇的西北边,是阿尔金山,山那边便是新疆;它的南边,是一座叫尕斯库勒的盐湖,湖的南边,便是莽莽昆仑——山下湖畔,俗称"磕头机"的上百口油井连成了一条线,歌曲《我为祖国献石油》里那句"昆仑山下送晚霞"就取材于此;它的

花土沟镇充满年代感的老体育馆

东北边,是一片巨岩交错、万壑纵横的山岭,也是青海油田原油生产的主战场,取了个名字叫"英雄岭"。

油田人很平凡,但没有一个是懦夫。

1988年生人的任磊,祖籍西安蓝田。

20世纪50年代末,他的爷爷路过西安火车站,正好碰上油田的人招工,就误打误撞来到了柴达木,在冷湖干测井工,一干就是三年,后来因为他的太爷爷在蓝田老家农村说了门亲事,爷爷才回来娶了奶奶,然后一起回到油田,再也没离开,属于第一代柴达木建设者。任磊父亲那一辈,兄弟姐妹四人都在油田工作,他父亲干了一辈子柴油机修理工。到了任磊,自小在子弟学校就读,高中同学里有四分之一考大学时都学了石油专业,他也不例外,大学毕业后又应聘回青海油田,如今当上了技术员,属于典型的油三代。

任磊的工作岗位,在英雄岭狮子沟采油作业区。作业区里有一口狮20井,屹立于海拔3430米的狮子沟上,是全世界海拔最高的油井。站在井旁,举目四望,到处是连片隆起、千沟万壑的巨型土丘,表面裸露着坚硬的黄铜色皮肤,确实像极了

千岩万壑的英雄岭

一头卧狮。这里也是英雄岭的制高点,西边的阿尔金山、南边的昆仑山一览无余。

青海油田采油三厂采油二班,负责狮20井的日常采油工作。全班有38人,其中只有2名女工。一位叫孔雯雯,也是油三代,在天津上的大学,毕业后本来留在那里从事会计工作,但最后还是选择回到了这里。她告诉我,脚下的很多油井都是她父亲当年打的,如今她来守护,虽然条件比大城市艰苦很多,但自己早就习惯了,而且心里有一种莫名的归属感。她的丈夫也是采油工,就在隔壁的山头工作。

在青海油田,有一个现象一直令我不解:为什么很多油三代会心甘情愿地留下来?任磊、孔雯雯并不是个例,我采访过不少油田人,发现年轻一辈大多是油三代,自小对这里的环境就比较熟悉,而来自外地的大学生则很难适应。但这并不是说油三代们包分配,2015年左右,青海油田就不再招子弟工了,凡进必考,而且对学历要求也挺高,竞争还颇激烈。油三代们也并非没得选择,他们中很多人都在外省读过大学、见过世面,有的还在外地工作了,但最后却选择回到了油田,而且还挺心甘情愿。其中最极端的一个例子,有一个女孩从厦门大学毕业,当上了马来西亚国际航空公司的空姐,最后还是辞职,回来干起了采油工。

当然,劳动最光荣,工作岗位不分三六九等。但柴达木的环境确实太艰苦了,而且极其闭塞,这一点自小成长在这里的油田子弟们比我有更深刻的认知。青海油田有一位土生土长的副总工程师,就跟我讲起过一个笑话,说的是他爱人从小在冷湖长大,后来到内地第一次见到麦苗时,感叹了一句:"这韭菜长得真高啊!"

也是这位副总工程师,解答了我的疑惑:他觉得,一方面有现实的考虑,比如父母都退休在这里,需要人照顾,而且年轻一辈想到外面的大城市打拼,也不是那么容易就能站住脚跟的;另一方面,油田就是一个自给自足的小社会,油三代们从小在这个相对封闭的环境里耳濡目染,在长辈的熏陶下性格也都比较朴实,对这里在心理上就形成一种眷恋和安全感,因此虽然有无奈,但发牢骚归发牢骚,活儿来了,还是像祖辈父辈一样"撅着屁股干",也懂得自寻其乐,苦中作乐。

青海油田也对年轻职工进行过思想动态问卷调查,其中有七成以上的人表示喜爱现在的岗位,希望有更大发展空间。联想我接触过的十余位油三代的状态,我相信这份问卷调查的真实性。

那位副总工程师有一句话,令我印象很深刻:"外面来的大学生留不住,还是油田的子弟心理承受力强,不会三心二意。"

这话让我想起陈忠实到青海油田采风后,写下的那篇随笔《柴达木掠影》。陈老说,柴达木"超出想象的大自然的严酷,对我发生着连续的冲撞",他"乐意接受这种冲撞",因为这种冲撞能够让人"增强精神和心理的钙质,更踏实、更从容地面对生活。"

没有谁生来是要经历苦难的,但对油田子弟来说,旁人鲜有体验过的艰苦恰恰是他们成长的必经之路,他们在精神与心理上的钙质,他们对生活和幸福的理解,自然比旁人来得更厚实,也更简单。

能站在英雄岭上的,都是些了不起的人。

我也见过一些非典型的油田人。

油田工作之余,精神文化生活是比较枯燥的,但越是艰苦闭塞的环境,越是激发出了油田职工自我表达的强烈诉求。因此,从20世纪50年代以来,柴达木石油文学一直是名家辈出,自成一派。我在陕西当记者时,就听说过原陕西省文联主席、老一辈文化人李若冰先生的大名,他早在1954年就曾深入柴达木盆地采风,此后与这里结缘,又五进柴达木,留下了《柴达木手记》等作品,是石油文学的奠基人之一。如今在青海油田的展厅里,我又见到了那本《柴达木手记》,还听说青海油田自己办了本文学刊物叫《地火》,弦歌数十载不断,既有文艺工作者写柴达木的文章,更多的是基层一线职工的我手写我心。

油田工人在操作钻井设备

而年轻一代的油田人,显然已不再满足于在自家刊物上铅印付梓的"自娱自乐",他们在偏远的茫崖也能与互联网无缝衔接,于是在工作之余有了更多表达的机会。我就遇到一位叫邓科的准90后工人,他的网名叫蓝色蝌蚪,这几年已经发表了5部共计800万字的网络小说,跟他的创作热情比,我实在自叹弗如。

在狮子沟采油作业区,我还遇到一位1991年生人的技术员任世君,他是个幽默爽朗的小伙子,自称油一代,故意要把同事们的辈分比下去。

小伙子是西宁人,祖辈跟油田没有任何关系,巧就巧在,他上中学时班里有一位女孩是从油田来的。接触一段时间后,女孩在大漠戈壁的成长经历,还有女孩父辈在柴达木开采石油的传奇故事,令从小长在城市里的任世君如痴如醉,向往不已,"那个女孩改变了我的人生观,我从此立志要去油田上班",任世君告诉我。

他的父母都是医生,听儿子讲出这个疯狂的想法后,表示强烈反对。但任世君坚持自己的选择,读大学时,他在武汉,那个女孩在天津,四年分隔异地,并没有阻碍两个志趣相投的年轻人走到一起。大学毕业后,他俩双双应聘到青海油田工作,如今已结婚生子。

任世君的选择缘于爱情,也是在倾听自己内心的声音——如果不是遇到自己未来的妻子,他可能会按部就班在大城市里考学、就业、买房、成家。大漠戈壁，对绝大多数人来说都是畏途，但总有人心向往之。

2019年新春走基层，我在全世界海拔最高的狮20井旁，与青海油田的一线职工共同在人民日报客户端上搞了一场直播，关注人次达到七位数。直播前，我和他们商量，最后以一首歌曲结尾，选来选去，他们决定唱《我们不一样》。

短短半个小时的户外直播，仍然把全副武装的我们冻得受不了，快结束时，我和采油工人们几乎是一边流着鼻涕，一边把《我们不一样》唱下来的——直播完了回到活动板房搭成的值班室，我坐了足足五分钟才缓过劲儿来，脑回路都冻得有点儿断片，只记得，大家唱得格外投入。

英雄岭上没有开灶的条件，各个采油工作区吃的都是花土沟送上来的盒饭。准确地说，英雄岭上也是没有房屋建筑的，所有值班室其实都是简易板房，职工们完成了对油井的户外巡查，就在这里值班、就餐、休息。板房里，原油味儿就像嵌进了每一道缝隙间刺鼻，我们的午饭晚饭就在这种环境里解决，倒也别有一番风味。油田人有句老话，在野外作业，好厨子顶一个政委。

油田，并不仅仅是男人的世界，英雄岭上，同样演绎着巾帼红颜的风采。

采油三厂，有三个叫李海燕的采油工，也许是高尔基的《海燕》对她们的父辈影响甚深。狮子沟采油作业区的这位李海燕，她的儿子博博已经7岁了，但她只陪孩子共度过三个新年。2019年的春节，青海油田就有上万名干部职工值守在

2019年新春走基层，我在世界海拔最高的油井做直播

"昆仑山下送晚霞"的歌词取材于此

柴达木盆地各个工区的生产一线。

值班室有本台历，李海燕在1月31日上画了个圆圈：那天，他老公会带着博博从敦煌赶到花土沟，陪她在这里一起过年。

按照规定，采油工需要每两个小时巡检一次油井的运行情况，深夜也不例外。因此，值夜班的采油工，需要驻守在英雄岭上，整晚不合眼。

晚上8点，李海燕打着手电，开始了当晚的第一次巡检。高耸的磕头机不懈地运转，像采油工一样忠诚地履行着夜间的使命。白日里被晒得黄铜色的英雄岭，太阳落山后就变得寒冷而漆黑，但李海燕并不寂寞，因为偌大的山岭间，星星点点亮起了许多处灯火，那是各个作业区值班室里一个个不眠的守夜人。

该告辞了，我走出值班室，只见门楣上贴着"新春大吉"的红纸。不经意间仰头，蓦然发现，英雄岭的上空繁星漫天、银河灿烂，甚至能辨得出颜色——我在青海见过很多次星空，但从未见过如此震撼的星汉。

地平线远方，花土沟稀疏而温暖的灯火渐近，可英雄岭上的奇景却再也看不到了。

第四章
可可西里：走过世界最远的距离

索南达杰保护站

邂逅野牦牛队故人，追忆西部工委往事

横空出世莽昆仑。

4768 米，三千里青藏公路劈开的昆仑山口，矗立着一尊也许是全世界海拔最高的雕像。

它左手紧握钢枪，五指雕刻得嶙峋却有力；而右臂温柔地横于胸前，臂弯里，怀抱着一只幼小的藏羚羊；一双沉毅的目光，永久注视着西南——

那是可可西里的方向。

雕像上书：环保卫士杰桑 · 索南达杰烈士纪念碑。

这位 1994 年壮烈牺牲在反盗猎一线的可可西里保护第一人，如今被政府、社会各方以这种方式郑重纪念着，并时刻提醒每一位途经这里的后人，那段不应被遗忘的历史。

昆仑山口的索南达杰雕像

那一刻，昆仑负雪；西南望，大地苍茫。

2017年8月初，来青海分社工作还不到4个月的时候，恰巧赶上可可西里正式被列入世界自然遗产的新闻事件，我便主动请缨，第一次踏上了这片向往已久的神秘之地。默立于昆仑山口的烈士纪念碑前，踟蹰沉思着，我心中猛然升腾出一个厚重而豪迈的基调：可可西里，我用生命守护你。

那时，我的心头也为之一振：标题，有了。

这句话，作为最终上万字深度报道的主标题，刊发于当年8月24日《人民日报》头版报眼的显著位置。时任青海省委主要领导后来转告我们，他们8月底去北京开会时，见到了习近平总书记，总书记说读到了《人民日报》关于可可西里的报道，并为藏羚羊保护卓有成效感到欣慰，当面称赞青海干得好。

昆仑山口是青藏公路往来游客的打卡胜地。杰桑·索南达杰烈士纪念碑前，总有行人停车驻足，其中不乏脱帽默立者。还有一些淳朴的藏族同胞，会把哈达、青稞酒、松柏枝、糌粑、水果等供奉到镌刻于纪念碑中的烈士遗像前，像祭拜神灵一样表达对索南达杰的敬仰之情。

人群中，我遇到了一个特殊的身影：每每从保护站值守或从可可西里巡山归来，秋培扎西都会到雕像前祭扫——索南达杰烈士是他的舅舅，每次到此，他觉得对先人的在天之灵又有了一个交代。秋培扎西说："人们了解可可西里，往往始于舅舅那代人与盗猎分子的殊死搏斗。"

2004年，导演陆川把这段过往拍成了电影，也让可可西里正式走入大众的视野。电影上映时，是索南达杰烈士牺牲的十周年，作为纪实色彩颇浓的一部影片，将发生不久的社会现实升华为艺术表达，主创团队很大胆、很敏锐。

那时我刚上大学，对电影印象最深刻的一个情节，是一位年轻的保护者误陷流沙、用尽全力却无法挣脱,最后慢慢被无人区吞没的一幕。跟同学们聊起这部《可可西里》,他们都说因这段情节而哭了,但我没有哭,我只觉与剧中人一般被残酷的现实窒息。

那段故事究竟是怎样的?

没想到,观影十余年后,自己竟有机会实地踏上可可西里;更没想到,2017年第一次采访之行,我就在玉树州治多县县城邂逅了电影《可可西里》中保护者们的真实原型——7位野牦牛队的老队员。

索南达杰烈士的纪念雕像,在青海有两处,分别位于进入可可西里的两条重要通道上。

一条,是上文所说,从海西州格尔木出发,沿青藏公路向南翻越昆仑山、过昆仑山口、烈士雕像后,西南方便是可可西里。

另一条,是从玉树州治多县沿215国道向西行走350公里后,在不冻泉的位置与青藏公路交汇,亦可抵达可可西里。索南达杰就是治多县人,家乡如今在县城旁边为他树立起一座纪念雕像和修建了烈士陵园,英雄遗骨就长眠于此。

位于治多县城的索南达杰故居

索南达杰的故居,也在治多县城里。

一条柏油街道旁,一座普通的民居。大门上,挂着"光荣之家"的牌子,走进门,是一片宽敞的院子和一排藏式风格的平房。院子里,有索南达杰当年种下的树和他打的水井。平房分成两部分,有的显然是新近盖起来的,住着房屋的新主人,索南达杰的家人已不在这里生活;另一部分,则保留着故居的原貌,索南达杰生活过的卧室、客厅以及室内富有年代感的陈设,仍然被悉心保存着,老旧的卧室地面,由青砖砌成,天花板上,悬挂着一只老式灯泡,没有灯罩。

索南达杰生前的卧室,他每次奔赴可可西里都从这里出发

这里已经成为玉树州的爱国主义教育基地,遥想当年,索南达杰每一次远赴可可西里,都是从这间卧室出发的。

"可可西里"是蒙古语,意思是"美丽的少女",论颜值未必惊世骇俗,她的美主要源自神秘——中国有所谓四大无人区,全部坐落于新疆、青海、西藏的三省区交界地带,它们是新疆的罗布泊、阿尔金山,青海的可可西里,西藏的羌塘。前两者是沙漠戈壁,后两者是高寒草原,由于天遥地远、气候恶劣,不适宜人类生存,因此反而成为原始生态环境保存较为完整的处女地,也是很多珍稀野生动植物的栖息地,在这里踏出的每一个脚印都有可能是人类的第一履足迹。

人类的禁区,恰是珍稀野生动植物的天堂。其中,最为世人关注的便是藏羚羊。

20世纪80年代后,国家的重心全面转入经济建设,改革开放转型期泥沙俱下,社会上也一度兴起了"一切向钱看"的不良风潮。藏羚羊绒被世界纺织业认定为"纤维之王",制作成一条仅重100克的"沙图什"披肩,流入中亚、欧美市场就能卖到5万美元——中国人人争当万元户的20世纪80年代,那是何等的暴利——加之当时全社会的生态环保意识普遍缺失,不法分子于是纷纷涌入可可西里,对藏羚羊的盗猎行径愈演愈烈。

我听说过当年不法分子的盗猎手法及惨烈场景:藏羚羊耐力强,但奔跑速度有限,盗猎分子就驾车追逐,大约一个小时后,当羊的鼻子往外冒白气,就说明跑不动了,盗猎分子便开车绕到羊群前面,举枪肆意射击,数十乃至上百只藏羚羊就成了活靶子……最可恨的是,母羊被猎杀时,往往还怀着小羊羔。

可可西里本是亘古无人区,在那个通信、舆论都不发达的年代,这里一度成了那些亡命之徒的赌场。20世纪80年代末,盗猎行径最猖獗时,可可西里的藏羚羊种群数量已经锐减到不足2万只。据说,盗猎分子只偷运羊皮,而且是猎杀后当场剥皮——皮毛值钱,肉和骨头他们嫌累赘——是物质的贫穷,还是灵魂的匮乏,能让人性退变得只剩下兽性?我无法想象。

生灵哀鸣、高原悲号之际,有人力挽狂澜,挺身而出:

1992年,时任玉树藏族自治州治多县县委副书记、38岁的索南达杰,推动成立了治多县西部工作委员会,并亲自担任西部工委书记。

可可西里并非"无主之地"。从行政区划来说,它地处玉树藏族自治州西部,属于治多县的辖区。治多县的面积超过8万平方公里,一个县的体量跟直辖市重庆差不多大,时至今日人口才不过2万多。治多县城位于全县最东边,距离县城最远的乡镇一级行政单位索加乡,也不过位于全县的中部偏东,至于治多县西部那偌大的可可西里,自古以来就是行政体系鞭长莫及之地,连游牧的牧民也鲜少涉足。

也就是说，治多县西部工委这个特殊的机构，从成立第一天起，使命就是保护可可西里野生动物资源，就是反盗猎。

起步之初的西部工委，人力物力十分短缺，枪支只有三把，人员仅有四人，还是索南达杰从县上各部门抽调来的志同道合之人。而他们的对手，却是一帮刀尖上舔血的亡命之徒。这些先行者，虽千万人吾往矣，显现出了人性中那伟大的神性。

在治多县城，我还见到了已近花甲之龄的老彭措——上身夹克T恤，下着西裤皮鞋，腰间皮带上别着车钥匙；身材高大魁梧，典型的康巴汉子，只是岁月不饶人，大背头的发际线已明显后移，大腹便便；说话透着沉稳，笑起来眼睛眯成一条线，颇有点儿弥勒佛之

我和野牦牛队老队员在草原上席地而坐回忆往事

像——如今其貌不扬的他，当年却是数次深入可可西里无人区与盗猎分子较量过的热血青年。

年龄大、威信高，彭措几个电话，又招呼来6个居住在县城的老伙计——他们就是电影《可可西里》中保护者们的真实原型、曾经的野牦牛队队员。

为了采访方便，我和他们索性就坐在县城边的草原上，席地而谈间追忆起那段不应被遗忘的往事：

1994年1月18日，可可西里最寒冷的季节。

先后带队12次深入无人区的索南达杰，在押运盗猎者途中突遭偷袭和反扑，壮烈牺牲。5天后，当增援人员找到英雄的遗

体时，索南达杰仍然保持着右手持枪、左手拉枪栓、怒目圆睁的姿态，已被零下40℃的严寒冻成一尊雪域上不屈的冰雕……

牺牲时，索南达杰年方40岁。成立还不到两年的西部工委，在他身后，也随之陷入全面停顿。

擎旗者倒下了，如此高危的岗位，还有谁愿意继任？

西部工委面临夭折的命运，可可西里保护，又当何去何从？

1995年初，玉树州委收到了一份特殊的工作调动请求：

时任玉树州人大法制委员会副主任的奇卡·扎巴多杰，经过深思熟虑后给州委打了报告，主动请求降级安排，将他从州上调回治多县，继任西部工委书记，保护可可西里——扎巴多杰参过军，还担任过治多县公安局局长，算是行伍出身，具备实战经验，对治多县情况也了解，更不在乎官阶高低，愿意担起这份艰巨的重任。而且，他还有一个特殊身份——索南达杰的妹夫。

为万物护生、为亲人报仇，扎巴多杰走上时代前台的那一刻，就充满着传奇性和宿命感。

主动申请、甘愿降级、重整困局，足见扎巴多杰是体制内一位极具个性的干部。他接下来的动作，更是出人意料：针对之前西部工委力量薄弱的问题，扎巴多杰决定组建一支武装反盗猎队伍，而且面向全社会招募队员。

1995年，彭措当时年方而立，丢下了家里的牛羊，应征报名；有的人二十出头，刚刚从部队复员回家，听到这个消息，应征报名……坐在草原上，他们对我回忆起那段过往，仍然激情澎湃。当时，索南达杰壮烈牺牲的事迹，已经在玉树广为流传、令人动容，当地生性豪爽的康巴汉子们，在扎巴多杰这位疾恶如仇、爱憎分明的继任者号召下，纷纷参与到可可西里保护中来。

1995年10月，西部工委重新组建完成。第二任书记扎巴多杰麾下，人员一举扩充到了 50 多人，是索南达杰时期的数倍，形成了中国实质意义上的第一支武装反盗猎队伍。他们还给这支队伍起了一个响当当的名字——野牦牛队。

我在可可西里无人区里见过野牦牛，体型比牧民养殖的牦牛要大不少，远远看上去显得很"憨厚"，但有经验的老司机都会迅速开车驶过，避免惊扰它们，因为一旦激怒野牦牛，它连行驶中的吉普车都能顶翻——此后的几年，这支武装反盗猎队伍数十次深入无人区开展巡护，大大震慑了盗猎活动的嚣张气焰。不动如山、性烈如火，真是队如其名。

然而，野牦牛队的初衷虽是神性的，但这个充满理想主义情怀的剧本，后来却走向了令人叹惋的结局。

聊着聊着，我跟这几位野牦牛队老队员谈到电影《可可西里》中保护人员牺牲在流沙中那个情节，他们都笑了：巡护可可西里时，他们的车辆曾无数次陷入过泥沼，但从来没有遇到过流沙，更不曾有人陷进去。这个震撼人心的情节，原来只是一种艺术想象。

如今回想，这一幕，更像是对可可西里保护先行者们命运的隐喻——明知难为而为之，最终却陷入无法摆脱的困局。

事件的变调，从几位老队员的讲述中，已能听出一二。

比如，他们告诉我，曾在巡山途中撞见过一个盗猎狐狸的小伙子，后来小伙子表示也想加入野牦牛队，主动"弃暗投明"，最后还真就把他给"收编"了——进山时还是个盗猎分子，出山后就成了保护队员，这个故事有点儿像水泊梁山、英雄聚义。

是的，我多少听出了野牦牛队管理方式的松散与随意。

见过索南达杰遗像的朋友们应该都有印象，照片里的他正气凛然中，还透着一股有别于一般康巴汉子的书卷气。而扎巴多杰的照片,同样正气凛然的面容,却更多透着一种金刚怒目般的威严和敢做敢当、说一不二的草莽气质。

比较西部工委这两任书记的行事风格,我们也可以看出一些差异:索南达杰敢为人先,推动成立西部工委,这是他向治多县委多次建议争取的结果,西部工委这一特殊机构的制度设计理念与实际运转方式,始终都在体制范畴内;而扎巴多杰在西部工委的基础上,进一步搞起了武装反盗猎队伍,野牦牛队中只有少数体制内人员,其他大多是来自民间的社会力量,在理念和实践上,扎巴多杰走得更远,也更出格。

索南达杰创建的是一个讲求规矩的体制内机构,而它经过扎巴多杰重建后,外壳虽仍是西部工委,内核已然变成了野牦牛队——一个带有领导者强烈个人风格的半官方半民间组织,甚至民间色彩已远远大于官方身份。

只是随着扎巴多杰的早逝,野牦牛队也随之解散,消失在历史风尘中。

放牧、开店、跑运输……彭措等几位老队员此后的经历,大多平淡无奇。行走在可可西里的那几年,可能是他们一生再也无法重现的高光时刻。而当我和他们坐在一起时,我的心中总怀着某种自发的敬意。

我觉得,他们有点儿像古代的侠客,路见不平,拔刀相助。即便走过弯路、历经曲折,但起码在那段黎明前的暗夜,他们拍案而起、行侠仗义过。那闪光的一霎,也足以让他们在儿孙面前骄傲一辈子。

1997 年底,可可西里正式被列为国家级自然保护区——可可西里保护,从此进入了自然保护区时代,可可西里国家级自然保护区管理局成为之后 20 年间这片土地上自然环境和资源的主要保护管理部门。回头看,治多县西部工委其实可以视为保护区设立前由地方组建的一

野牦牛队部分老队员的合影,岁月变迁初心不改

个临时过渡性质的保护管理机构。遗憾的是，西部工委或者野牦牛队，虽然参与保护最早，但没有能够继续为自然保护区的建设贡献一份力。

不过，先行者们的精神不灭，索南达杰那代人的旗帜仍然高高飘扬。

2009年6月，可可西里国家级自然保护区收到了一份特殊的申请：一个名叫秋培扎西的年轻人，请求调到环境最艰苦的可可西里国家级自然保护区管理局森林公安分局，巡护无人区，保护藏羚羊——他，就是扎巴多杰的儿子、索南达杰的外甥。

宽厚的脸庞、坚毅的眼神，秋培扎西行走在可可西里，就像是西部工委两任书记的化身。

除了秋培扎西，索南达杰的孩子如今也在治多县的森林公安部门和乡镇上工作。西部工委两任书记的后人，一直守护在先辈浴血奋战过的土地上。

环境保护守土有责，生态红线不容触碰，今天的中国，已将生态文明建设提升到前所未有的高度。如今的可可西里，自2006年以来再也没有听到过盗猎的枪声——这是后人对先行者们的交代。

谨记，那段曾发生在可可西里的极具英雄主义色彩的传奇往事。

康巴汉子给藏羚羊当"奶爸"

按照地理、方言等不同，中国素有卫藏、安多和康巴三大藏族聚居地。

其中的康巴地区，就包括西藏昌都、青海玉树、四川甘孜、阿坝等地和云南迪庆——都是大山大河的所在。

"康"，在藏语里本就是"边地"的意思。而越是边远之地，越容易孕育勇武善战的民风。自古以来，康巴藏族就以身材魁伟、相貌堂堂、气度豪爽而闻名，无论男女。

洛松巴德，同事送绰号"阿洛"，就是一位地道的玉树康巴汉子。

体态健朗、气质阳光，被可可西里晒成古铜色的脸庞，天生的齐脖黝黑鬈发，以及棱角分明的五官，还有那一抹浅笑时不自觉扬起的嘴角，无怪乎"90后"的阿洛被称为索南达杰保护站的"站草"。

结识阿洛，是在2017年8月，我第一次来到索南达杰保护站采访时。这里以可可西里保护第一人、烈士索南达杰之名命名，也是可可西里国家级自然保护区建成最早、规模最大、设施最完备的一座中心保护站，海拔4479米。

由于就坐落在青藏公路旁，所以保护站门前车流如织，停车驻足于此的游客也不少。因此，阿洛有时还得承担迎来送往的职责，这回，他就给我客串起保护站讲解员来——

大门外，一座足足三层楼高、只有头和角的藏羚羊金色镂空雕像，成为可可西里的一处地标。雕像后面，是一排红色外墙的老式板房，那是20世纪90年代末保护站最早的建筑，作为历史遗迹保留至今。老板房的后面，新建起一座藏式建筑风格的小型展览馆,免费参观,里面有可可西里保护历史简介和野生动植物标本展示。展览馆的西边,才是保护站现在的办公区域,不对外开放。

随着西部工委、野牦牛队完成了历史角色,从20世纪90年代后期开始,可可西里进入了自然保护区时代。

可可西里国家级自然保护区管理局,作为这片土地上自然环境和资源的保护管理部门,存在了20年之久,直到2017年被整合并入三江源国家公园为止。

我在海拔4479米的可可西里索南达杰保护站

如果说,西部工委打响了可可西里反盗猎的第一枪,野牦牛队大大震慑了盗猎活动的嚣张气焰,那么自然保护区时代就是彻底实现了盗猎行为绝迹并且建设起一整套保护体系的20年。

此体系,由数座赫赫有名的保护站组成。

暮色染上可可西里。

倦鸟踏归途,走兽觅无踪,广袤而苍茫的大地,又一次陷入沉寂;车流稀了,游人少了,索南达杰保护站外也宁静下来,而办公区内却到了最忙碌的时候——阿洛又该"奶娃"了。

作为"90后"的阿洛,来可可西里工作还不到两年,尚未谈婚论嫁,却已当过十几个娃的奶爸;初为人父,往往手足无措,抑或手忙脚乱,而阿洛却对育儿经颇有心得,奶起娃来更是一把好手,体贴备至、柔情无限,养得娃们个个健康又快乐——他的娃,是一群藏羚羊小宝宝,都是受伤、迷途、落单后被救护到保护站的。

火炉上，铜壶"呜呜"作响，里面是2100毫升的牛奶。"高原沸点低，一个多小时前就开始加热了。"阿洛换上一身白色大褂，把7只奶瓶码成一排放在桌子上，一边将牛奶均匀倒进奶瓶，一边向我讲解，"奶瓶的卫生要求很高，中午吃完饭就拿开水烫过消毒，然后泡三四个小时，避免细菌感染，羊宝宝吃了要拉肚子的。"

只见桌子上的7只奶瓶，每个都有标号，"一个奶瓶对应一个羊宝宝，这样如果哪个小羊拉肚子，就能够提早避免相互传染"，阿洛将奶瓶小心翼翼装进奶篮，提着信步走向位于索南达杰保护站后院的野生动物救护中心。

打开管护笼，7头只有人膝盖高、嗷嗷待哺的小藏羚羊立即将他围成一团，有的还在他的膝盖上蹭来蹭去。而阿洛却并不着急喂奶，"奶还是有点儿烫，得在室外晾一下。"

怎么判断奶温是否合适？只见阿洛贴心地将奶瓶从奶篮里拎出来，挨个贴到自己脸颊上去试温度，"只要咱人体不觉得烫就可以喝了，这是我们试验很多次后的经验。"可羊宝宝却等不及，阿洛便蹲下身来，嘴里发出"噗噗"吹气的声音，小藏羚羊们听到这个声音，仝都凑过来，有的还和他亲嘴，焦急的情绪顿时被安抚了下来。

"温度可以了！"洛松巴德按照奶瓶的编号，分别给对应的小藏羚羊喂起奶来，这可好，其他羊宝宝可不干，纷纷上来抢食，"别急，别急，大家都有份儿！"一时间，阿洛被小羊们包围着，忙得不亦乐乎。

约莫半个小时工夫，阿洛这才完成任务，"早、中、晚，一天三顿，

洛松巴德给救助的小藏羚羊喂奶

顿顿不能少，真跟带孩子一样。"

可不是，一通忙活下来，已是夜里八点多钟，阿洛这才顾得上吃晚饭，而屋外已是繁星满天。

吃完饭，我想跟阿洛再做一些访谈。"稍等。"只见他摸黑又出了屋，检查一番管护笼是否安全，才放心回来，"这里有狼。"

真是个称职的"奶爸"！

看着阿洛，我忽然又想起了昆仑山口的那尊索南达杰雕像——一只手紧握钢枪，一只手呵护羊羔。铁血丹心和侠骨柔情，从来都是英雄好汉的一体两面。正如鲁迅先生诗云："无情未必真豪杰，怜子如何不丈夫。"

阿洛告诉我，索南达杰保护站的野生动物救护中心，这些年已经接纳和救护各类野生动物 500 余头，其中藏羚羊就有上百只。

如今，在索南达杰保护站的西边，保护人员还围起了 350 亩的野化区，随着小藏羚羊长大，每天还要带它们到草场上进行野化训练。每到这个时候，阿洛就像是"羊爸爸"，后面贴身跟着数只小羊，形影不离，画风诙谐，"等到第二年小羊长成，到迁徙季，我们再将它们放归自然。"

离别时刻最伤怀。

"平时，我们和小羊朝夕相处，大家纷纷给羊宝宝起了小名，像今年救护的 1 号小藏羚羊，保护站队员俄杰干脆就叫它'小俄'，还有队员更却罗周，直接用自己女朋友的名字给小羊起名，"一谈起女朋友，还未成家的阿洛脸一红，"虽然我没当过爸爸，但我会像对待自己亲孩子一样呵护这些生命。"

"来了，来了！行动！"

早上 6 点起床，孟可嘎拉就紧盯着监控视频，唯恐错失"目标"。早上8点,视频上终于有了动静,他便毫不犹豫地发出行动指令。

3名保护队员立即冲出保护站,在青藏公路上设置起路卡,拦停过往车辆。不一会儿,两三百只"目标"在公路西侧的草原地平线上出现,一阵观望后,才放心地穿过公路,继续踏上归途。

——这并非一次反盗猎抓捕,而是可可西里五道梁保护站每年8月常见的为藏羚羊安全迁徙开展的护航行动。

沿着青藏公路,从索南达杰保护站向西南车行60公里,我又来到了海拔4680米的五道梁保护站。"在此选址,是因为这里毗邻一条藏羚羊大规模集中迁徙的生命通道,"我遇到了五道梁保护站副站长孟可嘎拉,"每年5月中旬,大批藏羚羊会向可可西里腹地集中迁徙产仔,从东南方向西北方穿越青藏公路沿线,而到了8月,又会大规模回迁,这一时期做好临时交通管制,让藏羚羊群安全通过公路,保证在迁徙途中不受或减少人类的干扰,是我们保护站工作的重中之重。"

然而,藏羚羊可不认得什么"羊行横道",五道梁保护站辖区公路沿线长达80余公里,想从哪儿走就从哪儿走、想几时走就几时走,怎么办?

"这不,我们装上了监控摄像头,随时查看羊群迁徙动向,"孟可不自觉地揉了揉泛红的眼睛。每年的迁徙季,他和保护队员们天天凌晨五六点就得起床,生怕羊群天一亮就有动静,盯着视频监控一盯一天,哪里有动静,就去哪里指挥交通。

看来,可可西里的保护者们不仅要当"奶爸",还得干"交警"。

作为蒙古族人,孟可有着一副好歌喉。若不是其他人提醒,我完全没猜到,这位身材精壮、面庞粗糙、皮肤晒成黑红色的糙汉子,竟然也是个"80后",不过比我年长4岁,面相却显得

可可西里藏羚羊

饱经沧桑。

"你要是20岁出头就到保护站,一干十几年,也会像我一样显老,兴许还不如我呢!"孟可说话大大咧咧、没遮没拦,尤其爱开玩笑,最不喜客套。初到可可西里,与不少保护队员接触,一开始我还有点儿不适应,甚至略嫌他们"粗鲁"。后来才知道,这一身草莽气质都来源于他们在无人区搏命的经历。

"刚到可可西里工作,有一次进无人区巡山,我差点儿把命丢了,"孟可寥寥数语,却把我听得惊心动魄,"晚上睡帐篷,跑来两只棕熊,我们赶紧躲回车里,折腾了一晚上,结果我不幸感冒,从第二天下午开始呕吐,连续昏迷两天两夜。"

当时正值大雪封山、道路难行,为了救孟可的命,巡山队冒险翻越了青海省最高峰、海拔6860米的布喀达坂峰,从新疆阿尔金山保护区绕道赶去了医院。"后来据队友们讲,雪山上的雪和引擎盖一样高,大伙用铁锹挖雪,甚至用手挖雪,硬生生给我挖出了一条活路!"

经历过生死,自能放开洒脱,我明白孟可"粗鲁"的性格是从何而来了。想和这里的采访对象交朋友,记者也要学着有一点儿"匪气"才好,否则他们很难视你为"同路人",又怎会对你敞开心扉,说出自己的故事?不过冲着镜头,唱唱"保护生态责任重大"之类的高调罢了。

可我又突然担心起来:暖男一枚的阿洛,在这保护站干得时间长了,会不会也磨砺成像孟可一样的糙汉子?

正应了那句话:为了岁月静好,总有人在负重前行。我只盼阿洛这一代"90后"保护者,还有未来更年轻的后人,不要再像前辈一样经历生死大关,愿他们的脸上能够少一些风霜雨雪。

可可西里共有四座常设保护站,都布局在青藏公路沿线。除了索南达杰保护站和五道梁保护站,另外两座的选址也很讲究。

1954年,慕生忠将军带人修筑青藏公路,翻过昆仑山口后,发现了一处常年恒温20℃的泉水。将军文思如泉涌,当即给此地起了一个响亮的名字:不冻泉。

后来,来自玉树方向的215国道在此与青藏公路交汇,不冻泉的地理位置陡然变得重要起来:它成为从东、北两个方向进入可可西里的第一道大门,堪称可可西里的咽喉。

20世纪90年代末,可可西里国家级自然保护区不冻泉保护站在此拔地而起,咽喉的重要性立竿见影:保护站设立第二天,有一辆大卡车飞驰而过,车上带有血迹的尿素袋,引起了保护站工作人员的注意,当场拦下车辆盘查,发现袋子里装的是藏羚羊皮子,总共88张,全部缴获。

在唐古拉山镇所在地、长江之源沱沱河畔,还建起了一座可可西里国家级自然保护区沱沱河保护站,相当于可可西里的南大门。

不冻泉、索南达杰、五道梁、沱沱河,这四座常设保护站在青藏公路沿线自北向南一字排开,为高原生灵筑起了一道防线。

离开五道梁保护站时,听孟可说,两天前来了一大群羊,一直在保护站附近游弋，只要头羊一动，就会大批通过青藏公路。同行一位《经济日报》专职摄影记者立马来了精神，他这次来可可西里，拉着个行李箱般的摄影包，里面塞满了炮筒一样的镜头，就为了拍摄这个壮观的场面。

可我们熬到天黑，也不见羊群的踪影。五道梁保护站条件有限，无法留宿，我们只好连夜返回了索南达杰保护站。临走前嘱咐孟可，一有动静随时打电话。

第二天，我们一早又赶回了五道梁保护站。这才得知，凌晨六点的时候，那群羊已经通过青藏公路了，而孟可忙着指挥交通，把通知我们的事情忘得一干二净。返回索南达杰保护站时，那位摄影记者遗憾得一路都在叹气。

后来回到西宁，我写报道时检索到青海生态环境监测中心的一组数据：2017年8月8日晨，五道梁保护站一次性通过了3000余只藏羚羊，是近年来极其罕见的藏羚羊群大规模集中迁徙——这个事儿，我一直没忍心告诉那位摄影兄弟。

与大片擦肩而过，也没什么了不起。初访可可西里归来，我心里萌生了一个更大的盘算。

可可西里的面积比海南岛都大，仅靠四座常设保护站还是远远不够的。为辐射更广区域，打击盗猎盗采，像西部工委、野牦牛队一样，可可西里国家级自然保护区也组织起了巡山队，

玉珠峰下藏羚羊

从各个保护站中抽调人员，定期深入无人区的角角落落展开巡查，时间短则四五天，多则半个月。

我的盘算是：找机会再赴可可西里，跟着巡山队，穿越无人区。

挺进无人区，沿着英雄留下的路标

可可西里的四座常设保护站，全都位于无人区边界地带的青藏公路沿线。到这里采访，已是 99% 媒体人所能抵达的极限。

换句话说，采访过可可西里的记者，极少有人真正踏入过无人区，不过是在门口兜个圈子就走了。

而我们想做那 1%：跟随巡山队，深入无人区，穿越可可西里。

这种想法，相信每一位真诚的媒体人都梦寐以求，不会因艰辛乃至危险而动摇。但令我不解的是，保护站人员对媒体的这一夙愿始终婉拒——体验你们的巡山之路，记录下珍贵而震撼的画面，多好的事儿，为啥拒绝？

直到 2018 年 6 月底，经过半年多的反复沟通，连三江源国家公园时任一把手都出面协调，我们人民日报社青海分社的五人采访团队才获准跟随巡山队一同进入无人区，目的地：可可西里腹心、藏羚羊集中产仔地卓乃湖。

此番毕生难忘的经历，让我理解了保护站一线人员的苦衷：不是不想带媒体巡山，而是过程实在太艰险，稍有意外，便是生死。

2017 年以后，可可西里的保护管理部门经过国家公园体制改革、机构人员优化整合,已经从原先的可可西里国家级自然保护区管理局,调整为三江源国家公园长江源园区可可西里管理处。为保障我们这支采访团队的人身安全,管理处的时任党委书记布琼亲自担任了此次巡山的领队——就算我们不来,可可西里保护部门的领导,每年也都要深入无人区值守一段时间,与一线人员同吃同住、患难与共,这是老规矩。

布琼书记,面容宽厚,一如他的性格。私底下,下属都叫他"老布书记",因为早在2000年可可西里国家级自然保护区森林公安分局成立时,他就是首任局长,如今已届退休之龄。

跋山涉水共患难,关系熟了,感情深了,老布书记后来告诉我,他到可可西里工作快20年,像我们这样跟随巡山队深入过无人区的媒体,不超过三家。

布琼(中)和龙周才加(右)在巡山途中 布琼 供图

我们的采访团队,由时任分社社长、我、两位年轻记者和一位司机组成,全是老爷们,驾驶的是一辆陆地巡洋舰,载满了采访设备、睡袋和氧气瓶。

一行五人从西宁出发,先开了9个小时车,夜宿格尔木,第二天翻越昆仑山口,午后才抵达索南达杰保护站,老布书记和巡山队员已经等候在此,其中就有我的老朋友洛松巴德。大家在保护站休整一晚,赶次日天明时开拔。

馒头、回锅肉、西红柿炒鸡蛋、黄瓜丝、醋熘白菜……显然,因为我们的到来,保护站晚饭特地加了菜。"沾记者光,我们也改善改善,"老布书记笑言。

虽然是老公安,又当领导,但老布书记并非不苟言笑之人,偶尔还爱讲两个段子。他的一句口头禅是:"保护站苦,拉着脸过也是苦,笑着过也是苦,为啥不乐观一点儿?"

这份苦,我在 2017 年初访可可西里时就体验过。晚上留宿在索南达杰保护站,没有客房没有床,就睡在办公室的沙发上。虽然时值 8 月,夜间气温却已降至零下,办公室里烧着火炉,我盖着厚棉被,凌晨仍被冻醒,还流起了鼻涕,赶忙将一件羽绒服套在身上,再盖上被子,这才熬过了一晚。

此次二上可可西里,正赶上 2018 年俄罗斯世界杯。吃完晚饭,大家围坐在电视前,正准备消遣片刻,停电了,保护站一片漆黑。

原来,索南达杰保护站设站 20 多年,时至今日仍没有通电,只能靠太阳能供电。保护站后院,有一个微型的光伏发电设备,就 5000 瓦容量。这么大个保护站,办公区、救护中心、监控设备,哪个不得用电?"今天的用完了,等明天太阳出来吧,"老布书记把手一摊。

电如此,水更紧张。索南达杰保护站附近没有可用的饮用水源,得派人去 20 公里外的不冻泉保护站打水,一次打三大桶,省着点儿用,能撑个三四天,也就是用于做饭、洗脸刷牙。至于洗澡,哪有这个条件?更何况,在这寒冷的高原,哪个敢洗?

条件虽艰苦,索南达杰之夜却是极美:窗外,苍茫的可可西里大地被笼罩在一层黑色的幕布之下,幕布上繁星点点,清晰地映现着城市里许久难见的北极星和北斗七星;偶尔有车辆驶过,车灯闪烁,照亮了屋里一群有说有笑、互相吹牛的保护站工作人员的面庞,显得格外动人。

东方既晓,巡山行早。

从索南达杰保护站出发,车队沿青藏公路向南走了不远,便向西驶出公路，开进了可可西里无人区。

老布书记作为领队，抽调了索南达杰保护站副站长龙周才加、保护站工作人员洛松巴德等4人参与巡山。车队由两辆福田皮卡和一辆北汽战旗组成，另加我们采访团自带的越野车。皮卡车的货箱，载着水、柴油等物资，还见缝插针塞上了几把铁锹——那是救援时要用的。

挺进无人区前，我们采访团队一行五人在索南达杰保护站的留影

一路西行，风光绝美：北边，仲夏时节依然戴着雪帽的昆仑山脉连绵如屏，那是位于昆仑山口西侧、被称为玉珠峰姊妹峰的玉虚峰；南边，有一片无名山峦，与莽莽昆仑比起来就显得矮小多了；南北两山间，则是平坦广袤、一望无际的原始草原，根本就没有道路，也没有清晰可辨的车辙，更谈不上标识物，我们只管跟住前面的车，亦步亦趋向前开。

初进无人区，车上众人都格外兴奋，我坐在后排左边，早早落下了车窗，端起相机后快门就没闲下来——然而，20分钟后，我的拍摄便被迫中止——原本平坦硬实的草地，开始出现许多泥坑、颠簸难行、泥水四溅，我不得不把车窗关上。窗户转眼就溅满了泥，车的顶风玻璃更是重灾区，雨刷摇动个不停，很快就把车窗画了个大花脸。

夏天的可可西里，就是一片没有尽头的沼泽地，巡护之路泥泞不堪。前面领路的皮卡车，却始终在泥坑中穿行。大家不解其意，便鼓

我们的采访车已经成了大花脸

动分社干事、专职司机小王:"泥坑旁边的草地挺平坦啊,咱绕着走吧!"

于是,到下一个泥坑前,小王把方向盘一打,我们就拐向了旁边的草地,准备绕过泥坑——突然,车头往下一沉,陷住动不了了。大家都慌了神,小王猛踩几脚油门,然后车轮只在原地徒劳地打转。小王又换成倒挡,试图倒车摆脱困境,虽然我们早早就挂上了四驱,但除了四溅的泥巴,车辆仍然纹丝不动。

进入可可西里无人区才七八公里,我们就遭遇了第一次陷车——这不过是个开始。

前面领路的皮卡,调头开了回来。老布书记下了车,板起脸:"不是叫你们跟着我吗,咋给开到草地里了?"

我们解释道:"泥坑不好走,想绕一下……"

老布书记指指脚下:"这你们也敢走?"

我们下了车,往地上一踩:好家伙,看着挺平坦的草地,踩上去才发现土质松软。我的体重有140来斤,稍微使劲儿就可以在草地上踏出个脚印,更何况两三吨重的汽车呢?

稍微深入可可西里,我们已然意识到,原来脚下这片无人区,就是一块吸满水的大海绵。

平均海拔超过4600米的可可西里,至今没有一寸道路,全是原始的草原。无论是保护人员,还是非法闯入的盗猎盗采分子抑或探险者,穿越这片无人区,徒步是支撑不下去的,必须开汽车。每当雨雪过后,整个可可西里就变成巨大的陷阱,看着平坦的草地,汽车轧上去就成了烂泥,随时可能陷住,必须依靠救援才能脱困,因此巡山队每次巡护至少都要派两辆车。

交通工具遇困,是人类在可可西里最大的危险——听老布书记讲,多年前他们见过不法分子在泥潭里困住的车辆,车是空的,人已经逃了。"弃车步行,海拔这么高,人很容易透支,而且夜间野外气温很低,恐怕连一个晚上都熬不过去。还不如守在车里,等我们来抓,起码能保住命。"

而最安全的行车路线,便是蹚着这些泥坑走:20多年来,可可西里的保护者们开车在巡山路线上反复跋涉,车辙的印迹很快被大自然的巨手抹得难以辨识,只在雨后留下了那大大小小、深浅不一的泥坑。一个个泥坑之间,是这块大海绵上被前人轧得相对最硬实的路,那是西部工委、野牦牛队、自然保护区直至如今国家公园的一代代保护者们,刻印在可可西里大地上、令后人得以辨识前途的路标。

巡山车队沿着路标——一个个泥坑跋涉前行

调头回来的皮卡车,开始了对我们的救援。

龙周才加取下铁锹,先把陷住我们越野车前轮的烂泥挖开,然后用上了救援神器——我们这才注意到,皮卡车的前杠装着一个液压绞盘——他从绞盘上牵出钢丝绳,将绳子挂到我们越野车的底盘上,然后启动绞盘,借皮卡车的重力和绞盘的巨大拉力把越野车往外牵引,同时小王也匀速踩着越野车的油门给劲儿,我们其他人则全部下车减轻重量,并且在车尾喊着号子一起推车。

号子还没喊到三,越野车就开出来了——陷车与救援,对巡山队员早已是驾轻就熟。

只是,汽车挣脱出泥潭时,后轮给我们这些推车的人甩了一身泥。大家你看看我,我看看你,不由得都大笑起来。

虽然狼狈,但这就是我们想象中的可可西里。

蹚着泥坑走,仍然会遭遇陷车,皮卡偶尔也中招。我们这辆越野车最拖后腿,一来没经验,二来跋山涉水的能力确实比

巡山队用绞盘把我们的采访车拽出泥潭

不过那三辆"小钢炮"。从最初的焦躁,到后来习以为常,我们的状态愈发狼狈起来:衣裤上满是泥点子,鞋就更不用说了,车里也到处都是泥巴,而且一路颠簸,车内的物件已然乱成一片。行路如此之难,倒也转移了我们的注意力,一时竟忘了身处在海拔近5000米的地方,只有在用力推车后,才发觉头晕目眩,气喘连连。

就是在这样的环境,巡山队员一边要与大自然做斗争,一边还要巡查野生动植物资源、打击盗猎盗采行为。

一路上,我们常能见到藏羚羊、野牦牛、藏野驴、藏原羚等珍稀野生动物,它们有的警惕性较高,看见车队开过来就跑远了,而绝大多数都比较淡定,只是在远处和我们对望几眼,就又自顾自地吃起草来。我猜,它们应该是第一次见到人类这个陌生的物种。

破获盗猎大案,主要是在可可西里保护的早期。老布书记就给我们讲起了一个"踏雪三追盗猎团伙"的故事:

那是2003年4月,保护区得到消息,有一个盗猎团伙经新疆阿尔金山潜入了可可西里,在布喀达坂峰一带伺机而动。7名保护人员立即带上枪械奔赴现场,可即便是在春天,可可西里依然大雪封山,难以深入,出于安全考虑,上级命令取消这次任务。但队员们实在不甘心就这么回去,便沿着山峰下面的河岸来回巡视,结果两行车辙印让盗猎分子露出了马脚。他们一路追踪，终于发现了藏匿着4个盗猎分子的两顶帐篷，当场实施了抓捕，缴获了枪支弹药，还从一个盗猎分子身上搜出了一个包裹严密的塑料袋。

恰恰是在这个塑料袋里，队员们发现了一封信，根据信的内容和写信时间，判断出定有另一股盗猎团伙正在可可西里作案。于是第二天，队员们又马不停蹄地向可可西里更深处开始第二次追击。

经过长达一周的搜索，在青海和新疆的交界处，队员们又抓获了4个手持武器、妄图弃车逃跑的盗猎分子。但是，这4人中并没有信中提到的关键人物。

难道，前方还有更猖狂的盗猎分子在作案？队员们立即兵分两路，留下两个人控制罪犯，其余5人继续追击。

第三次追击到的场景，令队员们不忍直视：在一片避风的地方，发现了盗猎分子驻扎的帐篷，帐篷外藏羚羊尸横遍野，刚刚剥下的皮子到处都是，帐篷前的一条河已经被染成了红色。

队员们怒吼着，冲上去一举抓获了这些残忍的暴徒。三次追击，整个破案过程历时46天，共收缴1000多张藏羚羊皮、4000多发子弹，将这多股盗猎团伙一网打尽。

老布书记告诉我们，从20世纪90年代末以来，可可西里已经组织巡山500多次。他们的存在，就是对不法分子最大的震慑。

下午3点，我们才吃午饭。

"餐厅"是找了一处比较干燥的地面，大家席地而坐，把面包火腿肠矿泉水摆到一起共享，别有一番滋味。"天似穹庐、笼盖四野"，坐在可可西里的莽原，我第一次亲眼见到了这句诗所描述的画面。

自小长在城市，没有农村生活，我的青少年时期对自然的感悟其实更多来源于书本以及想象。反倒是到陕西工作之后,因为采访的缘故,体验过终南山的魅力,便再欲罢不能,每逢天清气爽、偷得闲暇,必往秦岭七十二峪里钻,尤爱爬野山、访幽谷。

城市生活五光十色,可谓穷尽耳目口腹等感官之欲,但人的感知力非但没有因此丰富,反而在萎缩。唯有放浪山水间,我才觉得更似己身的栖居之所,一如在可可西里的感受:天地茫茫,只觉此身渺小,而心胸却跟着自然博大起来。

再看巡山将士们,深蓝色警服上已满是泥污。每次陷车救援(当然大多是救我们),老布书记也都身先士卒,用他的话说就是"这里没有领导,大家都是兄弟"。我们于是颇感愧疚,咱当记者的又能以何为报呢?唯有,好好去写他们的故事。

席地而坐的露天午餐,成了我们此行途中唯一一顿饭。为

广袤的无人区

了赶时间,老布书记决定到了卓乃湖再吃晚饭。带着我们,车队已赶不及在天黑前抵达了。

走走停停,陷车救援从紧张刺激已然成为家常便饭,一车人疲态尽显。小王强打着精神继续努力跟上车队的步伐,在荒原的草地泥水间跋涉已显得老练许多,入夜后幸运地再没有陷过一次车。

我们带的这辆越野车,已有十余年车龄,行驶里程超过20万

晚上9点,车队还在艰难行进

公里,可谓老当益壮。只是车灯已不甚明亮,而旷野的夜色又格外黑沉,加上雨刷不停地在清洗着车窗上的泥水,坐在车里已谈不上什么能见度了,我感觉小王似乎是在凭着意志和本能在驾驶。

已是晚上9点,西边的远方,此时为我们呈现出难得一见的奇景:大地被夜色笼罩着,天空也积满了黑压压的云层,而就在这天地之间,却留着一条又长又窄的缝隙,落日从中投射出一缕余晖,久久不灭——跳出熟悉的日常生活体验,我们有幸得见大自然轻易不示于人的另一番面貌。

我们已近乎麻木地向前行进着。约莫晚上11点,车队拐了个大弯,暗夜中闪出点点星火,此行目的地——可可西里唯一一座季节性保护站所在的卓乃湖,终于到了。

卓乃湖见闻:"产房"深处,精灵无数

百万年前,有一座大湖,曾与古黄河相通。

那时,气候温和、水草丰茂,湖与河的淡水中游着数不尽的鱼儿——它们,就是黄河鲤鱼的先祖。

然而,十几万年前,由于地壳变动,这座大湖东侧的山峦逐渐隆起,最终截断了湖与河的联系。鱼儿浑然不觉,直到彻底被困在这座高原堰塞湖,再也无法出去。

"无家可归"不可怕,要命的是冰川融水带来的盐类物质不断累积到湖中,而又排不出去,加之气候变化,这座大湖久而久之竟然变成了一个咸水湖。

物竞天择,适者生存。喝惯了淡水的鱼儿,为了活下去,不得不重新适应高盐高碱、低温缺氧的湖水环境,乃至无数代繁衍后,身上的鱼鳞大多都退化了。

这座大湖,就是今天举世闻名的青海湖;截断了大湖与古黄河联系的山峦,被叫作日月山;那些可怜又顽强的鱼儿繁衍至今,由于没有了鳞片,被专家起个学名叫"青海湖裸鲤",还有个俗称"湟鱼",成为高原的特有鱼种。

青海上年纪的人,对湟鱼都有一种特别的感情:20世纪50年代末,三年困难时期,西宁城里的老百姓饿肚子,全靠这青海湖里的鱼才熬过了荒年。湟鱼,救过青海人的命。

如今作为保护动物,湟鱼是只能看,再不能捕捞和食用了。每年六七月,在汇入青海湖的河流里,都会出现大批湟鱼成群结队洄游的壮观场面,我曾去看过,确可谓"半河清水半河鱼"。现代科学解释了背后的原因:青海湖水高盐高碱,不利于鱼卵发育,因此湟鱼不得不返回入湖河流的上游产卵,同时洄游的

过程也能促使湟鱼性腺成熟。最神奇的是,湟鱼甚至能凭借对不同河流流速的感知,回到属于本品群的河道繁衍后代。

湟鱼身上那依然残存的一鳞半片,仿佛仍铭刻着先祖的记忆,让它们在产卵季的集体洄游中,完成着对故乡的寻根与追溯。

和湟鱼一样,藏羚羊在每年的产仔季,也会进行大规模集体迁徙。

索南达杰保护站西边约140公里、可可西里无人区的腹心地带,有一个面积并不算很大的湖泊,藏语叫卓乃湖。

每年12月,是藏羚羊的交配季。到了来年5月底和6月初,来自青海三江源甚至还有新疆阿尔金山、西藏羌塘的上万只"身怀六甲"的母羊,就会不约而同、成群结队、千里迢迢地前往卓乃湖产仔,湖畔就成了藏羚羊"大产房"。

产仔期间,公羊是"甩手掌柜",不会来"陪产"。等羊羔生下来,最迟到8月初,母羊又会带着小羊返回原来的栖息地,与公羊合群。

然而,藏羚羊为什么要迁徙到卓乃湖产仔?至今仍然是一个谜。

难道,藏羚羊也是在产仔季的集体迁徙中,完成对故乡的寻根之旅?抑或神秘的卓乃湖,藏着有关"娘家"的记忆?

无疑,这"大产房"的许多"妇孺",自然成了可可西里的重点保护对象。保护人员在卓乃湖边建起了一座季节性保护站,也是此次巡山的目的地。每年5月到8月,保护队员都要驻守在此,产仔季结束后再离开。

如此说来,可可西里的保护者不仅干着"奶爸""交警"的活儿,甚至还要当"月嫂"!

天明,我才得见卓乃湖保护站的真容。

前晚，路途劳顿加之高反，只记得一行人匆匆进屋，胡乱塞过几口饭，便钻进睡袋躺下了。夜里，接近5000米的海拔，而且无人区腹地的含氧量、小气候更为恶劣，自然不可能睡踏实，倒不如说一晚上都在打盹儿：昏昏沉沉地醒了，又半梦半醒地迷糊过去，如此反复。我猜同行的哥几个也都是浅睡眠——一屋子老爷们，一路累坏了，但一夜都没听见鼾声。

辗转反侧到凌晨三四点，再睡不着了，因为头疼得厉害。钻出睡袋，摸黑四处寻觅，屋里能找着的氧气瓶，都空了。不忍惊动别人，我便又躺下，一直熬到六点天蒙蒙亮，才裹上羽绒服，走到户外喘口气。

黎明时分的保护站很安静，这是一座约莫半个足球场大小的营地：

一人多高的铁皮墙，围出了保护站的院落，夜里铁门紧闭，以防熊和狼的袭击；院子北侧，坐落着一排活动板房，那是保护人员的办公和生活场所，里面有四五间屋子，屋的内墙都使用藏族传统的木质板装饰，

保护站是无人区内唯一的人类建筑，远方那抹青黛便是卓乃湖

显得很温馨，最大的一间房，摆着藏式长桌、长椅，还有火炉，相当于会议室，其他几间就是宿舍，有现成的床和被褥；院子南边，还有一座活动板房搭成的简易

二层小楼,安着梯子和护栏,人可以登上楼顶,作为瞭望台;院子里的空地,便成了停车场。

天色渐亮,我的猜测没错:采访团的同事们也前后脚爬起床,显然哥几个昨晚都没睡好,起来后个个都齉鼻子肿眼,头发乱蓬蓬的,也无心梳理了。

虽然保护站毗邻卓乃湖,但湖水水质未必能满足安全饮用的标准,而且湖畔都是泥滩,取水并不方便,因此用水主要靠外部供给。起床后,大家的头一件事,都是抓紧时间给手机、相机充电,因为电是限时供应的,早晨、晌午、晚间,院子里的柴油发电机会"轰隆隆"转三次。其实,给手机充电又有什么必要呢?反正自打前日一早离开索南达杰保护站后,就再没有一丁点儿信号。没有互联网,没有电视,这里的业余生活几乎没有什么娱乐项目——水、电、网,现代社会的生活必需物,在这无人区腹地,都成了稀缺品。

此情此景,我的心中却颇有几分激动,也带着些许恍惚:我身处的,是4.5万平方公里可可西里无人区内,唯一的人类建筑。

6月底,正值"大产房"最热闹的时候。今天的工作,就是到卓乃湖边"查房"。

一早,老布书记进行了分工:龙周才加带人开上北汽战旗去湖畔巡逻;他则与卓乃湖保护站的值守人员交接此次进山带来的水、柴油、液化气等物资。我们采访团队,选择与龙周一同巡湖。

大铁门打开了,跟着北汽战旗,我们驶出了保护站。龙周带路,开往了一处高地,据说可以俯瞰全湖,并且监测周边野生动物的动态。

云层笼罩，天空阴沉沉的。我们此次可可西里之行，天公不甚作美，自打深入无人区后，就没怎么见过蓝天白云，北边那雄伟连绵的昆仑山脉，也跟我们玩起了捉迷藏，头顶不见日头，以至于连辨别方向都成了困难。

从高地远眺保护站和卓乃湖

"湖那边是北，保护站在南边。"一番颠簸行进，我们驶上了高地，龙周给我们指示着。登高望远，我得以从更宏观的视角去观察所身处的环境：

云层与草原间，那青色的一抹，便是对藏羚羊有着神秘吸引力的卓乃湖。显然，它的面积不算很大，否则无法尽收眼底。湖的南岸，便坐落着保护站。从高地望过去，我们这些人的栖身之所，就像大地上的一枚小小棋子。

行棋至此，皆因高原精灵藏羚羊。

湟鱼洄游，还可以靠水流之类来辨别。藏羚羊群大老远地迁徙回这座貌不惊人的湖泊边繁衍，而且不至于迷路，难不成是有什么特殊的磁场？

湟鱼回溯到河流的上游产卵，是为了让宝宝能够在淡水环境下健康发育成长。这些藏羚羊非要到卓乃湖畔"坐月子"的原因又是什么呢？环境？水质？土壤？抑或此地野外天敌较少袭扰？甚至纯属基因的惯性？

"羊！"龙周一声叫喊，打断了我的胡思乱想。

只见湖岸与高地之间的草原上，远远地出现了一队藏羚羊，呈纵列自东向西走去，有四五十只，没有羚羊角，显然是一群待产的母羊。它们的毛色深黄，与地表的草色几成一体，要不

卓乃湖畔，羊来羊往

是龙周眼尖，我们还没有发现。

只见他掏出工作日志，随即开始记录起来：羊群数量、出现地点、行动轨迹……龙周告诉我们，藏羚羊的毛色不同季节也不一样，夏季是它们毛最长的时候，看上去显得"鼓鼓囊囊"，"羊最漂亮的时候是在冬季，膘肥体壮、毛色鲜亮，如果再赶上下雪，好看极了！"

正说着，高地的东边也出现了一队羊群——这回是我们自己发现的，有经验了，便眼力见长。大约一顿饭的工夫，我们就已目击了四拨羊群在高地的周边游弋，都是母羊，每群都有数十只。"大产房"深处，羊来羊往，好不热闹。

为了拍照，我又往前走了一段路，当然控制在合理的距离内。站到高地最边缘的山坡上时，接下来的一幕令我无比惊奇：就在山坡下，距离我不过十来米的地方，竟然有几十只母羊正在觅食。

方才由于山坡的遮挡，我们彼此相距不过咫尺，但都没有察觉到对方——藏羚羊是警惕性很强的动物，人类即便出现在百米开外处，它们都会警觉地转头就走。想近距离拍照是很难的，一旦突破它们心中的安全距离，镜头最终只会拍到一排羊屁股。

我与羊群最近距离的邂逅

此刻，为了稳定被拍摄对象的"情绪"，我马上止步站定，缓缓半跪在地，缩小我的身体面积，尽量避免让它们感受到威胁——这几十只母羊，腹部都肉眼可见地鼓了起来，显然已"身怀六甲"，我担心如果它们突然遭受到惊扰，疾跑中就有可能发生流产。

母羊们也非常有镜头感，只是原地抬起头，好奇地打量着我。我调匀呼吸，端稳相机，同时飞速按动快门，全景、特写……冷静的状态下，我的内心其实激动不已——这是我与藏羚羊堪称面对面的邂逅。

如此近距离的偶遇，只持续了十几秒。一只头羊挪动了脚步，其他羊也跟着转身离去。等其他同事赶过来时，镜头里又只剩下羊屁股了。

回头想，自打进入这无人区，藏羚羊、藏野驴、藏原羚、野牦牛、狼、兔狲、鹰隼……珍稀野生动物见了许多，简直像进了动物园——不，应该说，在这片天地万物竞自由的狂野大陆，我们才是走进大观园的刘姥姥。

有的人天生好人缘。准"90后"龙周才加，一张圆圆胖胖的娃娃脸,总带着阳光的笑容,很快就跟我们打成了一片。

可我没想到,乐观如他,"第一次到卓乃湖,就哭了鼻子",巡湖中边走边聊,他嘴一"出溜"漏了自己的短,紧接着不好意思地笑起来。

老家在玉树,出身牧民家庭,自小就在草原上摸爬滚打、风雨无惧,几年前到可可西里工作后,第一次被安排到卓乃湖值守的龙周,却傻了眼:当时,活动板房还没有建起来,偌大的湖边,所谓的"保护站"不过就是几顶帐篷而已。

不仅条件简陋,到了夜里,大家还睡不了踏实觉——时不时就有棕熊来袭扰。

有一回睡到半夜,龙周和队友们惊觉帐篷外面有熊出没,吓得他们立即打亮手电,来回挥舞,想借此吓走棕熊,但人家根本不吃这一套,依旧在帐篷外面转圈圈。

没办法,他们又开始敲锅碗瓢盆,"叮叮当当"一通响,棕熊才逃遁在夜幕中。

觉是不敢睡了,他们当即从帐篷转移到了巡山车辆里,一晚再没敢合眼,"棕熊一旦返回,我们立马开车跑路。"

直到这几年,卓乃湖保护站建起了活动板房,外面又围起了院墙,才安全许多。然而,仍有个别胆大的棕熊,在冬季保护人员撤走时,竟然翻过围墙进了院子,"等我们第二年回来时,发现板房外面被挠出来不少熊爪印儿,院子里也被鼓捣得乱七八糟,才知道来过'不速之客'。"

但龙周可不是被"吓哭"的。

与天斗,与地斗,包括与棕熊斗,这样的经历不乏惊险刺激——真正曾令龙周"英雄气短"的,是日复一日驻扎于此,终如浪潮般涌来的孤独感。

"白天到卓乃湖边巡守,晚上在帐篷里和队友们围炉夜话,不过一个礼拜的时间,能聊的话题就都聊完了,能吹的牛也都吹完了,剩下的就是漫长的沉默。"龙周回忆起当时他初到卓乃湖的状态。

实在无聊,他走出帐篷,坐到了外面的柴油桶上。无人区的茫茫天地,也从起初的新奇变得乏味。看着看着,他突然按捺不住地哭了起来。

我能体会龙周那时的心态:于我们而言,无人区腹地的经历,只是跳出日常生活的一段插曲;于他,还有那些保护队员,却是与世隔绝的重复旋律。

我与龙周才加

相信许多人,都曾在孤独的夜晚与自己对话,然后抹干眼泪,继续前行——那往往是无法与人言说的。要不是龙周的嘴"出溜"了,我们哪能知道他曾经的心酸,所见的只是如今这张阳光乐观而又坚强笃定的娃娃脸。

采访行结束后,过了几个月,我在一则新闻中又看到了这个熟悉的名字:2019年,索南达杰保护站副站长龙周才加,被授予"中国青年五四奖章"。

新闻里还援引了一份最新的统计:在多年持之以恒的保护下,可可西里藏羚羊种群数量已经从20世纪90年代初盗猎最猖獗时的不足2万只,恢复到了7万多只。

闯出无人区：140公里，跋涉17个小时

又是一个难眠夜。

头上像戴了金箍，半梦半醒。一看表：时针才懒洋洋走到凌晨三点。钻出睡袋，摸黑寻觅，捡到个氧气瓶就吸上两口，虽然大多是空的，权当心理安慰。

屋里憋闷、坐卧不安，裹上羽绒服，索性到院子里转悠。

清晨六点半，卓乃湖的日出

原地走圈有助于缓解头疼——这是我此行的一大经验。黎明迟迟不来，好在卓乃湖保护站的院墙牢固，倒也不担心成为熊或狼的早餐。

好歹熬到六点，东方欲晓。走上那座由活动板房搭起来的瞭望台，高反之苦，被可可西里日出的壮观一扫而光——平坦无垠的荒原之上，云海翻滚间，金光闪现，照亮了银色的卓乃湖，也唤醒了保护站的人们。

唤醒大家的，还有我的歌声。

在这个藏羚羊"大产房"停留了一天两夜，采访团计划今天返回索南达杰保护站。毕竟，一行五人的食宿和安全保障，对主人来说已是不小的负担。

站在高处，环顾苍茫大地，我明白，此一别，将来恐怕难有机会再来到这无人区腹地。于是，我情不自禁地在瞭望台上唱起歌来，记得有《天边》，似乎想用这种方式，再留下些许纪念。起初，还是浅吟低唱；后来，索性引吭高歌、手舞足蹈起来——我虽个性含蓄，骨子里却有些意气与性情，置身这朝霞云海、长湖旷野，倒不觉有什么难为情。

"姜记者心情很好啊，"老布书记走到院子里，笑着冲我招手。他也上了瞭望台，却很快皱起眉头，"这天色，'朝霞不出门'啊，今天怕要下大雨，你们早点儿动身为好。"

我们反复劝说老布书记一同返程：前日进山，每次陷车救援，他常要下车指挥，可能在那时给着凉了，昨晚就出现感冒的症状——高原上感冒，如果引发肺水肿，那可是要命的。

但他依然拒绝了我们的好意："昨晚吃过药，已经感觉好多了，应该没问题，再说这个月本来就轮着我值班。"

可可西里有个规矩：领导每年也要到一线保护站带队值守，最少15天。我能理解他的选择：作为威信很高的老书记，让年轻人替个班，他说句话的事儿而已；轻伤不下火线，只是不想给兄弟们留下个"领导临阵脱逃"的印象。

急忙吃完早饭，八点即启程。按照进来的时间算，返回索南达杰保护站最快也得晚上八点了。

临别，我们把随身的药物都留给了老布书记。数日同行，大家彼此间已颇有患难与共的惺惺相惜。而返程领队的重任，则交到了卓乃湖保护站副站长郭雪虎身上。

可可西里的男人，大多内敛寡言。也许曾是"同行"的缘故，郭雪虎对我们倒显得格外健谈。

因为名姓，他常被人误认为是汉族。1976年生人的他，打小在玉树州称多县的牧区长大，身份证登记的是藏族，骨子里也流着草原人的血。2006年，正在玉树州电视台上班的他，听说可可西里招巡山队员，立即辞职报了名。

"牧区长大的孩子，没有人不崇拜索南达杰。"他对我这样解释当年的"冲动"。我想，一个男人在而立之年作出的选择，绝不会是心血来潮，而是发自灵魂深处的召唤。

郭雪虎在指挥车辆救援

一干十来年，郭雪虎已然成为令所有人信任、倚靠的老大哥。用老布书记的话说，他是可可西里巡山队的"定海神针"。

在无人区巡山，哪个岗位最不可或缺？

——答案是：司机。

郭雪虎不仅是个优秀的驾驶员，还是个善于处理复杂路况的领航员、救援经验丰富的救火队长、修理汽车

我们的采访车陷在巨大的泥潭里

故障的一把好手，这些经验都是他在可可西里巡山途中摸爬滚打学来的。以至于每次巡山，几乎都要安排雪虎坐镇。只要他在，队友们就感觉吃了定心丸。

我们此次采访行，后来在《人民日报》上刊发了大篇幅的深度报道，还在客户端推出了一系列短视频产品，做了中英文

两场直播，整个采访吸引了数百万人次关注。不过大家开玩笑：此行最大的收获，就是把年轻的司机小王给锻炼出来了——这样的路都能闯出来，还有什么路况不敢开？

对记者而言亦如是，可可西里无人区都走过一遭，还有什么采访能难倒我们？

卓乃湖远了，保护站也模糊成地平线上的一个小黑点。

想起"大产房"深处与高原精灵的邂逅，竟觉恍如隔世。出山回归人世的诱惑，此刻压倒了一切感慨，我们的心已飞向索南达杰保护站。

只是不期而至的颠簸，提醒着我们当下仍身处无人区。再遇泥潭沼泽，司机小王已能处理得有条不紊：降档，持续平稳加速，牢牢把住总想跑偏的方向盘……"过得漂亮！"郭雪虎给自己的新徒弟打气。

路况比我们预想得要糟糕。

拜天气所赐，来时的浅潭，返程时竟已成深泽。我们的采访车，就这样不幸地陷进了"湖"的正中央——进来的一路上，我们都没有见过这个"湖"，显然是大雨后刚刚形成的——而且车身半倾，水面已淹过半个车门。

正着慌，雪虎已经蹚着泥水，将牵引车绞盘上的钢丝绳固定到我们车头，一边拉动绞盘，一边指挥小王，这才将我们拖离险境。

长出一口气，"你们这越野车，还真成陆地巡洋舰了，"雪虎不忘打趣一句，格外轻松从容。

大心脏不是一天炼成的。

以前条件有限，两辆车巡山是最低标配。如果都困住怎么办？雪虎还真碰到过一回，"一辆车坏了，另一辆拖着它走，

指挥有方的郭雪虎，巡山队的定海神针

结果也陷到了泥里，"他灵机一动，挖了个一米多深的坑，把绞盘的钢丝绳绑到备胎上，再把备胎扔进坑里用土埋上，借着这个力转动绞盘，愣是把前车牵引了出来，"等我们出山时，前前后后挖过二十多个坑。"

下午三点，又到了围坐旷野的露天午饭时间。看着雪虎湿漉漉、沾满泥的裤子，我们颇觉过意不去。"这不算啥，"他豪爽地摆摆手，"年轻时冬天巡山，汽车过河前，要把冰面都砸开，我穿个裤头拎把榔头就跳进去，浮冰把大腿都割破了，"上岸后，他紧攥着的手被冻得张不开，还要靠队友们把指头一根一根地掰开，"好汉不提当年勇，过去在无人区跑半个小时不带喘气，现在巡完山回家，能睡整整两天，老了！"

谈笑间，喜怒无常的高原天气，又变了脸。最担心的情况还是发生了：阴云渐起，暴雨将至。

"午饭结束，赶路！"

短短半个小时，天幕就被刷成了藏青色，然后是回响在无边旷野的闷雷，紧接着车顶被黄豆大小的冰雹敲得"噼啪"作响，最后雨下倾盆。

无人区的莽原，霎时如同泽国。这条一成不变的巡山路线，本来要靠多年轧出的车辙印来与周边的草地（实则是最易陷车的沼泽）加以分辨，如今俨然混同一体。

暮色茫茫，雨刷忙着刮去溅到挡风玻璃上的泥水，一时间，东西南北好似都失了方位。司机小王揉着眼睛，放弃了辨认车道的努力，只管紧跟领路的头车，那是郭雪虎驾驶的北汽战旗。

他的向导又是谁呢？我想，全靠经验了。

陷车、救援、前行……这一天的跋涉，已经接近十二个小时，索南达杰保护站仍然遥遥无边。晚上八点，最糟糕的情况出现了：相互施救间，车队全部遇困，包括雪虎驾驶的北汽战旗，也陷到了泥潭里。

采访车上，疲惫的同事们都沉默着，一个不祥的预感越来越强：我们怕是要夜宿荒野了。

下车，雨小了一些。看着车轮徒劳地在泥淖间空转，一行人都愁容满面。

士气低落之际，又是雪虎站了出来：他指挥众人，将两辆车绞盘的钢丝绳全部挂到第三辆车的前杠上，形成犄角之势。一边借助绞盘的液压力量，一边马达轰鸣，第三辆车率先脱困，接着再把其他车辆一个个救援出来。

那一刻的郭雪虎，镇定自若——他才是车队的战旗。

也是巧合，脱出生天时，高原也向我们展露了久违的笑容：大概有 10 分钟的光景，夜晚 9 点的夕阳刺破了乌云，还附带奖赏了两条彩虹——广袤平坦的无人区原野之上，浮现出巨大的双彩虹，这是我毕生难忘的奇景。我们这些赶路人的身影，在大地上被洒得很长，盖过沼泽和泥淖，直抵远方——那是东边的方向，也是目的地索南达杰保护站所在的位置。正应了那句话：没有比脚更长的路。

我想给雪虎在双彩虹前拍张照片，他却笑着摆摆手："可别，我巡山从不拍照，拍了也都删掉，就怕让家人看到。"

可可西里的双彩虹奇景

夜已深，一辆皮卡车却抛锚了

他的顾虑是有原因的——2009年，雪虎来可可西里工作的第三年，就差点儿把命丢掉。

那年夏天，雨水特别多，路况非常差，而巡山任务不能耽误，包括郭雪虎在内的一支7人巡山队便进了无人区。

"一路上频繁遭遇陷车，行程比预计拖延了很多，"雪虎记得，到达目的地布喀达坂峰时，已经走了整整15天，车队带的燃油全部耗尽，无法返程，被困在了无人区腹地。

郭雪虎在检修故障，我们的记者帮他照明

接到求救的卫星电话后，老布书记亲自带领救援人员前往接应，可暴雨不断，从索南达杰保护站到卓乃湖的140公里路，就走了三天两夜。

老布书记焦急万分，带队昼夜前行不敢休息，走到凌晨时分，实在困得睁不开眼，便在车上稍微眯一会儿，然后继续赶路。

就这样，救援人员走了7天，才找到遇困的巡山队。那时，郭雪虎和队友们马上就要断粮了——等待救援的7天里，为了节省口粮，他们每人每天只敢吃一包方便面，其他时间就躺在帐篷里，保存体力。

"老布书记带着救援队赶到的那一刻，我们十几个大男人全都抱在一起，痛哭流涕。"郭雪虎回忆道。

如今，翻看雪虎的朋友圈：除了"进山"和"平安返回"的照片，中间的时段从来都是空白。

他的妻子和一对儿女，住在格尔木。父亲的经历，儿女未必都知晓，但妻子不会不懂丈夫。这位昵称为"藏骑士"的钢铁直男，在朋友圈里倒经常秀恩爱，常说的一句话，是感谢妻子"一路的陪伴和宽容"。照片中雪虎的容貌，比紧搂的身边人显得苍老许多。

将来有机会，我想把可可西里那道双彩虹的照片，送给藏骑士的儿女——那是他们父亲洒下过青春与血泪的热土。

夕阳转瞬即逝。

最艰难的一段路途闯过了，接下来的夜色茫茫中，路况大为好转，没有再发生一次陷车。余下的返程，只是对我们意志力的考验。

麻烦并没有少：走到夜里十点半，由于频繁救援、超负荷运转，有一辆皮卡车抛锚了。

雪虎像一架不知疲惫和焦躁的机器，只见他打开引擎盖，掏出工具箱，一个个部位耐心又细致地检修；其他巡山队员，则围在一旁，像是观摩一场难得的实战教学；至于我们，更没有人轻言放弃，而是纷纷掏出手机，帮雪虎照明——同患难、共进退，这是可可西里教给我们的做人之道。

发动、上路、再次抛锚、检修……如此折腾了半个多小时，雪虎当机立断：车不要了，撂在原地！先保证人平安返回，以后再来找车。

卸下物资、人员换乘，车队重新上路。雪虎仍然一马当先，在前方领航，与我们始终保持着百余米的距离——既不能太远，以免我们掉队迷路，又不能太近，逼着我们追赶前车，才能把整个车队速度提起来。已是午夜时分，荒原一片漆黑，远光灯

可可西里的藏野驴

的作用微乎其微。只有雪虎驾驶的领路车的两串尾灯,才是我们唯一的航标。虽然微弱,但给人希望。

　　接近凌晨一点,尾灯转向了,接着我们也驶上了坡——这是青藏公路,这是多日未见的柏油硬化道路,这是通往人类社会文明世界的坦途,我们闯出无人区了!

　　一看汽车里程表:不过140公里,而我们却跋涉了整整17个小时。平均下来,1个小时仅仅行进了8公里——无人区的路,堪称世界上最远的距离。

　　向前望,车上人更是一阵狂喜:远处的那片灯火,不正是索南达杰保护站吗?

索南达杰的遗产

2018年12月,庆祝改革开放40周年大会,在北京人民大会堂举行。

会上,表彰了40年来对改革开放作出过杰出贡献的100位模范,并授予他们"改革先锋"的称号。这里面,既有安徽凤阳小岗村"摁手印大包干"的基层农民代表,也有霍英东这样的副国级香江企业家,更多的是柳传志、刘永好、马化腾、李彦宏等各领一时之先的商界大腕。

100位模范中,只有1人来自青海,而且并非商界人士:他是可可西里和三江源生态环境保护的先驱——杰桑·索南达杰。

环保人士也能获评"改革先锋"?听上去,有些不搭边;细想,却颇有深意:

改革开放40年,蹚过的地雷阵、涉过的深水区,不只限于经济领域;在很多人只要金山银山、不要绿水青山的20世纪90年代初,他毅然擎起生态保护的大旗,甚至为此献出了生命——"改革先锋"的称号,舍索南达杰而其谁?

而且我以为,索南达杰的意义,不仅在于勇气与牺牲。

让我们还原当时的情境:

20世纪90年代初,可可西里盗猎成风,高原精灵哀婉悲号,怎么办?

国有国法,当然应当由政府部门予以打击、严加管理。那么,谁来管?

按照属地原则,可可西里归治多县管辖,县上责无旁贷。可问题随之而来,连牧民都谈之色变的无人区,怎么管?

自古以来,可可西里就是行政体系的空白地带,如果要管,哪个部门牵头？人口稀少的牧业县，公职人员本就捉襟见肘，谁来管？发展落后、财力有限，装备和经费又从哪儿来？

更何况，在危机四伏的无人区，还要对付那些亡命之徒，谈何容易？

困难重重。平心而论，对30年前的人们来说，可可西里保护难题确已超出了当时的治理经验。

从这个角度回看，时任治多县委副书记索南达杰的挺身而出，就体现出了主动作为、时不我待的担当。同时，他还大胆创新工作机制，推动成立了治多县西部工作委员会这一特殊机构。从机构的名称看，并没有仅仅限定于反盗猎的职能，索南达杰其实还有保护、研究、利用、开发可可西里的长远构想——西部工委，不正是后来自然保护区管理局的雏形吗？

什么叫"摸着石头过河"？什么叫"改革先锋"？有胆气、有头脑的索南达杰当之无愧——拒绝等靠要，自己先闯出一条路。

前事不忘，后事之师。面对一条从没有人走过的路，先行者甘冒奇险、慨然前行，他们的探索、迷途、失败与成功，都值得后人汲取。而无论成败，西部工委、野牦牛队的名字都值得永远铭记，只因先行者的血是热的。

沿着他们的足迹，我们能梳理出可可西里的一个大致发展脉络：

从1992年初创西部工委，到1994年壮烈牺牲，索南达杰率先擎起了可可西里保护的大旗，用生命书写出悲壮的序曲；

1995年，扎巴多杰重建西部工委，并组建起中国第一支武装反盗猎队伍野牦牛队，又是一段血性十足的前奏；

再到1997年，可可西里国家级自然保护区成立，此后20年间实现了盗猎行为在可可西里的彻底绝迹，藏羚羊种群数量

可可西里保护区巡山队员们跋山涉水
布琼　供图

不断恢复增加，而且形成了一套成熟的保护网络，可谓继往开来，乐音相生；

2017年前后，随着国家公园体制试点推进，可可西里保护区整合并入三江源国家公园，走向更高水平的保护，迎来人与自然和谐共生的天籁永续……

从英雄主义，到建制保护区，再到国家公园新形态，这由乱到治的30年，堪称一曲可歌可泣的可可西里交响诗。

从2017年开始，可可西里已经禁止一切社会团体或个人开展旅游、穿越等活动，对绝大多数人来说，那里是没有机会涉足的神秘之地。

而我很幸运，五年来，先后四上可可西里采访。每次路过索南达杰烈士纪念碑，我都满怀敬意地瞻仰英烈。默立碑前，我找到了一代代可可西里保护者前赴后继、无私无畏的精神源泉：

记得电视剧《亮剑》中，主人公李云龙说过这样一段话："一支具有优良传统的部队，往往具有培养英雄的土壤。传统是什么？是一种性格，一种气质，而且是由这支部队首任军事首长的性格与气质决定的，他给部队注入了灵魂。哪怕他不在了、牺牲了，这支部队也不会变成草包！不管岁月流逝、人员更迭，他的灵魂永在。"

索南达杰，不就是可可西里保护者的精神领袖吗？他用自己的生命，厚植一片英雄辈出的沃土，这是留给后人最宝贵的遗产。

当盗猎分子把罪恶的枪口朝向英烈时，他们绝对想不到，索南达杰的身躯倒下了，而不屈的灵魂却自此长存。这种不朽的精神力量，多年后还在感召更多的人投身可可西里的保护：

我忘不了，在索南达杰保护站偶遇的一位身材瘦弱、面孔已被晒得黝黑的女性志愿者，名字很好听，叫迟雪。

从兰州出发，她一个人骑着山地自行车，奔波1200公里，辗转找到了这里。工作人员劝她回去，她死活不走，最终如愿以偿地当上志愿者，在索南达杰保护站服务了整整一个月。

至于初衷，与多年前《可可西里》的观影经历有关。"了解索南达杰的故事后，我被深深震撼到，"迟雪告诉我，她的心底像埋下了一颗种子，"就想来可可西里做点什么，这成为我一定

索南达杰保护站，数次留下了《人民日报》记者们的身影

接过索南达杰旗帜的年轻守护者们

要了却的夙愿。"如今,她做到了。

　　过去,我曾觉得可可西里只是属于男人的世界。迟雪的故事告诉我,其实不然,同道人都能在这里找到精神共鸣。

　　有一位北京派到玉树的援青干部王崴,自打他第一次到访索南达杰保护站,此后就成为这里的"常客"。借工作机会也好,利用业余时间也罢,他每次来都不会空着手,这回捐助一台净水机,下回搞点肉蛋奶果蔬,而且常会拉着其他热心人士一同造访,利用他的朋友资源为保护站提供最大限度的支持与帮助。

　　援青三年,王崴先后来到索南达杰保护站16次,频率之高令人惊叹。他与保护队员们都处成了铁哥们,被大家亲切地称为"及时雨王哥"。

　　我更忘不了,到青海分社工作五年来,先后策划组织了"穿越可可西里无人区""三江溯源·见证国家公园的成长"等大型融媒体报道活动,和十几位领导同事来到过索南达杰保护站采访,用文字、图片、视频、直播等形式让这里的故事更广为人知。

可以说，这几年是人民日报社对可可西里采访频次最高、报道效果最好、社会影响最大的几年。我和同事们都在为保护可可西里尽着媒体人的一份微薄之力。

记得 2020 年 8 月，我已是第四次到可可西里采访。刚刚在索南达杰保护站做完一场客户端直播，就收到了远在天津的研究生导师发来的鼓励信息。

当时，我心头一热，眼眶也有些湿润了。

那时，恰是我硕士毕业十周年之际。犹记得毕业前，跟导师道别时，她叮嘱我："当记者可不能老坐办公室！"导师是个和蔼的人，但每谈到学业和工作，就格外严肃，尤其对于爱翘尾巴的年轻人，素来批评得多、表扬得少。

十年了，蓦然在遥远的可可西里，收到了导师主动给予的认可和鼓励，我有些情难自已：自问，总算没有辜负恩师的教诲，更没有辜负一个记者的本色。

那一刻，索南达杰保护站外，可可西里碧空如洗，长云如海。

第五章
两江奔流：倾听源头的鲜活故事

昆仑山与长江源

厮守沱沱河的"大胡子"

我们常说"名山大川"。名山有"五岳",大川呢?

古人早就有品评:"天下之水,莫著于'四渎'。"这"四渎"包括江、河、淮、济,也就是长江、黄河、淮河与济水。

为什么这四条水系与众不同?原因是在古代,它们都能独流入海、地位非比寻常,而其他江河不过是它们的支流。

岁月变迁,物换星移。淮河下游淤塞后改为注入了长江,济水的故道也被改道的黄河所夺,如今,古之"四渎"中能够独流入海者,只剩下长江与黄河了。

国人心目中的大江大河,也正是这两条,没有其他。因为长江与黄河,深刻地塑造和影响了中国的地理、历史和人文,江河的不同气质已然镌刻进了南北方人迥然有别的性格。

然而与黄河相比,国人对长江的认知要晚了不少。

四川宜宾,因酒闻名。从此地开始,从雪山奔腾直下的这条巨龙才被人们正式叫作长江。此地上游,它被惯称为金沙江。明代的徐霞客,经过实地考察认定,金沙江是长江之源——这已是时人在信息闭塞、交通落后的条件下,长江寻源所能抵达的极限。

如今我们知道,长江流到四川宜宾时,其实已然跋涉了3000多公里,走过了全河一半以上的里程。长江之绵延浩荡,好比神龙见尾不见首。

为了寻找"龙首",新中国成立后,1956年和1977年曾先后两次组织科考队深入青海长江源头地区。只有确定源头,才能找到一把精确度量长江的尺子,也才能对华夏母亲河之源给出一个历史性的结论,其意义俯仰古今,功在千秋。

但是,确定江河的源头并不容易。大江大河都是由众多水系汇集而成的,又该怎样辨别哪条是主流,哪条是支流?

自古以来,人们约定俗成了"源头唯远、水流顺直"的原则,也就是说,既要看长度,也要看走向。

这两次科考,在青海长江源腹地,发现了三条源头水系:

其一,从格拉丹东雪山、姜根迪如冰川流出的沱沱河。"姜根"系藏语音译,意为狼,"迪如"则是山的意思,合起来就是"狼山",听上去就雄伟峻拔。

其二,唐古拉山北麓的高原湿地,富集的地下水源汇集出一条当曲。"曲",是康巴藏语里河流的意思。

其三,发源于可可西里的楚玛尔河。"楚玛尔"意为红色的水,因其流经之地植被稀少、砂砾广布,河水被染成了鲜明的红色。

根据三个源头所在的地理方位,人们又分别称其为西源、南源、北源。1977年科考认定,发源于冰川脚下的沱沱河是万里长江的正源。"你从雪山走来"这句歌词,被写进了广为传唱的《长江之歌》。

然而,时隔三十载,2008年有关部门组织的最新一次科考,却推翻了之前的结论,认定当曲才是正源。

这场官司不好判,因为沱沱河与当曲实在难分伯仲:

按照"源头唯远"论,当曲的长度为360.3公里,沱沱河的长度为348.6公里,当曲比沱沱河更长;然而之前的科考,把姜根迪如冰川的长度(12.6公里)也算进了沱沱河,那么沱沱河又比当曲长。争论的焦点,在于冰川是否该计入河长。而不论是否计入，从大江万里之长的角度看，两者之差也不过是毫末之争。

按照"水流顺直"论，沱沱河自西向东，与长江的走向是一致的，而当曲的流向却是自南向北，拐了个大弯。但要是论水量，当曲就远大于沱沱河——双方又打了个平手。

我觉得，跳出学术争鸣，公众心中自有一杆秤，这无关学理。2008年的最新科考结果，也许对业内意义重大，但其实并没有引起社会舆论的多大反响，大家未必听说过当曲，但恐怕没有人不知道沱沱河。

究其原因，我想是一种文化心理：发源于湿地的当曲，气势总是弱了三分；从格拉丹东、姜根迪如这般雄伟的雪山冰川走来，才更满足公众对长江源头的想象，也更符合中华母亲河的博大气象——这听上去不太科学，但文化本就是门艺术。

见到杨欣，是在他位于沱沱河南岸的"家"。

由于风火山附近发生交通事故，造成青藏公路大堵车，抵达沱沱河时，已是晚上9点。幸好盛夏时节，天色虽暮，但仍有光亮，赶了四五个小时车的我，得以在夜黑前一睹沱沱河的真容：

广袤平坦的唐古拉草原上，宽广的沱沱河从远方不疾不徐流淌而来，水是红色的，可见裹挟了不少泥沙，显然上游在下雨。落差小、地势平、河道宽、水流缓，令沱沱河呈现出鲜明的辫状水系特点，水流交错，分支纵横，浅滩密布，形似发辫。

这样的辫状水系，最适宜航拍，但站在平地上，就看不出太多美感。而这并不影响我在河边心潮澎湃：它是沱沱河，它是长江之源，就够了。

南北走向的青藏线在这里与东西流向的沱沱河交汇，河的

夜幕下的沱沱河

南岸，便兴起了一座著名的集镇：唐古拉山镇。名为乡镇，其实不过是青藏公路旁盖起了两排房子，规模也就与一座村落差不多大小。而且唐古拉山镇也"名不副实"，因为这里距离南边的唐古拉山还有近200公里距离，只是由于地处河网、路网交汇处，才把镇子建在这里。作为交通重镇，唐古拉山镇街面上最多的就是汽修店和饭馆，处处都是大型货车的轰鸣声和柴油味，镇子显得脏乱不堪，令人印象不佳。

我与杨欣在他的"家"——长江源水生态环境保护站留影

但这并没有妨碍杨欣把"家"安在此处。一过沱沱河大桥，路西有一处院子，里面是座红色外墙的二层小楼，墙上分别用英文、繁体中文、藏文书写着：长江源水生态环境保护站。这就是杨欣的"家"。

肚子早已罢工，走进保护站，一层是个大厅，饭菜飘香——主人一直在等待我们这些记者的到来：标志性的披肩长发和大胡子，显得洒脱不羁，只是发须已花白，身材也颇为消瘦。面前的杨欣，更像一位普通的老人，毕竟1963年生人的他，已届花甲之龄了。

没有太多寒暄，他招呼记者们先吃晚饭。保护站有不少志愿者，兼做厨子。回锅肉等川味十足的炒菜端上桌，桶里盛着米饭，主宾们都是一番风卷残云。而杨欣吃得并不多，坐在角落里，很安静。

这个印象，与我来之前对他的想象大相径庭。

要知道，他可是完成过长江漂流壮举的硬汉，更是把一生献给生态事业的著名民间环保人士。我原本以为，他会是一位个性极强、不太好接触的"另类"。

大快朵颐之后，天完全黑了下来。为了交流方便，我们换了个地方——保护站外有一个小屋，那是杨欣和志愿者们建设起来的"长江1号邮局"，卖一些明信片、纪念品，也适合聊天。

话题自然从1986年漂流长江说起。

那时的长江，还没有建起三峡工程等大型水电站，这令长江全程漂流成为可能。1985年，来自美国的探险家肯·沃伦向中方申请办理漂流长江的手续。得知这个消息后，四川摄影师尧茂书坐不住了，"长江是中国的母亲河，首漂应该由中国人来完成。"于是，他抱定必死的信念，从长江源头乘"龙的传人"号橡皮艇下水，开始单人漂流。不幸的是，一个多月后，尧茂书在金沙江触礁而亡。

他的牺牲，成为轰动全国的新闻。1986年，由肯·沃伦牵头的"中美联合长江漂流探险队"正式组建，更刺痛了国人的神经：龙的传人，难道只有尧茂书一个？

一群来自洛阳、毫无漂流经验的人，组成了洛阳漂流队，要抢在美国探险家之前，完成中国人首漂长江的梦想；另一支由四川省政府支持的"中国长江科学考察漂流探险队"也组建起来，当时 20 岁出头的杨欣自愿报名，成为其中一员。整个团队同样没有漂流经验——这两支来自中国的民间代表队，为的只是争一口气，与经验丰富、装备优良的美国探险家相比，他们更像是敢死队。

三支漂流队，就这样踏上了万里长江。一场挑战体魄与精神的历险，却因缘际会地承载了太多复杂而沉重的情感，这让 1986 年的长江漂流更像是在赌命。

三十多年前的往事，杨欣如今已不愿再深谈，因为过程实在悲壮而惨烈：7 月 25 日，在波涛汹涌的卡冈大滩，中国两支漂流队用密封船捆绑橡皮艇闯滩时，3 人失踪遇难，当时杨欣也在船上，是"在鬼门关转了一圈又回来的幸存者"；8 月 3 日，美国探险团队的摄影师因高原反应而病逝，埋骨于通天河畔；9 月 12 日、13 日，中国漂流队冲击虎跳峡时，有人落水失踪，有随队记者被飞石击中头部去世……

长江漂流的凶险，远超参与者的想象。最终，美国探险团队提前宣布退出；两支中国民间漂流队先后于 11 月坚持抵达了长江入海口。这场长江大漂流，前后有 11 人付出了生命。

如今，杨欣还保存着很多当时的老照片。照片里那个年轻的他，就留着披肩长发和大胡子，显得个性十足、意气风发。

曾经轰动一时的长江漂流，不知今天还有多少人记得？在我看来，它是 20 世纪 80 年代的一个标志性事件，将那个年代中国的气质展现得淋漓尽致：一方面，在改革开放的精神洗礼下，全社会洋溢着浪漫主义气息，为了某种信念，人们就甘愿奉献一切，这在精致而现实的今天是很难想象的；另一方面，饱经苦难的中国刚刚开始腾飞，时人的民族自尊心非常强烈，为了完成"中国人首漂"，那么多满腔热血的华夏赤子在毫无专业经验的情况下冒死前行,其精神固然可歌可泣,但牺牲同样巨大。

长江漂流轰轰烈烈,当事人仍要各奔前程。大部分参与者回归了日常的生活,而杨欣却是个例外:因为这次经历,他这辈子再没离开长江;只是他对于长江的角色,从探险者、征服者,转变为了守望者、保护者。

一通"噼里啪啦"的声响,打断了聊天——夜晚10点,"长江1号邮局"外面下起了黄豆大小的冰雹。

杨欣淡淡一笑,把保护站建在沱沱河,就是选择与极端环境、恶劣气候比邻。

在这里,我见到了一张拍摄于1996年的老照片:在一片荒原上,大胡子杨欣挖下了奠基的第一铲土,奠基石碑上写着"索南达杰"。

我这才得知,原来可可西里索南达杰保护站最早是杨欣发起建立的。背后的故事,也令人动容:

长江漂流时,杨欣深入过鲜少有人涉足的长江源头地带,也耳闻目睹了气候变暖、冰川退缩、环境污染、盗猎猖獗等环境问题,这让他萌生了保护长江源头的想法。后来,他创办了民间环保组织"绿色江河",将自己此后余生都与长江绑在了一起。

1994年,索南达杰壮烈牺牲在藏羚羊反盗猎一线后,他和西部工委的故事渐渐引起社会的关注。在杨欣等人的积极争取下,1996年,以烈士之名命名的索南达杰保护站便动土建设。

由于缺乏经费,索南达杰保护站时建时停。无奈之下,杨欣想了一个办法:他把自己长江漂流的经历写成书义卖,这才凑够了建设经费。

这位"大胡子"令人敬佩:作为长江漂流的"幸存者",

他没有自我包装，也没有消费牺牲。写书，义卖，同样为着一个信念。

索南达杰保护站建成之初，是红色外墙的一排简易板房，看上去不过一节集装箱大小，与广袤无垠的可可西里比起来，就像汪洋中的一叶孤舟——此后虽然多次历经改扩建，但索南达杰保护站最初的样子，如今已经成为一种文化符号，经常出现在艺术作品中，具有极高的辨识度。

生态环保，也许是一项永远差钱的事业，但选择投身这项事业的人，从不会因物质的困难而止步。我不禁想，最早建立、驻扎在索南达杰保护站的那批民间环保人士和志愿者，是依靠何等的勇气和信念，才能在这孤舟中逆着环境的恶劣、外界的不解，乘风破浪，不改初衷？

长江源冰川退缩监测、藏羚羊种群数量和分布调查、青藏线生态保护……20世纪末以来，杨欣带着民间志愿者开展的这一系列调查和建议，颇具开创之功，也被地方政府积极采纳。

而他，则把自己的"家"安在了沱沱河——长江源水生态环境保护站。每年有一半的时间，他都待在这里。作为团队的主心骨，科研项目、志愿服务、交流合作等一系列工作，都需要他来扛大梁。

但如今的杨欣已不再是那个乘着橡皮艇、密封船破浪前行的热血青年。他安静，淡泊，一副与世无争的神情。我想，找到心灵归宿的人，应该就是这种状态。只是标志性的鸭舌帽、披肩发、大胡子，仿佛在暗示我们：这个老顽童没有变。

夜已深，疲乏的一行人结束了访谈。离开"长江1号邮局"前，我买了不少纪念册和明信片，权当一点儿贡献。

回到长江源水生态环境保护站，我们被安排到二楼的宿舍，四五平方米的房子，挤着两张木板床，墙皮都发霉泛黄了——这个住宿条件，在唐古拉山镇已算不错。许多热心公益的演艺人员，都在这里住过。

睡在沱沱河畔，是我于青海最难熬的长夜。这里的海拔，与卓乃湖保护站、索南达杰保护站相近，都在4500米上下，但缺氧的感觉却强烈数倍。一晚上，我可能只睡着了两三个小时，剩下的时间都在头疼欲裂、辗转反侧中煎熬。

在高原时间长了，我有了经验：海拔高度并不是高原反应程度的唯一指标，与所处的小气候也密切相关。同样的海拔，有的地方处于断氧层，就格外难受。

越是难眠，我越佩服杨欣：一个已在环保领域功成名就的开拓者、一个始终坚持民间立场的体制外人士、一个年近花甲的老人，就这样守护在沱沱河畔，守望着长江源头，非至情至性之人，难为也。

次日一早，我们尝试溯沱沱河而上。由于装备、经验、气候、路况等原因，我们自知绝无可能一探格拉丹东，只是想离母亲河的源头再近一些。

车行在沱沱河北岸，一路西行，我自告奋勇，尝试了一把江源腹地驰骋的快感。在当地朋友指引下，我们来到了一处叫斑德湖的地方，据说是斑头雁的夏季繁衍地。

名为斑头雁，它其实属于鸭科。斑德湖的水边，三五成群的成年斑头雁正在抚育小雁，长得确像鸭子。

称其为雁，可能是在夸赞它们逆天的飞行能力：仅用8小时，斑头雁就能飞越海拔近9000米的喜马拉雅山脉，被称为世界上飞得最高的鸟类。每年夏季，它们都会来到喜马拉雅北部繁衍后代，天气冷了再飞越大山过冬。

没想到的是，就在如此僻远之地，斑德湖边竟然驻扎着一

斑德湖畔斑头雁

座简易板房,里面有一位从事斑头雁种群观测的志愿者。除宿舍、厨房,陪伴这位小伙子的,就是两架高倍望远镜。

我们到的时候,阴雨连连,远近都是灰蒙蒙一片。行程紧张,正待离开时,天色竟突然放晴了。

碧空如洗,平湖如镜,白云在水里的倒影,与绿油油的草甸相得益彰。斑头雁也出来了,它们的巢穴就在岸边,多则数十只,乘着好天气纷纷下了水,少则三五只,看上去是"一家人",小雁跟在大雁后头,在岸边懒洋洋地溜达着,好不惬意。

高原的天气,就是如此莫测多变。此情此景,也算是老天爷对我们一番跋涉的奖赏吧。

这里是斑德湖边、沱沱河畔,这里是我曾经到达的离长江源头最近的地方。

唐古拉山人的出江源记

155 头牦牛，全卖了。

把旧物什塞满五十铃，又拉扯着阿爸阿妈，还有三个妹妹上了车。忍不住回望，沱沱河慢慢模糊在风雪中……

24 岁那场远徙，成为闹布桑周的成人礼。告别唐古拉、翻越昆仑山，年轻的牧民小伙放下牧鞭，忐忑间扛起了全家的未来。400 公里外的终点，格尔木市南郊的移民新居，刻着故乡的根：长江源村。

那是 2004 年冬，青海省唐古拉山镇 6 个村的首批 128 户牧民挥别草原，自愿搬迁到了格尔木。

如今，闹布桑周已至不惑之年。听着他风淡云轻的讲述，我却勾勒出一幅波澜跌宕的"出江源记"时代画卷——

草原儿女，世世代代游牧在唐古拉山，为什么要搬迁？

见微知著、一叶知秋，闹布桑周的回忆中，已能听出大自然预警的蛛丝马迹：

20 世纪 80 年代末，闹布桑周正在读小学。他跟着父母串亲戚，亲戚的帐篷在沱沱河的另一岸，而个子并不高的他已经能蹚过河，"河水顶多到我的肚脐。"

每到夏天，贪玩的他常和尕娃们下河扑腾，记得沱沱河沿岸的河床都是枯的，水浅，淹不着孩子，父母们也再不管。

种种迹象都在显示：长江之源沱沱河，水量在衰减。

可原因何在呢？

20 世纪 90 年代末，已经成年的闹布桑周随着阿爸去放牧，发现唐古拉草原遍地是鼠洞，还有星星点点的草原斑秃。

光牦牛，唐古拉山镇最多时就畜养过 7 万多头。闹布桑周家还属于少畜户,"常有乡亲到我家借草场,有的畜牧大户,甚至得跑到200多公里外的昆仑山野牛沟游牧,草不够吃了!"

原来,改革开放后,牧民生活水平显著提升、畜牧激增,过度放牧必然导致草畜失衡,草少了,水源涵养能力也就下降了。

世纪之交那几年,恰逢天公不作美,大气降雨量也赶上历年低谷。闹布桑周发现:同一片草场,20世纪70年代,"养活三四百头牦牛都富裕",到了90年代末,出草量已严重退化,"连一百头牛都喂不饱",而且"头年旱、来年涝、老鼠满山跑"。

生态愈发恶化,自然灾害频发。最严重的一次雪灾,唐古拉山镇牲畜死亡超七成,"幸存牛羊没吃的,互相把毛都啃光了。"

直觉告诉闹布桑周:养育了一代代草原儿女的唐古拉山、长江之源,病了。

2004年前后,有两则新闻,令全国震惊、揪心、瞩目:

头一则,长江源头水系出现局部断流;

另一则,国家紧急启动三江源生态保护和建设工程,对"中华水塔"开展人工干预、应急保护。

怎么保护?

长江源头的生态本底非常脆弱,想要涵养水源,就得封育草原、减少畜牧,尽可能降低人为活动对生态的破坏和干扰。

于是,生态移民搬迁,成为选项之一。

2004年,政府发出号召,唐古拉山镇牧民可以自愿报名,搬迁到格尔木的移民新村。政府出钱盖新房,还发放安家费。

为什么是格尔木?

这里有一段渊源:唐古拉山镇地理上其实坐落于玉树地区,与海西州、格尔木相距甚远,历史人文上亦无甚关联。然而,20世纪50年代,随着青藏公路建成、青藏铁路筹建,位于青

搬迁户新居窗明几亮、陈设华美

海与西藏交界、历史上几近于无人区的唐古拉山地区，从两省区的边缘地带一跃而成为交通要冲。当时，青藏线建设大本营设在格尔木，为了有效管理，唐古拉山地区便划归格尔木市代管。

自此，在行政隶属上，长江源头区域成了海西州在玉树州"切"出来的一块"飞地"。长江水的产地是玉树，但"户口簿"上写着：海西州格尔木。

为了让牧民们搬得放心，政府在格尔木城区南郊，专门划出一片土地建设"长江源村"，盖起了崭新的藏式民居、宽敞的房屋院落，比牧民在草原上扎帐篷，硬件设施改善了许多。

但，毕竟故土难离。

闹布桑周和家人有纠结：祖祖辈辈生活在草原，谁也不想离开。可是，随着生态状况恶化，家里退化的草场已经养不起牛羊，守在家乡，没有出路。但搬下去，从草原到城市，牧民们除了放牧没有其他技能，语言不通、习惯不同，咋生活？

再一想：平均海拔4700米以上的唐古拉山，

藏家待客"三件套"：手抓、酥油、炒面

含氧量只有海平面的六成，闹布桑周的阿爸阿妈和很多牧民一样，高血压、冠心病、关节炎多病缠身。一家人游牧在偏远的草原深处，"到唐古拉山镇卫生院骑马就得一天，缺医少药，小病就靠自己扛"，老人得过一次很普通的阑尾炎，结果赶了三天路才到格尔木的大医院做成手术，差点儿要了命，"这样的日子还得熬多久？"

闹布桑周一家打定主意：搬！

牧民居住分散，过去唐古拉山的孩子们，上的是"马背学校"——教师骑着马跋山涉水，到牧民家帐篷给小孩讲课。后来，唐古拉山镇建起了寄宿制小学，牧民把孩子送到这里，集中办学。

老教师达尔玛，总忘不了唐古拉山小学的"开学第一课"：捡牛粪。

"过去条件差，每逢开学先得带学生推上架子车，满草原捡牛粪、鞋底子、破轮胎，这些都不耐烧，堆满一间教室才够过冬。"

除了搞后勤，劝返"逃学生"也是常事。"曾有三姐妹结伴'逃学'，找了整晚，黎明时发现她们被困在一个河心岛"，河水正在解冻，达尔玛和老师们冲下河拉人墙把三姐妹解救上岸，双腿都被浮冰割破了。

三姐妹被冻蒙了，暖了许久才放声大哭，"逃学"背后的原因令人心酸：牧民大老远把娃送到学校，交通不便，一寄宿就是半年，娃们太想家了，就想"逃"回家看一眼父母！

听到三姐妹的话，达尔玛也哭了：为了给孩子们一个更好的未来，搬！

2004年底，唐古拉山镇首批128户牧民，作别沱沱河，翻越昆仑山，正式组成格尔木市第一个藏族村。

搬得出，还要稳得住，能致富。

住进新房,冬暖夏凉;补贴发到手,吃穿有着落。一种情绪曾在移民新村滋芽:牧民"八岁能放百头牛",别的还会干啥?喝酒打牌,把政府给的补贴"胡散"掉得了!

但牧民闹布才仁没有"胡散"。下山没多久,村上组织驾驶技能培训,他第一个考到货车驾照,"以前在草原'靠天吃饭',现在进了城,我要换个活法!"

跑了十年运输,视野大开的闹布才仁没有小富即安。2014年,唐古拉牦牛藏羊通过国家农产品地理标志认证,他敏锐地捕捉到有机绿色牛羊肉的市场前景,每年回山里收牛羊,还租下村里的门面房,投资40多万元改造成冷库。

从牧民到司机再到老板,闹布才仁的两次转型,成为长江源村生产方式转变的一个缩影。开超市、做藏餐……摆脱"等靠要",生活更宽广,移民村越来越多人融入了新角色。

长江源村东南一隅的岗布巴民族手工艺品专业合作社,三木吉召集起村里的15位社员开"年终总结会"。

藏族年轻人干起了产业工人

这位下山时只有19岁的女娃娃,如今成了村内外闻名的"女强人"。"政府组织的创业知识培训,我一场没落",听说藏式氆氇毯有市场需求,三木吉当下决定创业,不仅撺掇村里姐妹们开起合作社,胃口还越来越大,从编织氆氇毯发展到制作藏靴、雕刻嘛呢石、绘制唐卡,合作社营收从不到7万元一跃至34万元。这次年终总结会的一项议题,就是筹备从传统物流"转战"电商平台。

生活方式的转变令越来越多牧民选择新家园。如今,从唐古拉山镇自发迁往长江源村的牧民已经扩大到245户,几乎翻了一倍——数字不会骗人,去留之间,彰显的是牧民对美好新

藏族群众通过经营超市致富增收

生活的向往。

这场"出江源记",更有意味的是牧民的回归。

已到不惑之年的闹布桑周,如今每个月都要备好行囊,翻越昆仑山,再返唐古拉。

返乡并非为探亲。

原来,青海探索了一套生态管护员制度,通过筹措资金,设立了大量生态管护公益岗位,鼓励牧民帮助政府共同开展生态保护,并且给他们发放工资,同时进行技能培训、聘任考核、动态管理,把牧民培养成一支专业的生态环保队伍。

这不,2019年闹布桑周就报名当上了生态管护员,每个月领着工资,返回唐古拉山开展生态巡护。

监测草地载畜量、统计野生动植物种群状况……"作为草原儿女,能够有机会回来给江源母亲一点儿回馈,心里特别踏实",回到故乡的闹布桑周,戴着"生态管护员"的袖标,骑着摩托车驰骋在熟悉的山山水水,感觉自己从来没有离开过。

如今,搬到长江源村的牧民中,已经聘任了172名草原生态管护员和33名湿地生态管护员,几乎实现"一户一岗"。和闹布桑周一样，这200余名管护员每个月都要重返故土，巡护长江源头501.1万亩的保护区域，但他们的身份已全然不同——他们，是放下牧鞭的牧民，是拥有了一技之长的城市人，是长江源头的守护者。

小病不出村，大病上医院，跑一趟也就15分钟车程。现在，闹布桑周再不用为阿爸阿妈的就医问题发愁。

长江源村内，格尔木市长江源民族学校拔地而起，标准化教学楼、操场等一应俱全，全村适龄儿童就近入学，毕业率、升学率常年"双百"。

即将退休的达尔玛，再不用去追"逃学生"了，而当年跟他到处捡牛粪的学生扎西东周，如今已是四年级二班的班主任。"我班里有个女孩，她爸爸也是达尔玛老师的学生，可惜后来辍学了，现在总给我打电话，让我一定好好教她闺女。"

长江源民族学校的藏族小学生

2017年，长江源村人均年纯收入已达22828元，在牧区率先实现脱贫摘帽。

唐古拉山人之变，在这昆仑南北、一去一回间，连接起了长江源的过去、现在和未来。

通天河巡线，听牧民管护员讲"禅语"

"给家里人发信息没？马上快没信号了。"司机扭头，对我提示道。

汽车开出曲麻莱县城不过两公里,这善意的提醒还是晚了一步:我急忙掏出手机,倒还残留着半格的微弱2G信号,但电话已经打不出去了——早上九点出发,赴通天河畔体验牧民生态管护员水上巡线,路远难行、采访周折,回到县城也要天黑了——我不得不接受将整整一天与家人失联的现实。

那是2017年秋天,我跟随中央媒体采访团来到位于长江源腹地的玉树藏族自治州曲麻莱县。山高路远,可苦了团里的视频和摄影记者,始终没机会深入一线拍画面,如何交差?

经过沟通,采访团决定次日兵分两路:一路按计划继续前行,另一路在此停留一天,专门拍摄牧民生态管护员的巡护过程,而且是到通天河水上巡线。喜爱摄影的我,当然不会错过如此难得的机会。

商量既定,已是晚上8点,我们这才开始吃饭。曲麻莱县县城的海拔在4226米,大家普遍感觉头晕气短,胡乱填饱肚子便匆匆离席。从饭馆回招待所的短短不到10分钟步程,我们几乎已走过了半个县城:

三条大路贯通东西,政府机关、学校、医院、商铺沿路排开,小街巷里面是住宅民居,大多是小二层楼。夜里下起小雨,少有行人,以饭馆、商店和汽修铺为主的沿街铺面大多都已歇业,道路远方是路灯照不到的、黑洞洞望不见边的草原——藏地深处的县乡,都是这般模样。

吃饭时,听说当地有一句玩笑话:"曲麻莱,曲麻莱,进去出不来。"这可好,恐怕又有不少媒体朋友,晚上会因为"心理高反"更睡不好觉了。

也许是路途劳顿,还有加班赶稿到凌晨一点半的缘故,我倒睡得还算踏实,只是盖上被子和衣而眠,仍然被冻醒了两回,最后索性穿上羽绒服缩进了被窝里——此时不过刚出夏入秋，曲麻莱县城已是冬意浓浓，"乍暖还寒时候，最难将息"。

早上启程前，曲麻莱县的干部指着招待所院子里的两株不过一人高的油松，半是骄傲半是感慨："这是我们全县唯二能种活的两棵树。"树犹如此，何况人哉？

我更想尽快一睹牧民管护员们的真容了。

三辆采访车组成的小分队，刚出县城就驶上了一条砂石路，手机也自此断了信号。

这条砂石路，是牧区常见的乡村公路，不过一个车道宽窄，顺着地势高低起伏、颠簸难行，在草原、山谷、悬崖间来回穿梭着。

行至高处，我蓦然发现，路旁的峻岭深峡间奔流着一条"黄龙"，第一眼震撼无比：正值雨季，水量暴涨，宽广的河道黄浪滔天，在群山中刻画出一条粗犷的曲线，并以极快的流速奔腾向东——这就是通天河。

话说，当阳光照在格拉丹东雪山的姜根迪如冰川，冰凌滴下了雪水，雪水汇成了小溪，小溪流成了沱沱河。流到囊极巴陇山，沱沱河与当曲撞了个满怀，这条大江从这里叫作了通天河。

《西游记》里，通天河被形容为"茫然浑似海，一望更无边。径过八百里，亘古少人行"。就连孙大圣也犯了难，"俺老孙火眼金睛，白日里常看千里，如今却看不见对岸"。

盘踞在通天之险的妖怪，自然要有通天之能。《西游记》全书一百个章回，这条河就写了三回。好不容易取经归来，通天河的老鼋又给师徒四人制造了第八十一桩麻烦，捎带手留下个晒经石的典故。一去一回，渡了两劫，通天河从此名声在外。

其实，真实的通天河，流域大多是在高山峡谷间。就这样沿河而下，车行到一个叫作江荣沟的地方，十几个骑着摩托车的康巴汉子已在河边等待我们。他们是此次采访的主人公——曲麻莱县岗当村生态管护队。

黑红色的粗粝面容、一脸风尘仆仆,更尕才让是管护队的头儿。一行人摩托车的后座上,有的捆着帐篷被褥,有的绑着锅碗瓢盆,还有填肚子的干粮和烧火用的牛粪。他们每月会组织三次巡护,摩托车是常规载具。

岗当村生态管护员骑着摩托车、带着被褥巡线

然而,峡谷间湍流的通天河,却成为管护队巡山路上难以跨越的天堑。这个岗当村,面积就有近800平方公里,地广人稀的偌大范围,如果遇到突发情况需要第一时间赶赴现场,摩托的两个轮子可不利索。

怎么办?

这不,三江源国家公园长江源园区曲麻莱管理处特地给他们配备了皮划艇和救生衣,让天堑变成天然的巡护通道,让漂流巡线成为江源腹地、通天河上一道独特的风景。

"一、二、三!"

岗当村的康巴汉子们,喊着号子将皮划艇抬入水中。穿上救生衣,"站稳喽",更尕才让伸出宽厚有力的手掌,将我和同行记者拉到艇上。眼见"船客们"已坐定,他和队友朝着垂直于水流的方向,双臂用力挥动起划桨,直至皮艇驶到河中央,方才顺流而下。

岸上看着汹涌的河水,驶到河上倒却平稳。皮艇就是一个充气筏,没有动力,借水势而行,操控全靠划桨。悬着的一颗心慢慢放下,我这才和"船友们"攀谈起来。

岗当村生态管护队的特殊巡线方式——漂流通天河

已过不惑之年的更尕才让，是岗当村生态管护队队长，他和队员们全都出身牧民。"我们主要负责调查、记录和保护野生动植物等生态资源，同时及时发现、打击盗猎盗采等违法活动。"下水后，他和队员很快进入了工作状态，站在皮划艇中用望远镜四处巡视着，通天河沿岸的一草一木，对他们来说已是如数家珍。

皮艇顺着大河漂流起伏，两岸群山飞度，而队员久美扎西仍时时紧握着划桨，以防遇到暗流造成危险。"我们可不是来'观光'的，必须每分每秒都把眼睛放亮"，更尕才让和队员们很快有了收获，利用望远镜，他们发现在河岸旁一处陡峻的山崖上，活动着数十只国家二级

更尕才让（右）和队员们在皮划艇上用望远镜巡视着通天河两岸

重点保护野生动物岩羊，他们一边拍照留存，一边在巡线日志上记录下岩羊发现的具体地点，每个人脸上都洋溢着兴奋的神采。

为啥这么高兴？"说实话，岩羊没啥稀罕的，但它们是重要的生态指标物种，"更尕才让对我卖了个关子，"岩羊的天敌

在通天河畔的山崖上发现大批岩羊，它们是雪豹的指标物种

是谁？雪豹！这么一大批岩羊在此活动，这一带必然藏着雪豹！"

何以如此肯定？更尕才让一字一顿地说出令自己毕生难忘的那个日子："2014年3月4日下午6点，我巡线时第一次亲眼看到了雪豹，这是近年来雪豹在岗当村被发现的首个记录。"

正说着，皮艇突然遭遇旋涡，一下横摆在江心。久美扎西反应迅速，急忙划桨，这才将皮艇摆正了方向，有惊无险。

刚才还站着用望远镜观察四周的更尕才让，也立即坐下抓紧了扶手，面不改色。作为河上的"老司机"，这点儿小风浪对他们不算啥。"有一次在通天河上巡线时，我在一处河岸旁发现停泊着一个简易的用汽车轮胎制成的浮艇，"更尕才让判断，很有可能是违法分子进了山，"我们将这些轮胎扎破，断了他们的'后路'，然后通知森林公安部门'守株待兔'，很快将这伙盗猎人员一网打尽。"

近些年，在三江源国家公园等政府各级部门的持续打击下，类似的违法活动已经得到极大遏制，而岗当村的这些康巴汉子们，仍然巡护在通天河沿岸，用平凡的坚守为"中华水塔"的保护贡献着一份力。

如此顺流而下，不知走过多少路途，一看表，已是午后两点。我们这些记者意犹未尽，可返程时间不等人。更尕才让指挥着久美扎西，找到一处河流平缓的地方，划桨靠了岸。信号不通，更尕才让用对讲机呼叫着岸上的接应人员，送我们来的车队也在沿着河岸顺流而下，开过来还有一段时间。借着这个当口，队员们上岸开始准备迟到的午饭。

只见他们有的烧着牛粪煮起了奶茶，有的掏出了油馍干饼和手抓牛肉——风餐露宿，对管护员来说已是家常便饭。

对更尕才让（左）和队员们来说，风餐露宿已是家常便饭

我们毫无准备，肚子早已罢工，也便席地而坐，不客气地蹭起饭来。"来，尝尝'石板酸奶'！"久美扎西拎出一个装着牦牛酸奶的塑料桶，高原深处的寒冷天气，自带保鲜功能。没有容器，他便径直到通天河边捞起一块被水冲得光滑无比的平板状的石块，将黏稠的酸奶倒在这石板上。我有样学样，也自制了一份"石板酸奶"，捧在手上冰凉彻骨，吃到嘴里酸甜入心。

群山环抱间，通天河滔滔流淌。坐在岸边，左一口牛肉，右一口酸奶，这感觉，胜过满汉全席。

边吃边聊，更尕才让凑近我，神秘兮兮地掏出了手机，点开一段视频：那是他2016年巡线到江钟沟时，拍到的雪豹在山巅追逐200余只岩羊的震撼场面。"从2014年开始，我们岗当村生态管护队已经连续4年发现并且记录到雪豹。"

如果不是看到这些实实在在的影像，恐怕外人很难想象，对岗当村牧民生态管护员来说，邂逅雪豹才真叫家常便饭。

更尕才让给我盛了个"石板酸奶"

以前，这是不可想象的——

淳朴的牧民，千百年来保持着传统的生活方式，对货币的需求并不强，习惯于把实物作为家庭财产的衡量标准。而最值钱的实物，就是牛羊。牲畜越多，代表越富裕，所以牧民都有扩大养殖的冲动。

另外在宗教影响下，牧民们相信万物有灵，山水、花木、鸟兽与人同为一体。因此，他们对自家的牛羊惜杀惜售，别说屠宰了，连卖掉都舍不得，如果非要宰杀，还会请僧人来念念经。

随着时代的发展，牧区畜牧业抵抗疫病和自然灾害的能力也在不断提升——以上诸多因素，最终令牛羊越来越多。有的县，全县只有1万人口，牛羊却养了上百万头。

看上去，是好事，牧民"家大业大"了。但别忘了，草场资源是有限的，牛羊超载，草原必然走向退化。产草量少了，受影响的不仅是家畜，整条食物链都会紊乱，野生动物亦无法幸免。植被遭到破坏的同时，还会造成水土流失、水源涵养能力下降，对三江源来说，这是最可怕的。

过度掠夺自然的结果，最终还是会"报应"到人的身上：生态恶化、牲畜减产，吃亏的还是牧民。

这个理儿，更尕才让慢慢懂了。政府提出退牧还草，他家的部分草场成了禁牧区，更尕才让起初有些不乐意，"凭啥不许我的牛羊吃自己家的草？"后来，他想通了："这是在'蓄水养鱼'，水要是干了，哪里还有鱼？"

于是，更尕才让自觉减少了家里的牲畜养殖头数，"数量少了，质量高了，个个膘肥体壮。"政府更不能让牧民们吃亏，拿出财政经费，按照禁牧的草场面积，给牧民发放奖补资金，禁牧越多，奖补越多。更尕才让一算账，如今的收入比过去还高，于是对生态保护举双手赞成。

这还不算完。三江源那么大,政府哪里管得过来?青海想了个办法,给牧民发工资,让他们当起了生态管护员。

每个月巡护三次、每次进山三四天,更尕才让能拿到1800元的月工资——说实话,与艰辛的巡线过程相比,这点钱并不算多;同时,家里的牛羊和生计会被耽误,有点儿得不偿失。

但牧民们却干得兢兢业业。我见到更尕才让的一本巡护日志,时间地点、工作内容、文字照片,记录得十分详尽。"我们都是草原的儿女,保护生态就是我们的分内事,三江源好了,大家才能好。"

据了解,目前青海已有超过14万名牧民放下牧鞭成为生态管护员,从生态利用者转变为生态保护者和红利共享者。我发现,虽然也有物质上的考量,但三江源的牧民们投身生态管护,更多出于一种精神上的自觉。

雪豹、马麝、白唇鹿、苍鹰、盘羊、岩羊……"巡线之初,这些野生动物并不常见,而这两年的发现频率越来越高,数量也在增多。"更尕才让的感受很直观。他向我展示拍到的野生动物时,洋溢出一种发自内心的自豪。

车队接上我们,一行人告别通天河,开始返程。路上,继续拍摄管护员们的摩托巡线,走走停停,到达岗当村时已是傍晚五点多。

天空飘起了雨点,暮色渐沉中,村落升起了炊烟,如雾般轻拂过山顶的白塔与经幡,整个天地无比静谧。那一刻,我突然理解了牧民管护员们的精神和状态:没有信号,远离城市,生活得如此沉静,人的心灵之门反而打开了,也能与自然对话了。

"五色令人目盲,五音令人耳聋",2000多年前的智者老子,已然在《道德经》中对物欲横流加以批评和反思,认为外界的声色犬马只会让人的感官变得迟钝，因此不能沉迷于耳目之娱。

今天，我们的城市生活无比便捷，一座商业综合体，就能提供吃、喝、玩、游、购、娱等各种需求，提供的服务越丰富，消费者越趋之若鹜。但我总觉得，这种商业体逛得多了，大多千篇一律，而且虽能带给人快乐的享受，却都是庸俗浅薄的。

如果想要寻找心灵的宁静与丰富，不要去什么"网红书店"，回归自然吧，越原真的状态越好，在那里，向外的耳目都会转回来观照、倾听自己的内心，与自我对话、与自然同栖，人也变得充实了。

到了分别的时刻。我和每一位生态管护队员热情相拥，尽管有的人还叫不上名字，但这一天，我们都是草原的儿女。

车队离村启程，需要先翻过一座坡度很陡的山梁。雨水将草地打得泥泞，汽车几次冲刺，都半道无功而返。

"掉头，挂倒挡才能翻过去，倒挡比一档的劲儿还大，我们平时都是这么开的，"追上来的更尕才让和村民们显然更有经验，给司机传授着秘诀，"不能光往前冲，有时候得开开倒车！"

我们调转车头，还真倒着翻过了山梁。车窗外，山坡上十

日已暮，我们这些记者与岗当村的牧民管护员们依依惜别

几位村民还在向我们挥手道别。而我的思绪却被更尕才让富有智慧的"禅语"启发着：

过去，政府和社会走过弯路，重发展轻保护，只要金山银山不要绿水青山，结果就是过度放牧导致草原生态恶化，本世纪初，长江、黄河源头频频断流的惨况，相信很多人还记忆犹新。

如今，退牧还草政策让草原得以休养生息，放下牧鞭的牧民也当上了生态管护员，从草原利用者转型为生态保护者，牛羊少了，生态美了，生活好了——这算不算重新掂量发展与保护的关系，"开倒车"带来的成效？

有人说，草原奖补资金等国家政策倾斜属于"外部输血"，青海欠缺"自我造血"。我曾与扶贫系统的朋友聊起这个话题，人家有高论：

青海是"中华水塔"，滋养着全国发展的源头活水，国家给钱给政策，是用全国发展的红利来反哺源头地区的贡献，这叫生态补偿，有何不可？你非让资源禀赋有限的青海高海拔地区发展产业，又能贡献出多少 GDP？为了有限的 GDP，而破坏了三江源头的良好生态，你说值不值？这笔账其实很好算。

发展与保护间的辩证关系恰如此：一门心思发展、搞到山穷水尽的时候，还真不妨开开"倒车"，也许会柳暗花明又一村。

沿着唐蕃古道寻访"遗迹"

当一路浩荡的通天河，与温婉的巴塘河水蓦然邂逅，长江在这里走完了青海境内的起源之路，并且以金沙江之名，踏上了新的远征。

两河邂逅处，位于青海、四川、西藏的交界地带。先民徙水而居，河流交汇冲刷出的谷地，往往是最理想的居住之所。兼之，此地位于三省交通要道，于是慢慢形成了一座热闹的集镇，名为"结古"——藏语里，"结古"就是"货物集散地"的意思。

结古镇的形成年代，今天已难以确知。如我前文所分析，受自然环境和文化习惯影响，少数民族留下的文字记载和实物资料是比较少的，而且经常跟神话传说、宗教故事糅合在一起，令史料的真实性难以辨别。

但可以想见的是，这个"货物集散地"愈发兴旺繁荣，以至于到了1929年，以结古镇为驻地，玉树县正式在此设立——藏地地名，绝大多数都是藏语音译。"玉树"这个译名美轮美奂，令人拍案叫绝，但藏语原意却是"遗迹"，与"玉树临风"是毫不沾边的。

到20世纪50年代，玉树藏族自治州设立，州府驻地也设在了玉树县结古镇。2013年，玉树县被撤销，升格为玉树市（县级市）——不同级别的行政区划是可以同名的，也就有了这玉树藏族自治州的玉树市。先有结古镇、后有玉树市，通天河与巴塘河冲刷出的两河间谷地是它们共同的摇篮。

但问题也随之而来：一个是"货物集散地"，一个是"遗迹"，这两种截然不同的称谓，为何会加之于一地？"货物集散地"好理解，"遗迹"又指的是什么？

在这里，我们可以合理推论出藏族先民的命名逻辑：在结古镇附近，当有一处十分重要的古代遗迹，且此遗迹应非内向型的一座藏文化古城、庙宇抑或其他（如果仅指藏族本民族文化遗存，那高原大地比比皆是，为何偏偏称此地为"遗迹"？），而应与外向型的跨民族政治经济文化交流有关。

夜幕下的玉树格萨尔王广场

　　答案,已呼之欲出:今天坐落于玉树市城南15公里处的唐蕃古道。

　　古道旧址,如今被称为"勒巴沟",藏语意思是"美丽的山谷"。能够佐证此地为唐蕃古道的,是里面保存至今的大量摩崖石刻。历史上唐蕃两度联姻,文成公主、金城公主先后进藏,颇有可能走的就是这条路线。

　　巴塘河畔有个巴塘草原,巴塘草原上有座巴塘机场。

　　这是个小机场,没有廊桥,也不用摆渡车,旅客们从舷梯下飞机,便从停机坪溜达着走进航站楼。可别错过这短短的一段路——南边,群山如屏,高原风光装点下,这里可是有"中国最美机场"之誉。

　　从机场到玉树市区,车程不过半小时,沿途山水风光足以令初到高原的游客们振奋不已:

　　一出机场,便是清澈秀美的巴塘河。每逢气候宜人的夏季,河边停满了车辆,那都是远近的玉树居民来"浪河滩"。一家人

玉树巴塘机场

在河畔的草地上铺张毯子,一边聊天一边欣赏美景,当然还要有酸奶、手抓等美食相伴。

河边也有不少对外经营的牧家乐,提供藏族餐饮和特色歌舞表演。其中,令往来游人印象最深刻的,莫过于一顶由牦牛毛编织起来的巨大黑色帐篷,里面能同时容纳四五桌客人,被吉尼斯世界纪录认证为全球最大的牛毛帐篷。

再往前走,巴塘河边耸立着一片依山而建的藏传佛教寺庙禅古寺,形制蔚为壮观,但年代谈不上多么久远。禅古寺旁有一处山沟,这便是唐蕃古道旧址,从沟口进山一公里,真正极具文物价值的文成公主庙,就坐落在路边。

此庙名声在外,但规模却很小:一片600多平方米的院落,相当于一个半篮球场的大小,远不及禅古寺宏大。院落里只有一间正殿,依山而建,里面供奉的是一尊大日如来佛像,旁边还有两尊侍者,佛像就雕刻在正殿背靠的岩壁上,从外观来看,已饱经岁月的洗礼。很多游客将这尊大日如来佛像误认成了文成公主像,其实并非如此。

那么，此庙又为何冠以文成公主之名呢？

这里援引当地的两种说法：一说，文成公主进藏时途经这里，派工匠在崖壁上雕刻了佛像，故此庙因其建造者而得名；一说，这座庙是藏族群众为纪念文成公主而建，虽是礼佛，但出发点是为了缅怀文成公主的功绩。

我更倾向于后者。像丝绸之路沿线，人们就常在山崖上雕刻石窟造像，以护佑往来者平安，比如我国敦煌莫高窟、彬县大佛，还有阿富汗的巴米扬大佛等等。往来越密切，人流越熙攘，造像之风也越盛。

遥想当年，文成公主进藏后，唐蕃交流日益频繁，想必古道上一派热闹非凡。为了纪念这位和平使者，缅怀开拓者之功，人们雕刻出佛像、建造起庙堂，久而久之，就约定俗成地把这里叫作文成公主庙。

从文成公主庙继续往山里行进，硬化道路渐渐变成了只容一辆汽车通行的颠簸砂石路，前面便是勒巴沟了。

一条溪流蜿蜒流淌，两边山崖巍然耸立，许多天然巨岩裸露在外，这便是勒巴沟适宜勒石雕刻的自然条件。此地的摩崖石刻，按照时间年代可以分为两类：

一类，是山水之间俯仰可见的嘛呢石刻。

梵文佛经中有"唵嘛呢叭咪吽"的六字真言，被视为无上大明咒，后来藏传佛教用藏文将这六字真言刻在石头上，就称之为嘛呢石。因原料、刻工的不同，嘛呢石可谓形态各异、变幻无穷，它的载体是源于天地自然的，其中又寄托了虔诚的宗教信仰，而作为雕刻品又富有艺术气息和浓郁的民族风情，因此颇受游客的青睐。

小型嘛呢石，有的搁在家中，大多则摆放在户外的山峦、

勒巴沟的山嘛呢　　　　　　　　　　　　　　　　勒巴沟的水嘛呢

寺庙、佛塔处。藏民族习惯将许多嘛呢石堆成小山状，寄托美好的祈愿。

除了小型嘛呢石，人们还常常在巨大的山崖石壁上雕刻六字真言，被称为"山嘛呢"，还有在溪流间的砾石上刻字，被称为"水嘛呢"。五色经幡被风吹动时，如同诵经一般，藏民族认为当河流过水嘛呢时，也能让人的心声被神明感应到。

勒巴沟里面，就有大量的山嘛呢和水嘛呢石刻，特别是水嘛呢非常集中，只要有较大的石头伫立在溪流之间，几乎都有六字真言刻在上面，这种密集程度，也是不多见的。嘛呢石刻，遍满空谷，幽深的勒巴沟，山水有灵。行走其间，比环境更静谧的是人的心情。

当然，这些嘛呢石刻都是近代以来信教群众留下的，真正年代久远、令勒巴沟具有重要历史文化价值的古迹，是山谷里那些被铁围栏保护起来的古代摩崖石刻，它们才是唐蕃古道的明证。或者说，正因为有这些古代石刻在前，今人才会陆续来到这座僻静的山谷，新刻下大量的山水嘛呢。

勒巴沟里的古代摩崖石刻有十多处，主要以佛像、香客、瑞兽等宗教文化为主，其中最著名的是一幅《藏王与公主礼佛图》

的石刻：

画面里，佛像高高挺立；左下方，一位戴着很高的帽子、穿着吐蕃服饰的男子，和一位梳着高发髻、穿着唐装的女子，在共同拜佛——显然，这是松赞干布与文成公主的形象。他们的联姻曾为唐蕃带来和平，汉藏群众永远缅怀他们。

除此之外，勒巴沟还有《佛诞生图》《天龙八部图》等古代摩崖石刻，但由于年深日久、风雨侵蚀，许多石刻的外形已经难以辨认。开车带我们过来的玉树朋友介绍，说石刻上有一处用古藏文书写的"马年刻凿"的题记——藏历新年与汉族农历新年在时间上比较接近，有的年份就在同一天，而且吸收了汉历的十二生肖，所以藏族朋友论起年龄，也讲属相——只是这个"马年"，时间还是太模糊了。

玉树朋友开着车，我们就在溪边的砂石间颠簸前行、边走边看，直至走出勒巴沟，眼前的景象顿时开阔无比：

勒巴沟唐蕃古道上的摩崖石刻

川流的通天河浩浩东去，在群山间冲刷出了宽阔的河谷。勒巴沟沟口处，是一片平坦的河滩地，上面矗立着佛塔，河岸边有一块黑色的巨石，是今人穿凿附会的所谓唐僧师徒"晒经台"。

抬眼远望，一座跨河大桥连通南北，那是如今西宁与玉树间的高速公路——这条高速，途经传说中文成公主丢弃宝镜、相思逆流成河的日月山和倒淌河，也路过传说中松赞干布迎娶文成公主的迎亲滩所在的黄河源头玛多县，又通到了这文成公主庙、勒巴沟所在的唐蕃古道遗迹，我这时蓦然发觉：今人的入藏之路，与传说中文成公主的足迹大抵一致。

"蜀道之难，难于上青天。"古时候，为了翻过长安与巴蜀间的莽莽秦岭,先民们用双脚在大山间开辟出了子午道、傥骆道、褒斜道、陈仓道等秦岭古道。其中,傥骆道近乎直线,距离最短,时间最快,也最艰险。

千载之后,当西安开通飞往汉中的航班时,人们才惊讶地发现:这条航线与古代的傥骆道几乎是重合的。

正如唐蕃古道也与今日先进测绘技术下修成的高速公路暗合一样,古人的智慧并不逊色,而他们开路的勇气、开放的胸襟、开明的理念,更值得今人借鉴。

送你一个新玉树

路好,从巴塘机场驱车半个小时,就能抵达玉树市区。

一条结古大道,贯穿城市南北。大道最南端的起点,矗立着一座损毁残缺的两层建筑,那是当地特意保存下来的"4·14玉树地震遗址"。

人们熟知玉树,往往源于2010年那场牵动全国人心的7.1级大地震。

山崩地裂改写了玉树的历史,但灾难并没有压垮人们的脊梁。因为采访,我先后去过玉树市七次,听玉树的干部群众说得最多的一句话,就是"灾后重建,三年苦干,跨越二十年"。

今天,登上城市南边的当代山,一览玉树小:

一条自西向东流淌的扎曲河,与自南向北而来的巴曲河,在这里相会汇成了巴塘河。崭新的玉树市,就依"丁"字形河谷而建。

从当代山俯瞰玉树市区

北山之上，结古寺气派非凡。地震中，这座因结古镇而得名的寺庙遭到了严重的损坏，如今许多建筑都是新修的。整座寺庙地处山巅，居高临下，充分体现着藏地"依寺而居"的传统。

北山下，是灾后重建时规划的玉树主城区，一座基础设施完备、风格面貌时尚的现代新城。从"4·14玉树地震遗址"开始，结古大道自南向北纵贯城区，周边藏式风格的机关、学校、医院、商户、住宅等建筑林立，大道北边的尽头是玉树州博物馆。扎曲河与巴曲河的交汇处，建起了一座格萨尔王广场，巴塘河在这里向东直奔通天河而去。

青海惯于将黄南藏族自治州、果洛藏族自治州和玉树藏族自治州统称为"青南三州"，并有"黄果树"的简称。从全省来看，青南三州是自然环境艰苦、发展相对滞后的地区。而黄南州府同仁市、果洛州府玛沁县的城区面貌，与玉树州府玉树市相比，是不可同日而语的。

废墟上挺立起的新玉树，背后源自一方有难八方支援的同心共筑。

亲历过灾后三年重建的当地朋友告诉我，"那三年整个玉树都是一片工地。"来自北京、辽宁和中国建筑、中铁建、中国中铁、中水电以及青海省内西宁、海东、海西、海南的3万多援建大军就驻扎在这里，处处是板房、帐篷和红旗。

不仅玉树市城区，整个灾后重建涉及1248个大项目，覆盖玉树州受灾的6个县、19个乡镇、292个建设点，国家累计投入了440个亿的重建资金。

三年苦干，天翻地覆：

大电网竣工投运，玉树永远结束了蜡烛和煤油灯的时代；

玉树至西宁高速公路建成，玉树至北京、西宁、拉萨、成都的航班开通；

新建了43所中小学、18所幼儿园，并且是按照抵御八级地震的标准设计建设的……大灾之后有大变，但令我感触最深的，并不仅于此。

灾后重建，除了盖起新房新屋，更要筑起牧乡发展的新思路。

高原的天，蓝得有些不真实。碧空下，禅古村成排的红顶黄墙藏式房，被映照得鲜艳辉煌。沟道里，巴塘河川流，绿如翡翠。

采访中，我在这里听到的故事，引人深思。

三年重建期间，除了盖房修路，禅古村人就在琢磨：将来发展什么产业，靠什么吃饭？

俗话说，靠山吃山，靠水吃水。这不，重建期间砂石需求量巨大，而背山面水的禅古村正好有资源优势，他们便经营起了砂石料厂，服务灾后重建。

厂子挺挣钱，村民分了红，但村支书扎格却向我讲起当时他的隐忧：采挖砂石，对巴塘河的破坏是比较严重的。那几年，扎格就已经意识到，这碗"资源饭"恐怕端不长，也端不稳。

果不其然。2017年环保督察时，禅古村的砂石料厂因为不符合环保要求，关了张。

饭碗给砸了，怎么办？

2019年，玉树州建成了集中式光伏扶贫电站，禅古村转而投资"阳光饭"，年年有30万元左右稳定收益。

"青海是'中华水塔',玉树是三江源头,咱搞产业,一定得是环境友好型的。"说这话时,扎格正站在村口,面前的巴塘河水,重回清澈。

我在禅古村看到的变化,是玉树这几年生态优先、绿色发展的一个缩影。既为三江源保护主战场,又要小康路上不掉队,玉树正在变出发展新理念、牧民新感觉。

沿着巴塘河向下,玉树城区的东边,坐落着一座高原千亩林木良种繁育基地。站在高处俯瞰,基地里正在培育的108万株树苗,高低错落,看上去就像一个军阵。

从6棵野生古木培育起步,如今玉树州林草局长昂江多杰正忙着给这个成活率99%的新树种"上户口":玉树藏柳。

海拔高、气候寒,行走在玉树,除了河谷地带,山上是很少见到天然树林的。至于人工造林,更是难比登天。过去,玉树没有培育过本地树种,植树造林的苗子都是从西宁运过来的,成本高不说,还水土不服,种得多,活得少。

据当地朋友说,过去一到春季,高原就刮大风。山上植被差,风一来就是遮天蔽日的沙尘,令人苦不堪言。

巴塘河谷的高原千亩林木良种繁育基地

如今,这108万株玉树藏柳,打破了"玉树种不活树"的天荒。

"别处'三分种、七分养',我们则拿出'以十当一'的劲头",换土、剪苗、插条、泡植,昂江多杰一瘸一拐带着养护人员"掉了几层皮",全然不顾自己地震时落下的腿伤。耐高寒、长势快、树龄长的玉树藏柳,将来会在全州大面积推广栽植。

以前,三江源头保护施策,多侧重"保守治疗":禁牧还草、减少干扰。2020年,青海省国土绿化现场会头一回开在了玉树,原本"不服气"的兄弟市州实地一转、刮目相看:"主动调理"的玉树,也有了造林的本钱和底气。

我到这个基地采访时,正值三月春灌期,畦田间的藏柳,饱饮着江源水。再过十年、二十年,等我再来玉树,四周的山上会不会披满绿装?这样畅想着,我脑子里突然蹦出来一句打油诗:待到藏柳成林时,送你一个新玉树。

眼前这片"绿色银行",正为江源保护"储蓄"出新目标:不仅守好资源存量,还要发力生态增量。

新目标来自新感觉。

"'中华水塔'在青海,青海水源在玉树,玉树吃水在甘达",来到海拔逾4000米的甘达村,村支书群才仁对我讲起当地的顺口溜。

这里是玉树市的饮用水源地,一个村就分布着213处泉眼。牧民逐水草而居,帐篷就扎在河边,"烧牛粪剩下的炉灰顺手往水里一倒"。至于塑料袋等白色垃圾,更曾风吹满地跑。

而如今,甘达村牧民自觉搬离了水源地,放牧之余还自发捡拾垃圾,把矿泉水瓶串在绳上挂到脖间,被誉为"最美生态项链"——原来,伴随三江源国家公园建设,甘达村成立了牧民自己的环保组织:甘达村自然资源共同管理委员会。通过培训,全村划分出23个环保小组,实行网格化管理,让牧民从草原利用者转型为生态保护者。

生态向好,游人不少。村民才丁文次半信半疑地把自家两匹马牵到了合作社,甘达村组建起一支"生态马帮",打造自然体验、美丽经济。刚开张,"生态马帮"就接待游客上千人次,为村集体创收28万元,才丁文次也忙得不亦乐乎,收入上了五位数。

过去谈保护、说发展,像"酥油漂在凉水里",各是各;如今摸着门道、尝到甜头的甘达村人琢磨过来：生态保护者，也是红利共享者。保护与发展、生态与民生，化在一起、水乳交融，稠得分不开。

无论玉树走得多远，发展的底色，永远离不了绿。

发展，并不意味着忘记传统。正如那句话说的：走得再远，也不要忘记从哪里出发。

我觉得，玉树最迷人的地方，就是城市虽新，而传统无处不在。

结古大道，这条玉树市的"中央大街"，每年最热闹的场面，要数7月下旬玉树赛马节的时候。

那是高原最美的季节，青海各地都会组织赛马节一类的活动，而玉树赛马节声势最大。

根据传统，来自玉树州各个县的人们，在赛马节开幕的前一天，会举行盛大的游行活动。每到这时，结古大道就成了展示各地风采的"T台"，各个县市代表队伍都会身着具有本地特色的民族盛装，载歌载舞从结古大道上走过，全城人也都云集大道两旁观看，场面好不热闹。

第二天，是赛马节正式开幕的日子。玉树市西边有座大型赛马场，一贯是开幕式和比赛的举办场地，现场那叫一个摩肩接踵，人山人海。

我国藏族聚居地，素有"卫藏的法""安多的马""康巴的人"的说法。拉萨、山南、日喀则等卫藏地区，自古便是宗教中心，因此说"卫藏的法"。而安多地区也就是青海的大部分区域，多产良马，比如浩门马、河曲马等等，故以"安多的马"而闻名。至于康巴，男的魁梧英俊，女的高挑俏丽，"康巴的人"是这里最美的风景。

有机会的话，我建议朋友们都要去玉树赛马节，现场感受

玉树藏族群众身着盛装在结古大道"T台走秀"

一番。无论是民族风情浓郁的传统藏族舞蹈，还是赛马选手技惊四座的特技表演，都会让你深深感染于康巴藏人与生俱来的豪爽奔放。

除了赛马节这类热闹的传统活动，在玉树城区的东边，还有一处极其清幽的所在。

从市中心向东不过10分钟车程，有一个新寨村。公元18世纪初的时候，结古寺的嘉那活佛居住在此，最早开始兴建由小块嘛呢石堆砌而成的石经城。

如今，经过200多年的积累，这个被吉尼斯世界纪录认证、被称为"新寨嘉那嘛呢石堆"的石经城，据说嘛呢石的总数已有25亿块之多，占地面积近两个足球场大。走进去，真像置身一片嘛呢石堆起来的城堡，巷道甚多，曲径通幽。

从早到晚，来此祈福的藏族群众很多。如果你从玉树市区

玉树赛马节上的康巴歌舞表演

新寨嘉那嘛呢石堆一角

搭坐出租车前来，那么这单程5公里的路途，司机往往只收5元钱。在他们看来，送游客到这里，对他们自己来说也是一种福报，所以仅仅象征性地收一点儿车费。

走在玉树的街道上，游览现代化的城市设施；夜晚，到巴塘河边的酒吧一条街与二三好友小酌两杯，感受高原新城的时尚；寻访唐蕃古道，在山水自然与人文古迹间，体验历史与现实的穿梭；徜徉于嘛呢石堆的清幽静谧，给自己的心灵放个假——玉树，总有一种东西能打动你。

探秘澜沧江大峡谷：难怪雪豹在这里安家

青海三江源是哪三江？

长江、黄河……雅鲁藏布江？——恐怕不少人会为第三个选择犯难。毫无疑问，澜沧江是青海三江源里存在感最弱的"老三"。

到青海工作五年，黄河源头牛头碑我登上过三次，长江源头流域的唐古拉山镇、可可西里、治多县、曲麻莱县、玉树市等地也多次造访，唯独澜沧江源头，采访经历较少——读者的关注度是记者的风向标,显然,这与对于澜沧江源头的报道需求偏少有关。

究其原因,我想无关知名度,而在于深层次的文化底蕴——长江、黄河,浇灌了中华民族的五千年灿烂风华,早已流进国人的血液和记忆里,成为文化和情感基因的一部分。这自然是澜沧江远远比不了的——在中国境内,它流经的是青海、西藏、云南三省区交界,属于自古以来经济、文化都比较落后的边陲地区。

以前,澜沧江被人们或多或少地忽视和低估了。但,如果跳出中国从更大的视野来看它,这条水系的意义便陡然变大起来:流出中国后,它先后流经老挝、缅甸、泰国、柬埔寨和越南等多个国家后入海,成了这些国家重要的界河和母亲河。在国外,澜沧江被称为湄公河,也是整个亚洲流经国家最多的河流——澜沧江属于"墙内开花墙外香"的典型。

今天的人们,正在重新审视澜沧江。这几年,以"澜沧江—湄公河"为主题的文化交流活动频繁举行,来自江河沿途省区乃至国家的各界人士,纷纷走进青海溯源。这是个好事,以水为媒,讲好澜沧江故事,对深化流域间的政治、经济、文化、社会交流都大有助力。

习惯上,我们常将三江源并称。几年采访下来,我发现,其实三个源头各有鲜明的特点,和截然不同的治理方式:

长江源头由沱沱河、当曲、楚玛尔河三大水系组成,广纳百川方成大江,论治理规模、广度和多样性,皆为其他二者所不及;

黄河源头的生态本底脆弱异常,其治理难度最高,治理过程也最跌宕起伏,恰因此,其"由乱到治"的发展脉络也最具代表性;

那么，与长江和黄河相比，澜沧江源头的特点又在哪里？

这个问题，唯有走近它，才能得到解答：

2020年8月，我们青海分社策划组织了一场"三江溯源·见证国家公园的成长"大型融媒体采访行，在当地部门的陪同下，我第一次走进了位于玉树藏族自治州杂多县昂赛乡的澜沧江大峡谷，耳闻目睹了此地自然景观与生态风貌之奇——没错，一个"奇"字，是这里有别于长江、黄河源头的最大特点。

自问，青海有些名气的山山水水，我基本都走过。所以可以讲：澜沧江大峡谷的生态风光，论级别堪称青海顶配，难怪这里成为"雪豹之乡"——挑剔的雪豹都选择在这里安家。

先聊些题外话：我觉得有必要对澜沧江源头做一点儿科普，其中有些冷门知识，可能会颠覆你的认知：

正如万里长江流到四川宜宾才被正式称为"长江"一样，发源于玉树州杂多县的扎曲、昂曲两条河，流经青海最东南角的囊谦县，进入西藏境内后在昌都才交汇到一起。昌都这座城市就是在这两河口之上建设起来的，两河交汇处以下，才正式称为澜沧江。

2019年3月，西藏自治区民主改革60周年之际，我被抽调到中宣部组织的中央媒体采访团赴西藏深入走访。走到昌都市的时候，恰巧碰到一位之前在青海工作数年、后来调往外地的媒体同行、我的好哥们，被上级也安排到昌都采访。我俩都喜好人文地理，忙完一天的采访后，便连夜找到昌都市的两河口——"澜沧江"正式起点看了看。

按照"源头唯远、水流顺直"的原则，汇成澜沧江的这两条水系，扎曲属于干流，昂曲属于支流。青海杂多、囊谦两个县的县城，扎曲都穿城而过，本文的主人公——昂赛乡澜沧江大峡谷,就位于杂多县城东南边,峡谷入口距离县城不到一个小时车程。也就是说,昂赛乡大峡谷里流淌的澜沧江水,准确地说其实是扎曲。

溯扎曲而上,一直向西,唐古拉山北麓、杂多县西部、平均海拔超过5000米的这片高寒湿地,便是澜沧江水的源头所在。这里基本属于无人区,牧民鲜少涉足,也不通道路,所以我无缘去现场一探,但在卫星遥感地图上,可以清晰地溯扎曲而上直至源头。

扎曲的上游,又由两条水系汇合而成,一条叫扎阿曲,是北源,一条叫扎那曲,是西源,两条水系都很长,超过了200公里,但扎阿曲比扎那曲还要长近3公里,而且水量、流域面积也更大,所以这条扎阿曲就被定为澜沧江的正源。

有意思的是,从卫星遥感地图上能够清晰地看到,扎那曲的源头再向西大约50公里的地方,孕育出了另一条水系——这里,竟然就是长江源头之一当曲的发源地。

大江大河的源头,往往就是山脚下、湿地间涌出的涓涓溪流。当曲与扎那曲,就以这种貌不惊人的方式出发,一个向西北汇成了长江,一个向东汇成了澜沧江。来自唐古拉山北麓的雪水泉源,在相隔如此之近的起点,流向了截然不同的远方,乃至孕育出世界十大长河中的两条——长江与澜沧江各自的气象万千。

也正是这个缘故,本书才将澜沧江与长江放到这同一部分讲述,并冠之以"两江奔流"之名,因为这两个源头堪称不折不扣的亲兄弟。

在地图上,搜索"当曲"和"扎曲",只能找到干流的大致定位。借助卫星遥感的立体画面,我眯缝着眼,在山水的图像间一点点溯流当曲、扎曲,直至寻找到水系的尽头——那一刻,感觉无比奇妙。

言归正传。走进昂赛乡澜沧江大峡谷前，我本以为是采访行中的一段小插曲，实地体验后，才知道这竟是意料之外的高潮。

当天一早，我们从玉树市出发西行，两个多小时车程，穿过长拉山隧道，便进入了杂多县的地界。

汽车驶出隧道的一刻，便觉风光景致一壮：高原的山见多了，大抵都是一般样貌，很容易产生审美疲劳，然而杂多却不同。这里的山大多是冰蚀地貌——史前冰川侵蚀作用形成的地貌形态，亿万年前的古冰川和它所携带的岩石碎块会对山峦顶部的地表产生一种掘蚀和磨削作用，当冰川融化后，山巅便呈现出巨石嶙峋、峥嵘多变的雕刻感，其下的山腰部位则是灰红色的砂石过渡带，山腰以下才是高原常见的绿毯般的高山草甸——独特的冰蚀地貌，为杂多的山平添了几分雄姿。

走着走着，公路分了岔：一条继续通往杂多县城，另一条则通往昂赛乡澜沧江大峡谷。

岔口处，三江源国家公园澜沧江园区管委会的规划财务部部长牟永红已等候多时——这里设着一道检查站，除了本地牧民和公务人员，其他人不得擅自进入。

为何是规划财务部门陪同采访？这与我们此行的主题有关——国家公园面对生态访客开展的特许经营活动，就由他们负责。

在保护与发展间寻求一种微妙平衡，是国家公园的新探索。在有条件适度对外开放、不影响生态保护的地方，面对国内外的科研工作者、摄影师等门槛较高的生态访客展开接待服务并收取一定费用，这是三江源国家公园正在探索的特许经营模式。

此模式下，国家公园内不会新增一处酒店宾馆、娱乐场所，接待服务都由国家公园内的原住牧民家庭来承担，也仅仅提供住宿、餐饮等基本服务，收入按照一定比例由牧民和管理部门分成，这也是保障牧民生活、生态与民生双赢的一种手段。

初进峡谷，路况比我想象得还要艰险：峡谷内没有柏油路，全是山崖间凿出的颠簸的砂石路，宽度仅容一辆车通行，错车需要大费周折；路旁就是悬崖，绝壁下，澜沧江水湍流。

所幸，牟永红是这里的"老司机"，出于工作需要，每年他们都要进来几十次，对路况十分熟悉。

路途虽然艰险，但稍稍深入峡谷后，身边的美景便令人啧啧称奇：

碧空长云下，峡谷群峰耸峙。山巅处，冰蚀风貌奇峻；山腰下，高原草甸如毯。澜沧奔流，如玉带般在群山间蜿蜒而过，山峦也就顺着河道走势错落分布，雄奇间不乏秀美；两山夹一江的地貌，形成了

我们行走在悬崖上凿出的道路，旁边澜沧江水湍流

峡谷独特的小气候，令这里的温湿度都非常适宜植物生长，森林、草原遍布——山水林草、相得益彰，与长江源的壮阔、黄河源的圣洁相比，昂赛乡澜沧江大峡谷的丰富度、层次感更胜一筹。

走着走着，昂赛乡年都村牧民永塔的家已在眼前。

这是一座典型的藏式民居，而且老屋旁边还在盖木质结构的新房子。2019年，永塔参与特许经营以来，有了不错的收入。

从2017年开始，昂赛乡鼓励、支持牧民以投资入股、合作、劳务输出等形式参与特许经营。这不，永塔置办了灶具和餐具，为访客提供牛羊肉、酥油茶和糌粑，有时来的人多住不下，他还在房外搭了一个简易住宿点。

澜沧江大峡谷处处皆景

祖祖辈辈生活在峡谷里，永塔还不会说普通话，对我们只是微笑致意，并不停地给我们倒着酥油茶。

而牟永红对这里的情况如数家珍：和永塔家一样，年都村已有24户牧民被确定为接待家庭，经过培训，为生态访客提供食宿，并担任司机和向导，带生态访客进入峡谷深处进行科研、摄影、生态体验、自然观察，并教给他们关于红外相机和望远镜的使用方法。

至于生态访客的费用，一周在7000~10000元不等，特许经营带来的收益，45%归接待家庭，45%归乡村用于公共事务，10%用于野生动物保护基金——从收益分配使用来看，完全是以民生和保护为导向的。

永塔对峡谷里的山山水水十分熟悉，接待访客时，他会提前规划好体验路线，并让访客签订一份对生态负责和尊重当地社区的协议，保证访客在自己的带领下体验。在永塔看来，外来的生态访客应抱着对自然环境、万物生灵负责的态度参与体验，"非诚勿扰"；而作为服务者的当地牧民，同时也要起到

澜沧江大峡谷内的一处生态体验营地

保护者的作用，一个合格的向导并不轻松。

　　出了永塔家，我们继续前行。沿着江水，是可以一直走出峡谷的，我们当晚还要返回杂多县城，于是走到一处冰蚀地貌和丹霞景观最典型的地方参观一番，便折返了。那里的山，山顶处的冰蚀地貌如同飞来石一般，让人不得不感叹造化神奇、群山有灵。

　　返回时，我们没有走峡谷间的大路，而是在当地司机的指引下，从一处溪流间钻进了山谷，在一条更为狭窄、颠簸的小路上行进，四周俯仰皆景，而且圆柏林立、古木参天，这在高海拔地区是很少见的。

　　同车而行的牟永红告诉我，由于小气候较好、人为干扰少，澜沧江大峡谷的生态状况始终保持着优良，不像长江、黄河源头在世纪之交曾出现过比较明显的起伏，也没有花很大力气治理。看来，澜沧江源是个成绩稳定的优等生。

　　生态优良、植被繁多，也吸引了大量珍稀野生动物来这里"落户"，其中最著名的就是雪豹。

澜沧江水冲出的峡谷，为雪豹等珍稀野生动物提供了天然的迁徙通道，这里因此成为生态分布的"十字路口"，被誉为中国雪豹基因库。据牟永红介绍，近年来，他们在昂赛乡布置了近百个红外相机，已经拍到了数万张次的雪豹照片，其中质量较高的就有上千张。

通过照片分析比对，他们最终确认昂赛乡现有46只雪豹。作为食物链顶端的大型哺乳动物，雪豹如此密集地分布于一地，这个密度是很惊人的。

我还听到一则趣闻——2019年，昂赛乡正在建一个生态保护站。吃水需要打井，打井前先得采样看是否符合饮用水标准。结果水样寄到西宁的水监测中心，人家怀疑："你们送来的是不是矿泉水？"

生态本底好、资源又富集，所以昂赛乡澜沧江大峡谷才被三江源国家公园授权最早探索开展了特许经营。牟永红说，在国家公园开展特许经营，还是要将生态保护放在首位，杜绝纯商业性质的经营活动，让生态体验在政府部门的监督下有序开展，并且吸收当地牧民参与特许经营，让绿水青山为他们带来实实在在的经济收益。

同时，当地还严格限制生态访客的人数和范围，昂赛乡澜沧江大峡谷全年的访客接待量，被限定在2000名。

机会难得，我们的到访也实属有幸了。从小路走出山谷，又翻上一座大山，恰值夕阳西下，一行人都下了车，站在山顶俯瞰整个大峡谷，美不胜收——人这一生，会走很多路，看很多风景，但于我而言过目难忘的，这个画面算一个。

夕阳西下，澜沧江大峡谷一瞥

三江同源而殊途，方成气象万千

2020年，青藏高原第二次综合科考启动。来自中国科学院的团队对冰川储量、湖泊水量和主要河流出口径流量进行勘察后，估算出一个数据：青藏高原的总储水量超过9万亿立方米。

啥概念？

能盛满230个三峡水库。

而且，这还仅仅是对冰川、湖泊、河流等可见水资源的调查。别忘了，地表之下还有巨大的隐秘水源，为高原湿地和冻土提供着源泉，而我们对其仍知之甚少。

所以说，冰川富藏、湖泊密集、河流纵横、湿地广布、冻土千里的青藏高原，实在是一座巨型水塔。

但您可曾想过这个问题：为什么三江源在青海，而不是西藏？

我在青海工作生活多年，因为跨区域采访的缘故也深入过西藏不少地方。若非要比较，平心而论，青海是生态大省，各项配置已很高，而西藏是顶配。

不信，您把山、水、林、田、湖、草等资源挨个拎出来比比。就说水吧，西藏的水资源总量（不含地下水）占到了全国河川径流总量的16%，在全国省区市中位列第一，远远超过青海。

可偏偏，这三条大江大河就发源于青藏高原的青海，而非西藏。"中华水塔"的桂冠，非青海莫属。

让我们打开地图，答案一目了然：

西藏海拔4000米以上的地区，超过总面积的85%。高则高矣，但藏北高原地势落差比较小，几乎处在一个平面上，因此不具备形成河流的条件。而且，高原之上还有高峰，喜马拉雅山脉、昆仑山脉、唐古拉山脉等围成了圈，巨大的水资源搁在那里，又流不出去，于是便形成了大量的湖泊和湿地。

去过西藏的朋友都知道，那里有很多"措"：纳木措、羊卓雍措、玛旁雍措之类，高原平湖美如镜。其实，它们未必甘心做圣湖仙女，它们也思春、想下凡，渴望到大千世界去看看，只是地理格局让它们不得不"养在深闺人未识"。

反观青海，整体地形呈现出鲜明的西高东低。比如青海西部的可可西里，平均海拔超过4500米，而到了青海东部与甘肃交界处，有的地方海拔已不到2000米。相对较大的地势落差，恰恰有助于大江大河的形成。

而且，落差大的地方，往往会出现地质断裂带，江河利用这些缝隙，进一步冲刷出峡谷。长江上游通天河，流经之处都是峻岭深峡；澜沧江大峡谷，造就了雪豹之乡、最美景观；黄河在青海也有落差较大的河谷，人们在这里建起了一座座水电站——水善以柔克刚，江河总会为自己找到出路。

水是生命之源。江河的源泉，自然寄托了人们的礼赞与崇拜。而大江大河如果同源同根，那更是造物的馈赠。

就世界范围来看，江河同源并不鲜见。从国内来说，我也实地走访过一些"三江源"。

位于玉树州治多县的长江（通天河）第一湾

中国最高最大的高山湖泊，是吉林省长白山天池。所谓天池，其实就是一座火山口，经过漫长的年代，积水而成湖。我去的时候，恰是12月底最寒冷的季节，长白山负雪，天池的湖面也冻上了。

但湖水通过山峰间的缝隙，仍然流出了天池，形成落差极大的长白山瀑布群。东北的三条大江——松花江、鸭绿江和图们江，皆发源于此。沃野千里的东北黑土地，便是长白山天池的水灌溉出来的，这里也堪称东北"三江源"。

只是这个"三江源"，影响力仅局限于东北亚地区。青海三江源，则当仁不让地贴着"中华水塔"乃至"亚洲水塔"的品牌，牌子上原产地写着：玉树。

长江源头三大水系，西源沱沱河"产自"唐古拉山，虽然在行政区划上归属海西州格尔木市代管，但产地毫无疑问是玉树；南源当曲，发源地行政隶属于玉树州杂多县；北源楚玛尔河，发源于可可西里，属于玉树州治多县。长江三源，皆出自玉树。

再看澜沧江。源头两大水系扎曲和昂曲，也全都发源于玉树州杂多县。前面我提到，扎曲上游又是由扎阿曲和扎那曲两条水系汇成，其中的扎那曲距离长江源头当曲不过50公里，可谓咫尺之遥。

后来，澜沧江一路南行，长江转头向东，两条大江流向了完全不同的远方。当前者在越南胡志明市入海时，后者已远达上海崇明岛，两江的入海口相隔近4000公里。

同一个屋檐下的亲兄弟，各奔前程、开枝散叶，才有了各自的气象万千。回头望，孕育两江的故乡，是玉树。

本书的下一个也是最后一个部分，要讲述青海的黄河。

既然说到这里，我们不妨再展开话题：真要寻根溯源，那么就连黄河的源头也在玉树。

您可能会纳闷：被称为黄河源头第一县的玛多，不是位于青海省果洛藏族自治州吗？

没错。扎陵湖、鄂陵湖这两座蓄水量巨大的河源姊妹湖，都在玛多。湖边的山上，还伫立着牛头碑，相当于勒石为记。从牛头碑的山顶俯瞰，碧波浩渺、水天同色，确实也符合"黄河之水天上来"的浪漫想象。

但是长河滔滔，却并非从天而降。不择细流，无以成江河。黄河的源头，也是由无数溪流汇成的，其中距离最远、水量最大的一条，叫卡日曲，被科考认定为黄河的正源。而这卡日曲，就发源于曲麻莱县。

又是玉树。

顶着"黄河源头第一县"的名头，玛多风光无限，而曲麻莱却一直吃着哑巴亏。如今，他们终于琢磨过来：通天河从曲麻莱流过，黄河的正源也在咱这儿，咱们应该对外宣传为江河源头第一县。

我曾经三上玛多,但始终无缘一访卡日曲。据朋友说,不过就是几处泉眼涌出的水,汇成了一条小河而已。

利用卫星遥感地图,我"按图索骥"找到了卡日曲的起点,同时又有一个新发现:此地的西南边,便是蜿蜒而过的通天河,两者间的直线距离不到70公里。

也就是说,孕育了中华文明的两大母亲河,早在孩提时代就有过邂逅。这彼此间的惊鸿一瞥,也发生在玉树。

三条深刻塑造了亚洲历史与文明的大江大河,竟然如此密集地发源于玉树一州之地,这在世界上也是绝无仅有的。

在昆仑山和长江源(楚玛尔河)的边上

玉树何其幸也,青海亦何其幸也。这,难道不是天地造化的伟力吗?

长江与黄河,塑造出了中国南北方截然不同的地理、历史与文化,也赋予了中国南北方人迥异而鲜明的性格气质:一曰粗犷豪爽,一曰温和细腻;一个轻财好义,一个重利务实;一好酒,一好茶。

然而,当这两条大江大河从源头出发时,它们像刚刚迈出家门的两个邻家少年,还看不出太大的差异,彼此走得也很近。

当第一滴黄河水从源头卡日曲的泉眼冒出来时,距离这里不到70公里的西南方向,已然汇成通天河的长江水正蜿蜒流过,远远地端详着这个刚刚出世的邻家弟弟。

一切都在成长,它们俩共同朝着东南方向,并肩而行——这很可能是长江与黄河走得最近的一段路。它俩中间,只相隔一道巴颜喀拉山脉。

康巴玉树，像大江大河一样豪放

这是一座西边与可可西里接壤、东边直抵四川松潘高原的连绵山脉，呈现西北—东南走向，全长有近800公里。巴颜喀拉，似乎就是为阻隔长江与黄河而生的：

山脉的西端，恰好挡住了从唐古拉山北麓汇流过来的通天河水。否则，从原先的走势看，通天河一定会流往卡日曲、扎陵湖、鄂陵湖，让黄河源头之水早早就变成自己的支流。

恰恰是这70公里的山脉阻隔，让大江大河各自顺着巴颜喀拉的走势，在山脉南北两侧形成了自西北向东南的两条平行线，不择细流、广纳百川，分别发育、成长、壮大，只是再无相交的可能。

后来，川、藏、滇三省区交界处的横断山脉，挡到了长江面前，也挡住了它东去的脚步。长江不得不向南迂回，以金沙江之名在云南兜了个大圈子，最后还是向东流进了川渝盆地。

原本也奔川渝盆地而来的黄河水，迎面撞上了屹立在成都西北方的松潘高原，也就是阿坝藏族羌族自治州所在地。这一撞非同小可，令黄河发生了180度的大转向，竟然又掉头流回了西北、它的发源地青海。这次转向，对黄河的意义是极其重大的，令它彻底告别向东南而行、与长江再会的可能性，成了一条不折不扣的北方大河。

论血缘亲疏，正如我前面的比方：长江与澜沧江是一家里生出的亲哥俩，而长江与黄河则是少年时代关系很近乎的邻家兄弟。自小渊源很深，已是天大的缘分；而两兄弟也特别出息，都走出家门，走得很远，走得很好。

所谓"大道并行而不悖"，大江大河无问南北、各领风骚，虽同源殊途，但共同孕育出了中华民族的气象万千。

第六章
大河滔滔：上下求索的朝圣之旅

贵德的绿色黄河

玛多之变：生态中国教科书

1991年，汉学家比尔·波特来到西宁，他目睹了"几百辆拖斗车组成的淘金车队，满载各种机械设备，向着玛多前进"——此情此景，被他写进了《黄河之旅》一书。

许多历史的细节，能为我们更好地还原时代的全貌。

黄河源头第一县玛多，是比尔·波特此行的终点站。在那个国人刚刚吃饱饭的年代，一个金发碧眼的老外却踏上了一场黄河文化的朝圣之旅：他从山东的入海口出发，溯长河而上，一直寻访到了青海的源头。

后来他出版的《黄河之旅》，英文版名为《Yellow River Odyssey》。Odyssey（奥德赛），是近3000年前古希腊诗人荷马创作的史诗之名，后来在英语里衍变为"漫长而充满风险的历程"之意，属于一个含义宏大的词汇，不会轻用。比如，导演库布里克的经典影片《2001太空漫游》，以宇宙为讲述对象，名字就叫《2001:A Space Odyssey》。

作为西方文化背景下成长起来的汉学家，比尔·波特用"奥德赛"来形容黄河溯源之旅，这个词背后所蕴含的文化意味是非常厚重的。

今天，对游历甚广的国人来说，比尔·波特当年的独家见闻已不新鲜，但我没有把《黄河之旅》作为游记读，而是更在意它的历史价值——一种个体化叙事的喃喃私语，将历史宏大叙事语境下所遗漏的时代细节捡了回来。

比如，比尔·波特去了茶卡盐湖。今天的青海旅游"网红"打卡地，当时还是产业结构单一、经营不温不火的普通盐场，令我们窥见了产业变迁背后的发展逻辑。

还比如，淘金热在玛多一度甚嚣尘上，而且是触目惊心的"几百辆拖斗车"。作家用自己的见闻，告诉我们当时黄河源头的生态破坏已近泛滥。

何止是淘金，改革开放以来的 40 多年，玛多经历的故事可谓百转千回、跌宕起伏：全国首富县、突破百万畜牧、淘金潮、黄河源头断流、生态难民、三江源保护工程、千湖美景重现、国家公园改革……剧情如此冲突而曲折，恐怕作家也写不出这么吊人胃口的剧本。

但，这些都真实发生在黄河源头第一县。我曾三访玛多，在我看来，玛多之变堪称一本生态中国教科书。

玛多，在青海是顶有名的县。这名气，首先来自黄河。"玛多"，藏语的意思就是"黄河源头"。

"黄河之水天上来，奔流到海不复回。"诗歌里的"天"，我想应该算到曲麻莱县卡日曲的头上，毕竟人家是正源，第一滴黄河水是从那里冒出来的。

而玛多暴得大名，主要得益于坐拥扎陵湖、鄂陵湖这两座河源姊妹湖。打个比方，玛多就是黄河源头的超大型蓄水池——

从玉树藏族自治州曲麻莱县发源的卡日曲、约古宗列曲，向东进入果洛藏族自治州玛多县后，先汇出一个巨大的扎陵湖，后在扎陵湖东边又汇出一个更大的鄂陵湖。

两座湖的湖水面积加起来有多大呢？相当于 1600 个故宫。

水域广阔、碧波浩渺，加之又有水道相连、相隔不远，于

海拔 4610 米的牛头碑

是两湖便被人们称为黄河源头姊妹湖。

恰在两湖中间，有一座海拔 4610 米的高山，登上去可以俯瞰双湖壮景。20 世纪 80 年代，当地政府用纯铜铸造了一尊 5 吨重的牛头碑，由胡耀邦同志和十世班禅大师分别为其题写了汉藏文的"黄河源头"字样，安放在高山之巅。从此，牛头碑、姊妹湖就成为黄河源头最具代表性的地标。

我把玛多比作蓄水池，不仅是因为姊妹湖这两座"大水缸"。行走全县，处处可见星罗棋布的大小湖泊，繁如星汉。据 20 世纪八九十年代统计，玛多的湖泊数有 4077 个，于是又得了个别称：千湖之县。

金庸在《天龙八部》里虚构了一个"星宿派"，门人住在星宿海，门主叫星宿老仙。星宿海就在玛多县，青海还在这里建设了星星海自然保护分区。这 4000 多颗星宿，虽然规模不大、其貌不扬，但对黄河源头的水源涵养补给作用，未必逊色姊妹湖。

可以想见，如此生态原始之地，也应是天遥地远、人迹罕至。

没错，有故事的玛多，还占了青海的几个最：

比如，青海省海拔最高的县城在玛多，有 4270 米。这个高度，与西藏那曲市的几个县城相比还差一点儿，远远没到骇人听闻的程度。只是对大多数青海人来说,到玛多县城出趟差、旅个游、住一晚,那绝对是挑战极限了。于是,"夜不宿玛多"的说法在青海不胫而走。

还有,玛多是青海省人口最少的县,不到1万。但这一最,为玛多带来过荣光,也招来了祸患。

恐怕您难以相信,在20世纪80年代,玛多曾是全国首富县。

中国改革开放的号角,是从农村吹响的。家庭联产承包责任制的推行,激发了广大牧民的生产活力,水草肥美的玛多,一时间牛羊遍野,畜牧业发展迅猛。

有一位"玛二代"跟我讲过,他的老父亲在玛多工作一辈子,见证过20世纪80年代初鄂陵湖畔草原的样子,"草长得有半人高,岂止是'风吹草低见牛羊',就连人蹲在草丛里都不容易被发现。"

那时的玛多,真是赶上了发展的风口——

论天时,经济体制改革理顺了生产分配方式,释放了积蓄已久的发展动能;

论地利,黄河源头区域草场资源优良,且历史上未经过大规模开发,尚属一片肥沃的"处女地";

论人和,作为青海人口最少的县,基数小、包袱轻,一旦畜牧业发展起来,人均收入就很容易冲上去。

更何况,改革开放伊始,内地农村的集体经济、二三产业还没起步,即便搞起承包制,农民种庄稼的收入,怎么可能比得过牧民放牛羊?

"时来天地皆助力"。20世纪80年代初,玛多的全县牧民人均纯收入就这样跃居全国之首。那时候,还没有江苏昆山、福建晋江什么事呢。

然而玛多这个"首富"当得实在没啥含金量,产业发展路径依靠的就是传统畜牧业，无非靠山吃山、靠水吃水那一套，一旦山穷水尽，发展就没有任何后劲。

可当时的玛多不仅没有意识到产业短板，甚至还有点儿飘：政府喊出了"突破百万牲畜"的口号，单一地依靠增畜实现增收，而没有任何精细加工、延伸产业链条、增加产品附加值的意识。甚至还对外发出公告，呼吁青海其他州县的剩余劳动力，只要愿意来玛多放牧，当地就无偿提供牛羊、划割草场——言外之意：咱玛多有的是资源，就缺"上门女婿"。

很快，玛多县不到1万人口，牛羊竟然养到了75万头。人类活动加剧、过度放牧行为，正在一点点蚕食黄河源头的生态家底。

竭泽而渔的另一面，是采金活动的无序与泛滥。也是在20世纪80年代，玛多发现了金矿。在当时"有水快流"的理念下，曾有十余万淘金者蜂拥而入玛多，大挖特挖，占用草地1600万亩，毁坏草原50万亩。

1980年，杜琪峰导演的第一部电影《碧水寒山夺命金》上映。耀眼夺目的金子，最能映照人性的美丑。疯狂的玛多淘金潮中，有的人掘到了第一桶金，也有人送掉了性命，遗憾的是，在这场写满欲望与生死的故事中，唯独没有见到一个索南达杰式的人物出现。

英雄的出现不是必然的。

经过20年的盲目开发，本就生态脆弱的黄河源，彻底被掏空。

到20世纪末，受长期超载放牧、气候变化因素等影响，玛多县原有草地的70%都退化了。

什么概念？同样一片草场，过去能放100只羊，现在就只能养活 30 只——草地生产力大大下降。

生态恶化是连锁反应。来自玛多县的气象资料显示：20 世纪 80 年代，这里降水丰沛，一年 300 多个阴雨天；后来随着草场大量退化，空气湿度越来越低，云层越来越薄，以前年均降水 326.3 毫米的姊妹湖，到了 2003 年竟锐减到只有 24.1 毫米，蒸发量高达 429.9 毫米。

更可怕的事情正在发生：曾经水草丰美的玛多，竟然以每年 2.6% 的速度在沙化，成为青海省生态环境恶化趋势最严重的地区之一，全县仅沙滩、沙丘面积就达 80.57 万亩。

当时任乡干部的曲洋才让记得，从县城去姊妹湖的一路上，只见草原千疮百孔，每平方米草地都寻不到几根草，甚至整年都在刮风沙，沙子打到脸上像刀子一样疼，"就连终年积雪的布青山，都摘掉了'雪帽'。"

玛多人也开始恐慌。

"当时县城里有 15 口水井，只剩 6 口还能打出水，至于乡上的人，得跑到河边凿冰取水"，曲洋才让记忆犹新——媒体报道形容当时的玛多，叫"守着源头没水吃"。

世纪之交，黄河源头出现断流的消息，令举国忧心。国家黄河水利委员会专门派出工作组，远赴青海玛多县进行调查，实地监测结果令所有人大惊失色：鄂陵湖出水口竟然断流长达 8 公里，出水量只有每秒 0.001 立方米。

有关部门深入调查后进一步发现：到 2004 年，作为黄河源头蓄水池的玛多，全县湖泊数已经从 4077 个锐减到了 1800 个。

一切都在萎缩，也包括牧民的腰包——草场大面积退化后，畜牧业也随之大幅度减产，玛多县牧民人均收入不增反降，个别人的收入水平甚至倒退到 20 年前。全国首富县不仅风光不再，甚至沦为了国家级贫困县。

藏族有一句谚语：空中的飞鸟有鸟规，地下的昆虫有虫则，中间的人世有人法。人如果不敬畏自然，自然的"报复"会毫不留情。

2007年，尔杰仁增怀揣安家费，拉扯着妻女，搬离了鄂陵湖，住到玛多县城。与世代牧户身份诀别时，他头上顶的帽子并不好听：生态难民。

鉴于当时三江源生态形势之严峻，从2005年起，国家投资75亿元正式启动了三江源生态保护和建设一期工程，对中华水塔进行人工干预、应急保护，治理时间长达十年。

青海在环境倒逼下开始了铁腕治理，对包括玛多在内的三江源地区全面实施沙化治理、禁牧封育、退牧还草、移民搬迁、湿地保护、人工增雨、工程灭鼠等项目。

这是一场绝地反击，事关河运，更关乎国运。

玛多全县可利用草场有3378万亩，当时对其中2511万亩退化草场全部实行禁牧，占到总量的四分之三。剩下的四分之一可用草场，按照草畜平衡原则，对不超载放牧予以奖补。

对牧民来说，草场就像农民的土地，是最基本的生产资料。随着草场退化，原本生活就难以为继，如今禁牧封育后，更是生计无着。于是，易地搬迁成为唯一的选择。

像尔杰仁增一样，黄河源头启动了有史以来最大规模的移民。政府发放安家费，按照自愿原则，先后有585户2334人搬迁到外地州县，甚至有人远涉西藏四川投亲靠友。

特别是位于黄河源头保护核心区的扎陵湖乡、黄河乡，移民人口占到了当地总人口的近一半。曲洋才让当时就担任黄河乡副乡长，亲历了这场河源大移民，用他的话来形容，叫作"十帐五空"——何其悲怆！

为了生态环保，黄河第一水电站已经停用

从首富县到贫困县，从千湖美景到千疮百孔，从田园牧歌到生态难民，人与自然冲突的结果写在玛多大起大落的发展抛物线上，令人感慨万千。

如何理解发展与保护的关系？怎样掂量金山银山与绿水青山？玛多的前车之鉴，实乃后事之师。

十年治理，效果如何？

我印象里，玛多一直是媒体报道的宠儿——因其故事跌宕起伏，也因其变化立竿见影。

在青海工作期间，我曾于2018年、2019年、2020年连续三年到访玛多，分别在夏季、秋季和冬季登上过海拔4610米的牛头碑，见识了扎陵湖、鄂陵湖不同时节的风貌。

而不变的感受是：姊妹湖水量巨大。

从牛头碑上俯瞰，碧波万顷间，双湖都是一眼望不到边；下到湖水旁，大湖因引力作用，产生着一波接一波"湖浪"，拍打到岸上，令人有一种站在海边的错觉；至于湖水的颜色，赶

鄂陵湖碧波浩渺

上晴天时,泛着翡翠般的碧绿,可见水质极佳。

我很幸运:有两次,从县城去往牛头碑的路上,天色还是阴沉沉的;可一到姊妹湖边,顿时云开日出、晴空万里,在耀眼的阳光照射下,黄河源头展现出极富层次的湖光山色。这份美,我很难用言语去形容,静静坐在鄂陵湖边,心境便如湖水般清澄。

万里黄河的零公里起点

想起了海子的那句诗:"面对大河,我无限敬畏。"更何况,眼前是大河之源。

变化的,则是出没于不同季节的生灵。

夏季,处处是斑头雁、鸬鹚在湖边嬉戏;秋季草枯了,地上的野生动物再无处遁形,藏原羚、藏野驴成群结队,好一派"万类霜天竞自由"。

玛多,重生了。

站在鄂陵湖出水口,或者叫万里黄河的零公里起点,今天的人们已经很难想象,眼前浩浩汤汤的绿色长河,竟然在本世纪初干涸到枯竭。

据最新统计,玛多全县湖泊数已达 5849 个,不仅千湖美景重现,而且达到历史最高水平——那个黄河源头蓄水池,回来了。

三江源国家公园的朋友还告诉我一组数据:经过十年艰辛的治理,到 2015 年,三江源地区各类草地产草量提高了 30%,百万亩黑土滩治理区植被覆盖度由不到 20% 增至 80% 以上;水资源量则增加近 80 亿立方米,相当于 560 个西湖——三江源也迎来了新生。

以上这些,都是肉眼可见的改观。在我看来,还有更深刻的变革在发生。

2019 年,我第二次到访玛多,是参与人民日报社组织的一场行走万里黄河大型融媒体采访活动。从牛头碑出发,我们采访团队顺流而下,足迹遍及黄河流域 9 个省份、30 个地市、50 多个县区,走了 37 天才抵达位于山东东营的黄河入海口,行程超过 7000 公里——搞这么大阵仗,是因为当年 9 月,习近平总书记在河南郑州召开了一场座谈会,提出了"黄河流域生态保护和高质量发展"的新蓝图,并将其上升为国家战略。

座谈会刚刚开完,我们采访团就上路了,用沿途的所见所闻第一时间为黄河保护和发展建言献策。

目前,国家层面制定的区域发展战略,共有九个:西部大开发、东北振兴、中部崛起、东部率先发展、京津冀协同发展、长江经济带发展、粤港澳大湾区建设、长三角一体化发展,以及黄河流域生态保护和高质量发展。

把黄河治理上升到国家战略的高度,这是史无前例的,也是独具慧眼的。作为黄河源头的青海,能够被纳入国家战略大棋局,无疑也是幸运的。未来,青海对这条母亲河的认知、对流域的保护力度和方式、对引导沿黄各族群众谋求高质量发展,也必将随之迈向更高的层次——这是我所谓"更深刻的变革"。

身为工作在源头省的分社记者,我也是幸运的,得以加入采访团队并担纲主力,走遍了万里黄河的角角落落——这种扎下去的深度行走,对媒体人来说是极其宝贵和难得的经历。

不妨说,从牛头碑行走到入海口的那37天,既是我身为喝着黄河水长大的北方人,对于母亲河的一场朝圣之旅;也是我作为长期把目光聚焦于"黄河边中国"的记者,为触摸吾土吾民新时代的发展脉搏,到大河上下求索的一场奥德赛。

如今回首,玛多走过的路,颇具一种象征意义:过去40年,中国各地都走过了一条从先开发后治理,到保护与发展并重,再到绿水青山就是金山银山的认识变化过程。玛多之治,是黄河的缩影;黄河之治,何尝不是中国的缩影?

从这个意义来理解,如果编写一本中国生态文明发展史,玛多定是可以列进去的经典案例。

这个教案的故事,还没有完。

在大河之源，读懂国家公园

"三江源国家公园的门在哪里？"

在黄河源头做直播时，后台曾有一位网友这样问。

我有点儿哭笑不得——说出来会吓人一跳，三江源国家公园的面积超过 12 万平方公里，跟福建省差不多大。

福建省有"门"吗？

但提问者的逻辑也没毛病：既然叫"公园"，就该有个门。

青海高原广大、三江源远流长，但这一切都不是我们大多数人所熟悉的日常生活体验。网友犯的并非常识性错误，而是三江源超出了常识。也可见，公众对青海、对国家公园仍然陌生。这种认知上的距离，有时候比地理上的距离还大。

不妨，让我们由浅入深、抽丝剥茧：先把三江源捋清楚。

长江、黄河、澜沧江三条大江大河在青海省发源及流经之地，都属于三江源地区，都需要最严格的水源保护。

这个范围就很大了。根据国家印发的《青海三江源生态保护和建设二期工程规划》，三江源地区涵盖了青海省玉树、果洛、黄南、海南 4 个州的 21 个县市以及格尔木市的唐古拉山镇，面积达 39.5 万平方公里。这些水源地贡献了黄河总水量的一半、长江的四分之一、澜沧江的 15%，是为"中华水塔"的来历。

特别是对黄河而言，青海的生态涵养作用极其突出而重大。不夸张地说，一盆黄河水里，就有半盆来自青海。

然而，三江源地区面积如此广阔，又涉及这么多州县，就给保护提出了难题。

过去 20 多年来，三江源地区陆续建立起了自然保护区、森林公园、湿地公园、地质公园、水利风景区、自然遗产地等各类各级保护地，在历史上发挥过重要作用。

然而，其中也隐藏着体制性弊端：采访时，有人给我找出三江源保护区划图，只见各类保护地星罗棋布、犬牙交错。为了醒目，区划图只能被标得五颜六色、花花绿绿。

"说实话，看见这地图，我们都犯晕！"保护人员坦言。

上有林业、环保、国土、水利等各个条线，下有4州21县等各个区块，制度设计的一个必然结果就是：谁都在管，谁都管不全，谁都管不到底。

这种条块分割、政出多门的传统治理体系，被人们形容为"九龙治水"。把这个词用在三江源保护上，尤其贴切。

本世纪初，受气候、长期超载放牧等因素影响，三江源地区生态环境一度恶化。于是在2005年，国家紧急启动了三江源生态保护和建设一期工程，开启了生态治理的绝地反击。

工程落地，先得统筹好"九龙"。青海当时专门成立了省三江源生态保护建设办公室（当地简称"三江源办"），作为各个条块的总协调。事后看，这种"三江源办"一块牌子协调抓总的制度设计，恰恰成为后来国家公园体制的雏形。

2005年秋天，时任玉树州委常委、囊谦县委书记的李晓南临危受命，出任了青海省"三江源办"专职副主任，即具体负责人。

履新之初，他整整三天没上班。"一直躲在家里，把工程规划来来回回研究了七八遍"，多年后，当我采访李晓南时，他向我直言不讳当时所承受的巨大压力，"如果不理出个头绪，我这个协调部门咋干？别人来谈工作我咋回答？"

白手起家的"三江源办"，面对的却是一个烫手山芋、庞然大物——

对三江源治理，李晓南总结出来"三多"：第一，地区多，工程实施范围涵盖4州之广，涉及几十万平方公里，这样的治理规模世界罕见；第二，治理项目多，包括退牧还草、水土保持等22项工程1041个子项目；第三，牵涉部门多，项目又要归口到省发改、农牧、林业、环保、科技、财政等各个厅局。

那时，李晓南经过三天面壁苦思，终于抓住了问题的牛鼻子："一句话，上头有各个厅局，下头有各级州县，我这个协调部门如果不把分散在各级各部门的职能整合起来，三江源治理项目就无法落地。"

面壁图破壁：后来，李晓南先后制订8个三江源工程建设管理办法和细则，从项目组织、资金管理、检查验收各个方面实行统一领导、统一协调，最终确保了一期工程顺利实施。

采访中，当李晓南向我讲起这段往事时，我心中豁然一亮：当年为推进工程而进行的职能整合尝试，已可见国家公园体制的影子；职能整合背后的动因，更可见国家公园体制的初心。

一期工程实施十年后的2015年，三江源水资源量增加了近80亿立方米，相当于560个西湖，效果显著。

2015年底，还有另一则新闻，更令三江源为世人瞩目：中央全面深化改革领导小组审议通过了三江源国家公园体制试点方案——三江源成为我国第一个国家公园体制试点。

既然十年治理成效明显，为何还要搞国家公园？这就问到了体制试点的初衷所在——在前期的成功基础上，进一步探索破解"九龙治水"，开创一种全新的治理体系。

2016年，曾经的"三江源办"总协调人李晓南，履新了三江源国家公园管理局首任局长。

按照试点规划，三江源于2015年底前启动试点工作，2016年4月前形成"实施方案"，年内取得实质性进展。2017年总体形象基本形成，2020年全面完成国家公园改革目标任务。

牧民管护员在鄂陵湖边巡护

　　没有现成的模式和经验，头一个"螃蟹"怎么吃，全靠自己先行先试。

　　青海是这样摸索的：

　　先说试点范围，聚焦到三江源的最核心区域：长江源所在玉树州治多县、曲麻莱县，黄河源所在果洛州玛多县，澜沧江源所在玉树州杂多县，涉及4县12个乡镇53个村，17211户牧民72074人，试点面积12.31万平方公里。

　　再说制度创新，这是国家公园体制改革的核心精神所在：

　　省上成立三江源国家公园管理局，其下组建长江源、黄河源、澜沧江源三个园区管委会，对上述4县进行大部门制改革，将国土、环保、水利、林业等县级主管部门一体纳入管委会，整合下设为生态环境和自然资源管理局，同时县森林公安、国土执法、环境执法、草原监理、渔政执法等执法机构，也整合成管委会下资源环境执法局一家。

　　这意味着，生态治理统归国家公园，其他社会管理职能仍归地方政府。用国家公园这一块牌子、一套人马将三江源管全、管到底。

　　显然，李晓南奉行的是"拿来主义"，他把之前推进工程时统一领导、统一协调的成功经验多多少少复制了过来。

改革成效如何？让我们看看治理难度最大、矛盾最集中的玛多的变化——

2016年，李才让措换了新身份：三江源国家公园黄河源园区管委会资源环境执法局执法大队副队长。

这位队长"权力大"：草原监理、国土执法、环境执法、渔政执法等，都归她管。

过去，李才让措在草原监理站，"草原监督执法、打击破坏草场行为是我的职责，而国土执法管的是土地、矿产，打击非法占地、盗采是国土的事儿，水污染有环保执法，水土保持有水利执法，非法捕捞河湖里的湟鱼又是渔政执法管，这些部门各自对接上级系统的工作，谁也不会'越界'。"

这却让群众犯了难。玛多地广人稀，许多盗采、盗猎案件线索都来自于牧民的举报，可老百姓搞不清政府执法部门的分工，一概都打110，然后公安系统再根据举报内容向相关部门移交，很多案件又不是一家能处理得了，比如盗采、矿产，草场破坏了，水也污染了，必须公安、国土、农牧、环保几家出动才行，否则掰扯不清楚，往往造成执法效率低、证据抓不到。

如今，随着三江源国家公园黄河源园区管委会的组建，玛多县森林公安、国土执法、环境执法、草原监理、渔政执法等执法机构整合成管委会下的资源环境执法局一家，李才让措当上了执法大队副队长。

这不，大部门制改革不到一个月，李才让措就破获了一桩盗采砂金大案：

接到牧民举报，玛多县花石峡镇吉日迈村深山处的河道金窝子，有不明人员在采金。再没有知会其他部门联合办案的繁琐，李才让措当即带领执法大队人员赶赴现场。该村距离县城100公里，村里到案发地还有十几公里，而且不通路，过去得四五个小时，如果按照往常的执法效率，可能"黄花菜都凉了"。

第一时间赶到案发地，执法大队的快速出动将非法采金者打了个措手不及，一干人等被迫仓皇逃窜，将挖掘机器、采金船、翻斗车等作案工具全部遗留现场。李才让措和同事们赶到时，作案人员帐篷的火还烧着，被窝都是热的，而且全部行李也都没来得及带走，行李中还找到了"金把头"身份证，随即将赃物移交公安，立即就锁定了嫌疑人信息，很快将这批非法采金者全部抓获。

黄河源园区管委会资源环境执法局成立不到一年半，就查处了31起案件，执法效率大大提高。

2021年10月，三江源国家公园正式设立。回头梳理，从2015年底试点启动以来，三江源这场大部门制改革，交出了如

玛多县草原上的秃鹫

下成绩单：

不新增行政事业编制，从省、州、县相关机构调整划转编制 409 名，连人带编划转三江源国家公园管理机构；园区所在县政府组成部门由原来的 20 个左右统一精简为 15 个；三江源国家公园内执法机关共查处各类行政案件 394 起、刑事案件 4 起，违法行为查处率 100%。

国家公园的工作千头万绪，包括生态治理、监督管护、特许经营、科技合作等很多触角。但透过现象看本质，作为首个国家公园体制试点，青海三江源最突出的贡献就是创新了管理体制：将"九龙治水"的传统治理体系，改革为国家公园一块牌子管到底的新格局。

数次采访后我还发现，这种"一龙治水"的制度设计理念，已经贯彻到三江源国家公园建设的方方面面，可谓"一以贯之"——

一种类型整合：打破三江源国家公园内原有 6 类 15 个保护地人为分割、各自为政、互不融通的体制弊端，进行功能重组、优化整合，重新科学合理确定功能分区，为实行集中统一管理创造条件。

一套制度治理：制定颁布《三江源国家公园条例（试行）》，起草编制《三江源国家公园总体规划》，同时印发了三江源国家公园科研科普、生态管护公益岗位、特许经营、社会捐赠、志愿者管理、访客管理、国际合作交流、环境教育等管理办法，形成以中央 9 号文件为引领、以若干文件为配套的"1+N"政策制度体系。

一体系统监测：按照统一监测规划、统一基础站点、统一标准规范等要求，建立"天空地一体化"生态环境监测体系。

……

以上不断改革完善的全新治理体系，其核心落脚点就是促使治理效率愈趋最大化、治理能力愈趋集约化——党的十九届四中全会提出"推进国家治理体系和治理能力现代化"，就"现代"在这里。

青海对于国家公园体制试点的理解与实践，与国家顶层设计的思路也保持着一致。

目前，国家层面最权威的表述，是2019年6月中办、国办印发的《关于建立以国家公园为主体的自然保护地体系的指导意见》。

何为国家公园？《意见》说得很清楚："以保护具有国家代表性的自然生态系统为主要目的，实现自然资源科学保护和合理利用的特定陆域或海域，是我国自然生态系统中最重要、自然景观最独特、自然遗产最精华、生物多样性最富集的部分，保护范围大，生态过程完整，具有全球价值、国家象征，国民认同度高。"

来自三江源的基层经验与智慧，为国家公园建设打造了微观的"样板间"，这种"样板间"将来会被更多地方复制——《意见》中明确，我国自然保护地未来将按生态价值和保护强度高低依次分为国家公园、自然保护区、自然公园三类。确立国家公园的首要、主导、主体地位。国家公园建立后，在相同区域一律不再保留或设立其他自然保护地类型。

也就是说，国家公园未来将成为我国对自然保护地的最高配置。

这将是一场前所未有的深层次变革，不少自然保护地或将面临重构，"国字号"的顶配设计背后是我国生态文明建设在制度层面的提档升级。改革和创新不会停步，只会步入更广范围、更深领域、更高质量。

国家公园体制作为一种舶来品,就在这样的过程中完成着中国化的探索。

如果拿三江源与美国黄石国家公园比较,就能看出何为"中国特色":

最简单的,三江源国家公园试点范围的面积,是黄石的13倍,治理对象并不在一个量级上,其探索过程也就不能照搬黄石经验,"大脚穿小鞋"。

还有,黄石是真正意义上的"公园",那里没有人间的烟火和苦乐。而我国探索国家公园体制试点,即便是在地广人稀的三江源,也必须面对和解决草畜平衡过程中七万多名牧民靠啥吃饭的现实难题,对此当地探索出了一户一岗的生态管护员制度,让牧民从生态利用者转变为生态保护者。既要"拿来主义",又要因地制宜,才能开创人与自然和谐共生的中国特色生态保护新格局,这也是国家公园试点的底色与情怀。

再比如,没有人的黄石就不需要发展,而三江源却要时时调适发展与保护间的精细平衡。黄河源头扎陵湖鄂陵湖对外限制开放,年保玉则景区永久关闭——最美景色藏之深山,三江源国家公园看似"锦衣夜行"之举,却是坚持生态保护优先不动摇的生态留白。这份取舍与担当,短期看吃了一时亏,却在为未来增色万千。

特别是很多干部告诉我,三江源打破"九龙治水"传统治理体系,在改革攻坚中也"动了一些人的蛋糕",毫无疑问是需要担当、勇气和智慧的。

改革正走向深入。2019年,李晓南履新了青海省林草局局长,由国家林草局、青海省政府合作推动的"青海国家公园示范省建设"在徐徐铺开。这意味着,三江源经验将迅速在青海全省推广。

据我了解,除了三江源、祁连山国家公园外,青海已经在推进青海湖国家公园、昆仑山国家公园的前期建设,未来两三年内就能见到成效。届时,青海省内将有大面积区域都纳入国家公园的版图。

我在青海工作这几年,有一个深刻感受:经济社会文化发展相对滞后的青海,经常扮演着向兄弟省份取经看齐的角色,如今却在国家公园建设上当仁不让地贡献出"青海方案",经验凝结成一句话:

最大的变化在改革,最深的动力在创新。

体制性冲突正在化解,人与自然的关系也在重新定位。

放下牧鞭、领上工资,黄河源园区2559名生态管护员的名单上,有尔杰仁增的名字。当年,他带着家人被迫搬迁离开了祖祖辈辈生长于斯的黄河源头,现在他又回到了故里,并且是以生态管护员的新身份——他骄傲地展示他的红袖章:"这是总书记让发的呢!"

姊妹湖畔熟识的一草一木,如今是他笔下的监测数据,还要严防盗猎盗采。他的手机摄影水平越来越高,"拍到不少藏原羚、藏野驴、斑头雁呢!"护林员有微信群,尔杰仁增拍到珍稀动物就上传。

巡守在黄河源头的生态管护员

户均一岗全覆盖,尔杰仁增拿着工资守护黄河源,昔日的河源生态索取者,成了生态守护者,分享生态红利。

一个多世纪以前，美国建设黄石国家公园时，曾将原住民印第安人悉数清出。几年前，黄石国家公园园长保尔森·史蒂芬考察三江源，当他看到玛多的藏族同胞与雪山草原相生相依时，由衷地赞叹："中国智慧成就了'世界杰出的国家公园'。"

人与长河，在这里达成和解。

从阿尼玛卿、年保玉则走过

写小说，给人物取名乃一大难关。

最成功者莫过《红楼梦》，光取名的讲究就能另写一本厚书。木心想象，"曹大师曾经大排名单，改来改去，热闹极了，托尔斯泰、巴尔扎克、福楼拜、司汤达看了，一定大吃其醋。"

起地名也极讲究。若论平均水准，我觉得青海地名最美者，当属蒙古语音译那一派，如柴达木、德令哈、格尔木、香日德、诺木洪，大气简约，朗朗上口，吐气生香，过目不忘。

其次，则属"拟古派"——以汉语定名，借古诗文典故，取安定统一、海内升平之意，典雅却不食古，平浅而又意远，也很好。

比如，海东市的乐都区，取《诗经》中"适彼乐土"之意；民和回族土族自治县，取"政通民和"之意；循化撒拉族自治县，取"因循德化"之意。

还有海北州州府海晏县，自是祈盼"海晏河清"；黄南州州府同仁市，既可解读为"同行仁德"，也有"一视同仁"的意思；海南州州府共和县，取"五族共和"之意，另有文化重镇贵德县，其名取自老子《道德经》"万物莫不尊道而贵德"；果洛州的久治县，则取"长治久安"的寓意。

越是多民族聚居地区，许多地名越是寄托着"开化和平"的理念。我没有仔细考证过这些地名的来历，但背后都透着浓厚的文化底蕴，应当有些年头了。

第三，应属藏语音译的一众地名。根据译法的"信达雅"标准，这类音译地名信则有之，达则令人难免不知所云。

比如，治多、玛多、杂多，分别是藏语里三条江河源头的发音，但若不详加解说，恐怕初识者也会如坠云里雾里。至于泽库、达日、甘德、囊谦之类，光看音译之名，更是实难想象其原意。偶有出人意表者，比如玉树，译得极好，但你可能想到它的藏语原意竟是"遗迹"吗？

再说到果洛。黄河告别"蓄水池"玛多后，一直在果洛藏族自治州内流淌，途经玛沁、达日、甘德、久治四县后，暂时出了青海的地界。

"果洛"何意？有说是"反败为胜的头人"，因当地首领在部落争斗中反败为胜而得名。可我总觉得这个含义过于复杂了，以至于"果洛"的名气甚至还不如当地的两座神山广为人知——

阿尼玛卿、年保玉则，名字就美得超凡脱俗，亦属音译派中的神来之笔。黄河从雪山下走过，这里发生的故事同样精彩。

青海有"青南三州"的说法，指的是本省南部黄南、果洛、玉树州三个环境相对恶劣、发展相对滞后的地区。在这"黄果树"中，又以果洛州发展最滞后——

黄南州北接西宁市、海东市，随着高速的开通，从州府所在地同仁市到省会西宁不过两个小时车程，具备一定的区位优势；

玉树州虽然地处青海最南部，但玉树、杂多等河谷地带小气候优良，相对适宜人居，特别是过去十年伴随着灾后重建，玉树很多地区的县城面貌焕然一新；

被黄南和玉树夹在中间的果洛反而最尴尬：区位条件不突出，气候也比较恶劣，不仅城乡面貌落后，而且常住人口稀少，全州加在一起不过20万人，只有玉树州的一半。直到2017年，果洛州的个别县乡才彻底消除无电区域，实现了大电网供电——记得当时初到青海工作的我，听到这则新闻时也是吃了一惊。

经常有朋友问我，如今的青海发展得怎么样？

我接触过青海的许多侧面，可以从经济、文化、社会、生态等很多角度，去回答朋友们的好奇。

但，一个有责任感的记者，不能仅把镜头对焦在高光的天花板，而应把笔端也瞄向不为人瞩目的洼地。青海未来能走多高，恐怕难以限量；但它站在哪里，看果洛就知道了。

按照"木桶效应""短板理论"，看一个地方的发展，需留意最不起眼处。

我曾在果洛州甘德县青珍乡卫生院蹲点采访过一个礼拜，期间所见所闻，都加深了我对藏乡大地的认知，也都是外界难以想见的别一番生活。个中艰辛，当我从玛多县顺流而下，走到阿尼玛卿雪山脚下时，亦格外有感触。

藏传佛教有四大神山之说，其中两座在青海：青海果洛州的阿尼玛卿、玉树州的尕朵觉沃，西藏阿里的冈仁波齐，云南迪庆的梅里雪山。

阿尼玛卿，就坐落在果洛州府玛沁县不远处，天气晴朗的时候从县城里就能望到。雪山脚下有座雪山乡，是平均海拔超过4000米的深山峡谷地区，如今已经通了高速公路，然而当年曾是整个果洛州最后解放、玛沁县唯一不通公路的落后地区。

高速公路途经阿尼玛卿

20世纪70年代，从这里到州府玛沁的86公里路，雪山乡牧民要途经九牛峡谷，走上整整7天时间。

何为九牛峡谷？据说是在解放前，雪山乡人为通往外界，给淘金人送了9头乳牛作为报酬，在峡谷内修建了一条长约20公里的羊肠小道。

就是在这样一条仅供一人牵着牛或马通过的崎岖山路上，人们行走在几近60度的斜坡间，发生过多次牲畜跌落峡谷的事件，也有危重病人因未能及时就医死亡的。修建一条通往外界的公路，成了雪山乡祖祖辈辈藏族牧民迫切的愿望。

1973年9月，一位来自山西、参加过抗美援朝的老兵陶振华来到这里担任书记，在见识了路途的险峻后，他下定决心：一定要为牧民们修建一条通往外界的公路，让汽车开进雪山乡。

没有资金、没有设备、没有技术，但陶振华相信人心齐泰山移，他走访游说了全乡900多户人家。在他的鼓舞下，有40多名身强体健的年轻牧民放下了牧鞭、丢下了牲畜、拿起了铁锹，开始了长达4年的修路生涯。

被陶振华的志向所打动的，不仅是藏族牧民，甚至还有与雪山乡毫无瓜葛的人。

臧建文，一个正好来到雪山乡承接木工活儿的河北籍木匠，也被陶振华动员到了修路队，充当技术人员。"三个臭皮匠顶个诸葛亮"，他们起早贪黑，将57公里的公路一步一步、一丈一丈设计出来。

在弯急坡陡的贡垭口，他们发明了一个土办法，把木头按照卡车比例扎成一个长方形的框子，由四个人抬上在转弯处按汽车转弯的样子走一遍，以此来确定道路弯度。

为保证顺利修通公路，修路队开动脑筋，克服了一个又一个困难：土方石需求量大，乡镇拿不出钱，他们便勒紧裤腰带，用自己的口粮来换取；没有水泥，他们便自建石灰窑，烧出石灰后换水泥。

1976年冬天，路修到了九牛峡谷，必须利用炸药在悬崖峭壁上开山凿石才能拓宽公路，可一个乡镇哪里有炸药呢？陶振华做了一个大胆的决定——自制炸药。他运用在当工兵时学到的技术，在"一硝二磺三木炭"的启示下，终于试制成功。1977年春夏之际，九牛峡谷里响起了自制土炸药的爆破声，陶振华带领修路队员悬吊在峡谷近90度的崖壁上，用钢钎和铁锤砸下一个又一个炮眼，硬是在湍急的河道上、陡峭的悬崖上将公路延伸了出去。

人活着是需要点精神的。一个籍贯山西的退伍老兵，一个来自河北的木匠师傅，40多位过去只知道放牛羊的藏族牧民，为着雪山乡人共同的崇高信念走到了一起，正所谓"德不孤必有邻"。

修路队的艰辛，雪山乡牧民群众看在眼里。他们把最肥的牛羊、最下奶的奶牛、最美味的酥油曲拉、最健壮的马队都提供给了修路队，让开路先锋从未担心过是否会饿肚子。

经过近三年的努力，公路基本成形，眼看胜利在望，但要在河流交汇口上架梁建桥这个大难题又挡在了面前。

坚固的水泥桥不敢奢求,只能就地取材搭建简易木桥。冬天河流封冻,修路队七人一组,脚踩臧建文发明的"脚齿",白天拉运木材,夜晚在山坡背风处睡觉。经过整个冬季,累计运送了500多方的圆木,这个效率也是惊人的。

冬去春来,修路队员们跳入冰冷的河水中,用血肉之躯筑起人墙,暂缓湍急的水流,帮助其他队员架起了5座简易木桥。

1978年10月1日这天,公路全部竣工,汽车真正开进了雪山乡。从雪山乡到州府玛沁,原来七天的路缩短为一天。我采访过很多特殊年代里筑就的特殊工程,种种"战天斗地"的奇迹,并非完全靠"人定胜天""迎难而上"的信念用铁锹就能挥就,当然也要尊重客观规律、善于找到办法。但我想,如果没有信念的力量,缺乏资金、设备和技术的雪山乡人,又如何实现在今天看来不可思议的超级工程?

后来随着高速的通车,这段路程已经缩短到一小时。老路走的人少了,然而雪山乡人不曾忘记,这条属于他们的"天路",是团结、勇气和智慧换来的奇迹。

36年后的2014年,得知陶振华逝世的消息后,雪山乡藏族牧民自发为这位老书记打造了半身雕像,树在山脚下,永远注视着阿尼玛卿——没有比人更高的山,山至高处人为峰。

黄河从玛沁、达日、甘德三县间波澜不惊地流过,在即将告别青海的最后一站久治县,却留下了绝美的惊鸿一瞥——年保玉则。

久治县,位于青甘川三省交界地带,是青海年降水量最为丰沛的地区。和阿尼玛卿一样,年保玉则也被藏族牧民视为神山,主峰海拔有5369米,既是巴颜喀拉山脉的最高峰,也是黄河上游重要的水源涵养区。

我到达年保玉则时正是清早，快步走向湖畔，只见深秋的暖阳将年保玉则镀上一层金色，仙女湖湖水幽蓝静谧，如一颗硕大的蓝宝石，莲花般的雪山倒影泊在湖面。

这幅倒影，经常占据各类青海旅游图册的封面。年保玉则之美，美在山水相得益彰、空灵神秀，最妙者当在七八月首尾，仙女湖边花开草长的季节，偏巧夜里再来一场雨，次朝天明时给群山披上银白色的素装，则当为年保玉则极致之美，无怪乎此地被称为"天神后花园"——不过，想欣赏湖水里的雪山倒影，定要赶在静谧的清早，一旦起风后吹乱了涟漪，就再难觅此美景了。

年保玉则雪山的融水，汇成了仙女湖，湖水又向北流成了水系，直至汇入黄河。这里是黄河源头的核心区域，很早就被纳入三江源自然保护区范围，2003年升级为国家级自然保护区，2005年又被评为国家地质公园。这样的保护规格，决定了它从来不应是景区。

从2006到2018年，为了经济发展，当地政府对年保玉则搞起了旅游开发，大量游人涌入这座天神后花园，一些人乱丢垃圾、违规穿越，草场被践踏，违规摊点建筑物不断增多。

天神后花园，岂容染尘？

2017年环保督察就发现青海自然保护区违规旅游开发问题突出，而生态修复进展迟缓。年保玉则景区随后被关停，与它同时关闭的还有青海湖鸟岛、沙岛等景区。

我到访年保玉则已是2019年，只见原有的木栈道等旅游设施均已拆除，曾经喧闹的仙女湖边不见游人。除了我们采访团一行，唯有一片片五彩经幡，在雪山下的草甸猎猎舞动。一切重归天然，仿佛从来不曾有人扰动。

年保玉则的倒影

保护区门口，驶来一辆汽车，应该是自驾游客，不过很快便被管理人员劝离。曾经试图以旅游开发为经济抓手的久治县，正在尽最大努力恢复生态，让年保玉则重回人间秘境。

高原冰川生态脆弱，停止开放以来，年保玉则终于能喘口气了，生态环境明显改善。到了夏天，花海更盛，珍稀动物多了起来，湖里的湟鱼黑压压一片。

天神后花园复归宁静，很多人的生活因此改变。

曲智带领的马队，像往常一样进山巡逻。如今，作为地处保护区的索乎日麻村藏族牧民，他和其他53人添了新身份：生态管护员。

"我们分成七个组，每个月巡护三四次，每次骑马走下来要两三天，调查、记录保护区内的野生动植物等生态资源，同时及时发现、打击盗猎盗采等违法活动"，年保玉则的一草一木，对曲智而言已如数家珍。

藏族牧民都是马背上的好汉。沿着湖畔的陡坡行进，穿梭在山巅的云海间……曲智向我展示着他们拍下的巡线照片：雪豹、野牦牛、岩羊、白唇鹿、黑熊——与珍稀野生动物的邂逅已然是寻常。

索乎日麻村村支书格日加也是生态管护员，跟我聊起家乡的物产同样语带自豪，"虫草、藏红花、大黄……山里都是宝"，而每年4-8月高原丰收的季节，也是他最紧张的时候，因为除了自家草山上的虫草可以由牧民采挖之外，其他药材都不能随便挖，守护好一草一木就是守护牧民们自己的家园。

他们，才是山山水水的主人。与自然和谐共生者，才配享有这座最美后花园。

向水而生，沿黄儿女的致富多重奏

每条河流都在书写。

而当大河挥毫，每一处笔弯都气象万千。

黄河就是这样的书者。它的变化之多，被形容为"九曲十八弯"：

这里面，有著名的"几"字形那不经意的一撇，撇出了"黄河九曲十八弯、富了宁夏中卫川"的塞上江南；

还有在内蒙古河口镇的那一横折，折出了晋陕峡谷的万仞千锋，也积蓄着笔力，直至壶口瀑布的咆哮狂泻；

再到和华山碰撞出的那个弯钩，弯出了潼关的"峰峦如聚、波涛如怒"，更弯出了中华民族璀璨文明的摇篮……

这就是黄河。作为"临帖者"的我，亦步亦趋地循着它的笔意，告别巴颜喀拉山最高峰所在的年保玉则，出青海久治、过甘肃玛曲，来到了四川若尔盖。在这里的唐克镇，我目睹了这位伟大书者第一处巨大笔弯的遒劲苍浑。

这里是黄河九曲第一湾，地处青甘川三省交界、若尔盖大草原腹心。向东南流淌的河道在这里杀了个180度的"回马枪"，掉头返回了西北。

登高俯瞰，曲折的黄河和支流白河将唐克草原分割成无数河州、小岛，水鸟翔集，澄河蜿蜒曲折，如风吹衣袂、彩练当空。游人驻足，纷纷领略"秋水共长天一色"的壮美，感悟人生长河奔腾的壮歌。

我不禁浮想联翩：感谢造物的雄奇，令向东南而下的黄河"回心转意"，才让中国北方拥有了属于自己的大河，也才有了孕育中华文明两大水系的分野。

四川若尔盖的九曲黄河第一湾

　　掉头回来的黄河，在青海境内向西北而行，成了果洛藏族自治州与黄南藏族自治州的天然分界线。

　　黄南州州府同仁市，就坐落在黄河的支流隆务河边，县城所在的集镇名为隆务镇，集镇中央的庙宇名为隆务寺。

　　作为青海唯一一座国家级历史文化名城，同仁是热贡艺术的发祥地，被誉为藏族画家之乡，画家们最精美的作品便是唐卡。

　　过去，唐卡是供奉在寺庙里的宗教卷轴画，只食香火，远离烟火；如今，唐卡之乡的人们转变思路，让宗教绘画艺术也"降福"人间，成为一项因地制宜的特色产业，帮助贫困群众脱贫致富——

　　同仁市龙树画苑，就坐落在隆务河东岸。来得早不如来得巧，我造访之时，恰赶上一场唐卡学员间的婚礼。

　　穿上新藏袍、系上红腰带，一条条哈达挂满了新郎新娘的脖间，载满亲戚朋友们的祝福……新郎桑杰卡，来自同仁市保安镇麻巴村，学画六年，即将出师，去年工资领了近6万元，带动全家人顺利脱贫；新娘朋毛吉，从黄南州尖扎县远赴此地，学的是手艺，画的是希望，更意想不到地收获了美满的爱情。

　　证婚人完德尖措，被两位新人的亲戚们灌了不少酒，满脸通红间，仍然来者不拒——他是龙树画苑的老师，亲眼见证了新郎新娘的成长,也为他们由衷地高兴。完德尖措告诉我,龙树画苑现有员工和学员160多人,其中建档立卡贫困户就有50人。作为老师的他们不仅给贫困户学员传授绘制唐卡的技艺,而且还免费提供食宿,年底还发工资。

龙树画苑只是一个缩影。这几年,伴随国家脱贫攻坚的政策东风,黄南州积极挖掘热贡艺术资源禀赋,抓住产业扶贫这个"牛鼻子",把培育文化产业作为"授人以渔"的重要路径,探索出一条"政府+文化企业+贫困户"的造血模式。

脱贫最难在产业。没有产业,扶贫就成了输血式的"授人以鱼",今天有鱼吃,明天未必有,输血能过活,自己难造血。

可发展什么产业?一定要因地制宜。像同仁这样的唐卡之乡,文化产业自然是不二之选。至于怎么发展,政府未必要撸起袖子自己上阵,还得充分借力文化企业,政府搭台、企业唱戏、贫困户受益,实现多方共赢。

同仁市一处唐卡画院,也是扶贫车间

这不,盛装出席婚礼的一众学员中,我认识了一位23岁的桑吉措——她的普通话尤其流利,这源于她早些年摸爬滚打的经历。

过去由于家庭原因,姥姥、她和弟弟这一家人的生计,都靠母亲一人经营小卖铺勉强维持。前几年,桑吉措一家被识别为建档立卡贫困户。怎么帮助母亲补贴家用、帮助家人摆脱贫困,这个问题一直萦绕在桑吉措心头。她不愿"等靠要",在家里自学唐卡,几年坚持下来竟也打开了一点儿销路,

"可是'照猫画虎',怎么也画不精,更别提卖得上价钱。"

后来,唐卡扶贫车间落地龙树画苑,在扶贫工作队和村委会的推荐下,桑吉措和弟弟成为首批参加培训的学员。

草图、上色、晕染、勾线、开眼……"没有寒暑假,没有礼拜日,一年365天,基本上有310多天都在画画",学画唐卡是门苦活儿,而桑吉措肯吃苦,一笔一线画得一丝不苟。在她的带动下,"弟弟进步也很快。"

完德尖措看在眼里,经过扶贫车间两年的培训,姐弟俩已能领到了4万多元工资。一家人不仅顺利脱贫,而且还在县城买上了新房。

产业不仅靠唐卡。黄南州依托热贡艺术这个独特优势资源,已建成唐卡、堆绣、泥塑、雕刻等4个文化扶贫产业园创作基地,培育了大小文化企业400余家,在此基础上建成文化扶贫车间78家,吸纳了2215名贫困人口稳定就业。

"家家有画室、人人是画师",这句话是对同仁市唐卡产业"遍地开花"最生动的形容。我走访了多个画苑,最大的感触是,"政府+文化企业+贫困户"模式让学历偏低、缺乏劳动技能、欠缺就业渠道的年轻人找到了自己的发展之路,在家门口就近就业的同时,实现了一人学艺,全家致富。

告别果洛州与黄南州之间的广袤草原,流进海南藏族自治州的黄河,猛地跌进了一片峡谷地带,变得奔腾咆哮起来。

这里,是一段落差较大的地质断裂带。可以想象,多少万年前,这条桀骜不驯的巨龙在大山间不管不顾地左突右冲,乃至掘出了一条深深的峡谷,不意为今天的人们发展水利提供了便利条件。

"轰隆隆",水龙咆哮。

借采访的机会,我登上了龙羊峡水电站的大坝,恰好赶上最近一段时间上游来水丰沛，于是泄洪孔道喷涌出近百米高的巨浪，水与光在峡谷间架起了彩虹桥。

最大坝高178米，年均发电量60亿千瓦时，库容247亿立方米……从1976年到1987年，改革开放之初百废待兴的中国，将十万建设大军集结于此，自行设计施工，依靠人拉肩扛，建成了曾代表中国水电工程最高水平的"龙头"，成为承担发电及下游沿黄八省区灌溉、防洪、供水等综合利用任务的"领头羊"。

如今，这座"老龙头"也在转型，新的水光互补技术正让它焕发"第二春"。

从龙羊峡水电站西行50公里，平坦无垠的共和县塔拉滩之上，我被一片光伏"蓝海"震撼着双眼。从高处举目四望，阵列的光伏板四面都望不到边。这片装机容量85万千瓦的光伏电站，已于2015年全部并网发电，从功能上来说，它是龙羊峡水电站的"虚拟水电机组"——怕我们听不懂，这里的负责人力争用通俗易懂的比喻来说明。

龙羊峡水库

原来,他们利用高原充沛的光能资源,把光伏发的电送到龙羊峡水电站,通过水光互补调节技术,将原本随机、波动、间歇的光伏电调整为均衡、优质、安全的稳定电源并送入电网。

让我再翻译一下:

我们平时用的电都是电网输送的,最基本的要求就是稳定,不能一会儿有一会儿没。青海地处高原,光照资源丰富,非常适合光伏发电。但是一直有"卡脖子"问题,就是太阳光源不稳定,赶上个下雨阴天,光伏板发电就受到限制,因此难以保证持续稳定的电力输送。

如今随着技术发展,人们想到可以把光伏发的电送到水源长流不息的水电站来,利用互补调节技术,将光伏电、水电的效率都发挥到最大。

所以,这座距离50公里、建在平地上的光伏电站,实际上就成了龙羊峡水电站的虚拟发电机组。水光互补,两家双赢:我了解到,这座龙羊峡水光互补光伏电站一年可发电14.94亿千瓦时,相当于四分之一个龙羊峡的发电量;龙羊峡水电站的调峰调频性能也随之提高约30%,送出线路年利用小时提高

龙羊峡水光互补光伏电站

近 10%。

除了经济效益，还有生态效益。"对应到火电，相当于一年节约了标煤 18.4 万吨，减少二氧化碳排放 48 万吨。"负责人不无得意地告诉我。而且，这一含金量极高的水光互补技术在全球都属首例，"老龙头"如今蹿升国际"领头羊"。

好一片产业的"蓝海"！

产业升级迭代，人的思想也在革新。

也许，你很难想象：以前，对河谷两岸的青海沿黄儿女来说，千百年来守着黄河没水吃。

原因何在？

我采访中认识的一位藏族汉子加羊索南，他的遭遇就非常典型——

加羊索南一家，世居于黄南州尖扎县自然条件最恶劣、海拔超过 3500 米的羊智村。这个羊智村，就在黄河河谷旁的高山上，从山上能俯瞰黄河，但落差太大，因此看得见黄河喝不上河水。

自古以来，村里的牧民们都是骑着牦牛下山驮水，赶上冬天，就直接到河面上凿冰取水。往返一趟，费时费力，因此村里很多人都是喝井水、窖水，水质无法保证。

加羊索南，生在羊智村，命里带"羊"字，上半辈子一直安安生生当羊倌。谁知天有不测风云，2011 年一场雪灾，家里 80 多头牛羊全冻死了。

上有二老，下有儿女，加羊索南一咬牙，2013 年借了 20 万元贩起虫草生意。可屋漏偏逢连夜雨，他正赶上虫草市场行情下跌，20 万元也赔光了。没脸再见亲戚朋友，加羊索南只好带着媳妇流浪在外，打工还债。

德吉村的黄河景观

改变他命运的,是脱贫攻坚。2015 年,加羊索南一家被定为贫困户,两年后又搬迁到黄河岸边、海拔不到 2000 米的扶贫搬迁安置点德吉村。

"德吉",藏语里是幸福的意思。这个幸福村,是脱贫攻坚中由政府投资完全从无到有新建起的一座移民新村,251 户村民来自尖扎县 7 个乡镇 30 个行政村,其中贫困人口超过 90%。

他们以前居住在海拔 3000 米以上、自然环境恶劣的大山深处,如今搬迁到海拔不足 2000 米、黄河岸边的移民新村,生产生活条件的改变可谓天翻地覆,更为当地发展旅游产业提供了可能。

勤劳的人命里不犯穷。

依托黄河之滨优美的风景资源,已经年过不惑的加羊索南也像拧上了发条,通过技能培训,在移民村的新家里开起农家乐,又是做藏餐,又是搞民宿,屋内外窗明几净、酥油飘香,还在全村率先学会了说普通话,积极从牧民转型做服务员,第一年年收入就达到五万多,"欠债一还完,接着奔小康。"

藏族汉子下厨,手艺不得不服。在加羊索南家里,我们自掏腰包品尝了他做的藏餐。酸奶、糌粑、手抓、血肠,加羊索南样样精通,尤擅阿卡包子,最受大家欢迎。

加羊索南开起了农家乐

旺季时,加羊索南的农家乐一个月就能接待数百人,接待人次和服务口碑都在德吉全村排第一。黄河边的这座"度假村",全村旅游年收入已经突破500万元。

更大的改变是生活。

以前离县城47公里,搬下来后只剩7公里,加羊索南的儿女如今都到县里上高中了,下一代的教育问题也有了保障。

我见到加羊索南时,据他自己说,他比搬迁前已经胖了30斤——心宽体胖,幸福之谓。曾经牧家苦,如今农家乐。

从不食烟火的宗教艺术,到造福人间的文化产业;从单一的因水兴利,到复合的水光互补;从望水兴叹,到向水而生——青海的沿黄儿女正在做活水文章,河还是那条河,人不再是过去的人。

长河应无恙,当惊人世殊。

贵德：绿色黄河边的宝藏古城

你见过绿色的黄河水吗？

说起来，黄河本不姓"黄"。

据历史记载，秦汉以前的晋陕交界，黄河河谷间森林遮天蔽日，水流清澈无比——单独一个"河"字，才是先秦时代的本名。

然而，作为中华文明的重要发祥地，这里人类活动日益频繁，森林被砍伐殆尽，岁月变迁乃至成了水土流失严重的黄土高原，流淌而过的"河"也渐渐被染成了黄河。

先秦之人如果穿越到今天，必会愕然惊诧于一条清水退变为浑浊的黄浪，像孔夫子般慨叹一声：逝者如斯夫！

别急。

我会安慰地拍拍古人肩："来，跟我去河的上游，看看青海的黄河河谷。"

从龙羊峡水库厚积薄发的黄河水，顺流而下淌过海南藏族自治州的贵德县、黄南藏族自治州的尖扎县、海东市的化隆回族

天下黄河贵德清

自治县和循化撒拉族自治县，之后流出青海入甘肃——这段蜿蜒数百里的河谷地带，除了夏天暴雨冲刷下过多泥土外，其他时候的黄河水都是碧绿碧绿的。而且四个县的县城都坐落在黄河边上，城镇棋布、人口稠密、交通畅达，欣赏美景也十分方便。

这段绿色黄河，想必会让古人恍然如昨。

我从黄河源头一路走到入海口，见识过万里黄河的全貌。这四个县的上游，黄河水清澈，但并没有形成视觉上的绿色；四个县的下游，从甘肃以降，基本就成了名副其实的"黄"河。为何上天偏心眼，把独一无二的绿色黄河留在了这里？

我想有三个原因：其一，四个县上游的黄河，流经区域多为草原地区，植被条件良好，保证了来水清澈、泥沙含量少，这是先决条件；其二，也是最关键的，龙羊峡水库就建设在贵德县上游，247亿立方米的水库容量，起到了重要的沉淀、净化水质的作用，把清澈的黄河水染成了绿色，这是必要条件；其三，四个县所在的黄河河谷，普遍河道宽阔、水流平稳，也就不容易卷起泥沙，这是充分条件——如此三个条件，实属得天独厚。

贵德古城，就静卧于这天时地利中。和谐共生的多元文化，更令古城占尽了人和，在大河畔默默等待着有识者的慧眼发现。

贵德丹霞地貌

五月，正是高原好时节，我找了一个特别的观赏绿色黄河的角度：

贵德当地的朋友带路，顺着一条村道，左弯右绕，开车上了一座不知名的山——初夏时分，吹着凉风，躺到高原草甸上，披着云浪做成的棉花被，一边采着馒头花（其实是狼毒花），一边惬意地俯瞰贵德县城，只见群山环抱的河谷里，一条翡翠玉带自西向东穿城而过，葱郁的林木如绿玛瑙般镶嵌在玉带的两岸，又与周边那巍峨耸峙、刀劈斧削的丹霞山峦形成了鲜明对照，丹霞把玉带夹得一线瘦——尖扎县有个4A级的坎布拉景区，门票不便宜，风景也不过如此。

原国务院副总理钱其琛，曾为这条翡翠玉带题词：天下黄河贵德清。

这句话在青海已经叫出了名头，下游尖扎、化隆、循化几个县就有点儿不服气：我们的黄河水也很清啊，凭啥让贵德独占鳌头？没办法，谁叫黄河从龙羊峡水库一流出来，头一个到的就是贵德呢。2019年，黄河生态保护和高质量发展上升为国家战略后，青海也及时调整了口号——天下黄河青海清。

如果光有一条绿色的黄河，而少了丹霞群山的陪衬，也要减色不少。

贵德黄河的岸边，植被还比较丰茂，可河谷之外，就是丹霞地貌、群山环抱，绝壁绵延不断，笔直的崖面上清晰地刻印下史前沉积层的水平线条，个别处还呈现了多彩重叠。这种地貌，来自地壳运动的伟力，又经过千万年流水的侵蚀和风的雕凿，这才形成了如今千姿百态的巨岩峭壁。贵德黄河河谷的丹霞地貌，被评为了国家地质公园，占地面积达到258平方公里，相当于美国科罗拉多大峡谷的三分之一。

贵德古城一角，写满岁月沧桑　　　　　　　　贵德古城墙的断壁残垣

　　水是山之魂，山是水之骨。绿意葱郁的河谷，雄伟苍凉的山峦，生与死，柔与刚，魂与骨——黄河河谷的这种反差美，难道不是造物主的伟力吗？

　　有人写了一首打油诗："人间四月芳菲尽，贵德梨花始盛开。常恨塞外无绿意，黄河深处有江南。"有一段时间，当地旅游部门就把贵德宣传为"青海小江南"。这个宣传定位，远远没有凸显出贵德真正的特点，可能是当地总结得不全面、不准确，也可能是骨子里缺乏一点儿文化自信——中国的江南，讲求小家碧玉之美，而青海的贵德，大开大合、自成一派，又哪里是江南可比？

　　贵德就是贵德——自信，就是不拿别人定义自己。

　　2600多年前的中国，春秋时期的晋国和楚国之间，发生了一场决定霸主归属的关键战役：城濮之战。

　　大战之前，晋文公重耳并不自信，甚至梦见楚王把他摁在地上打。晋国的大夫赶忙安慰他，大致意思是：一定要打这场仗，打赢了就会成为霸主；万一打不赢，咱晋国（也就是今天的山西）外有太行山，内有黄河，这叫"表里山河"、易守难攻，打不赢就退回来，起码不会丢掉老本。

智慧而富有文采的古人，从此为山西封了个"表里山河"的称号。

贵德的自然天险，同样配得上这四个字，历史上也曾是兵家必争之地。早在公元前60年，贵德就已纳入过西汉王朝的版图，此后历朝历代在此都有建制。最令人惊喜之处，就是始筑于明代洪武年间的贵德古城，很多建筑仍然比较完好地保存了下来，至今已有600多年历史。

走进贵德古城，黄土夯筑的城墙巍然屹立，透着岁月的斑驳——这是一座呈正方形的土筑城堡，城墙的周长为2.3公里，城墙的高度有11.7米，南北曾经各设有一座城门。今天城门已经没有了，但城墙的东、西、北三面仍基本保存完好。

这座高原上的土堡，与恢弘的西安城墙、绵延的南京城墙相比，气势自然不可同日而语，但它们都是修筑于明太祖朱元

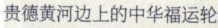
贵德黄河边上的中华福运轮

璋时期,一同见证过当年明月、大河滔滔。况且,贵德古城有它与众不同的特点——儒释道法、各色建筑,在这里融为一炉。

儒:贵德古城坐北朝南,有一条中轴线,大量古建筑就坐落在这条线上。最南边的,就是贵德文庙,里面棂星门、泮池、戟门、乡贤名宦祠、东西配殿和大成殿格局谨严,可见贵德虽地处高原,然而自古以来崇文重教、乡学兴盛。

释:始建于元代末年的大佛寺,也坐落于古城之中。贵德县城周边,还分布着南海观音殿、乜那寺等佛教寺庙,汉传佛教与藏传佛教并存。

道:贵德古城中最具地标性的,莫过于初建于明代万历年间的玉皇阁。这是一座高26米的三层楼阁,分别供奉"天地人"三才,整栋建筑拔地而起,巍然高耸。顺着楼梯爬上去,颇有凌空出世、昂首天外之感,更可环眺四方,南望整座贵德古城的形制,北望古城墙、黄河、丹霞群峰层层叠叠,格外壮丽。

贵德古城的地标——玉皇阁

全国重点文物保护单位——贵德文昌庙

这座古城地标既体现了道教"天人合一"的思想，兼有军事防御的功能。

　　法：古城中与文庙相对应，还有一座武庙，包括山门戏台、过厅、钟鼓楼、东西厢房和正殿，正殿里供奉着关羽、岳飞等，是过去军旅、戍边将士拜谒的场所。自古作为军事重镇的贵德，古城里这一独特的武庙建筑，非常具有地方特色。据说，贵德古城周边有些村庄，至今仍以"屯"为名，屯者屯兵意也，兴许这些村庄居民就是当年戍边垦田的将士后人也未可知。

　　修文是内圣，尚武是外王，把武庙归于"法"倒也未尝不可。贵德古城里还有一座城隍庙，主要是民俗活动场所，连"儒释道法"都涵盖不了，可见贵德之兼容并包。

　　贵德县文管所的工作人员告诉我，这些建筑始建或复建于明清时期，是青海保存较好的古建筑群之一，与古城城墙都被列为全国重点文物,并且对外开放。有趣的是,贵德古城并非远离人间烟火,今天的贵德县城即与古城比邻、工作生活区与保护区相得益彰,只不过当地居民早已熟识的寻常巷陌,是我眼中的奇珍瑰宝。

摒弃门户之见,多元和谐共生,如果说青海是一个多元文化大熔炉,那么贵德古城就是熔炼出来的合金。

全国各地有很多古城,像贵德一样尽得山河形胜者,不多;古城各具文化,像贵德一样融多元民族宗教历史文化于一炉者,更少。

总天地造化与人文悠悠之大成,贵德实在堪称绿色黄河边的宝藏古城。

离开古城前,我瞥见一面颇具当地特色的青砖照壁。照壁上刻着128朵八瓣花卉,朵朵不同,众芳齐放。

池与海——孟达的猜想与启示

1983年5月,一支骑着骡子的科考队,沿着黄河河谷,去寻找青海的天池——位于海东市循化撒拉族自治县原孟达乡一处山顶上的天然水池——孟达天池。

队中,有一位叫辛光武的随行作家。一路上,他目睹了两种截然不同的景观——黄河河谷两岸的山峦寸草不生,"几十里峰回路转的水峡,全然是绛红入云的岭,悬石欲坠的崖";可一走进孟达乡的深山,"我们便被各种野丁香盛开的花海淹没……有珍贵的猕猴桃……脚下,野兔马鸡窜过……听说有时能碰上

航拍孟达天池 张胜邦 摄

猞猁，晚上能见到会飞的鼯鼠"，当科考队气喘吁吁地爬到山顶时，湿润的轻风透过高大的青杆林迎面扑来，天池到了，"如镜的水面像一块椭圆的孔雀蓝宝石，镶嵌在绿色的大山间，紫气氤氲"。

人往高处走，水往低处流。按理说，河谷地带的生态状况，应该比海拔更高的山顶处要好，所谓"高处不胜寒"嘛。

多年前科考队乘骡子走过的这条路，如今已经通了高速。我去过两次孟达天池，从西宁开车不过两个半小时就能到，沿途景观确实像作家说的——浅山，赤地苍凉；深山，万物生长。

辛光武当时也想不通，就跟着科考队继续往上爬，终于发现有几缕山泉从"崇山巨嶂"间喷泻而下——原来这就是孟达天池，以及这一大片深山密林的水源。

站在生命源泉前，作家突然想起了当地一位78岁的撒拉族长者马达吾迪讲过的故事：很久以前，孟达的浅山上也有个池子，周边长满了森林。有一个人做了个梦，梦里来了一个白胡子老汉，向他借三头骡子。第二天天亮，他到圈里去看时，他的三头骡子果然浑身淌汗。后来，他又梦见那个老汉，向他道谢说，我搬了三天，把家园都搬到了更高的山上，圈了三石三斗三升大的一块池子，那里四面环山，林木茂盛，清秀极了，我很满意。要不是浅山的林木被砍光了，我也不愿意离开。还是要谢谢你，借给我骡子！

从撒拉族祖辈相传的故事里，辛光武读出了其中的隐喻，也还原了当地生态变迁的图景：河谷边的浅山，本来是有森林的，后来林木都被砍光了，存不住水，生态渐渐恶化，就连天池的神仙——那个白胡子老汉都不得不搬到更高的山顶。

他把这些见闻，都写进了散文《青海的天池》。1983年，这位有远见的作家，已经在文中警示道："山岭、湖泊、乔木、灌丛、草本层以及栖息其中的动物是互相依存的。生态平衡一旦被破坏,恢复起来非常困难,有时是不可逆转的。"

作家的潜台词,我替他说出来:孟达天池,其实是当地一块还没有变成沙漠的绿洲,是大自然的遗珠。

循化县有一处骆驼泉,被撒拉族视为圣迹。

相传,在中亚撒马尔罕有一个小部落,为首的头人是兄弟俩,威望很高。因受到当地统治者的忌恨和迫害,兄弟俩率领18个族人,牵着一峰白骆驼,驮着故乡的水土和手抄本《古兰经》,离开撒马尔罕向东寻找安身之所。

他们翻越天山,过嘉峪关,绕河西走廊,渡黄河,跋山涉水走到了现在的循化境内。天色已黑,不慎走失了白骆驼,他们找着找着,恰好在黎明时,意外地发现一眼清泉,走失的骆驼正在泉边休息。众人喜出望外,试量了当地的水土,竟与故乡完全相同。这里土地平坦,河流纵横,适宜定居,于是远行人从此在循化住了下来——这就是传说中骆驼泉与撒拉族的来历。

神话传说,保留着一个民族童年的记忆。据专家考证,撒拉族先民是元代从中亚东迁过来的,逐渐在青海东部黄河河谷形成了一个以信仰伊斯兰教的撒拉人为主体的新的民族共同体。到明代嘉靖年间,当时的撒拉族人口已经过万。

今天的骆驼泉,就坐落在循化县城南部。旁边,就是撒拉族祖寺街子清真寺,撒拉族手抄本《古兰经》就珍藏于此,被认为是世界现存最古老的手抄本之一。作为传说中的发祥地,这里近千年的古杨,见证着撒拉族沧桑的历史。

抚着古杨,遥想当年:根据传说,撒拉族先民历尽千辛万苦,最终定居于此,想必那时的循化地区是一个水草丰美、生态良

黄河河谷地带的丹霞地貌

好之地。

但今天的循化县城周边却并非如此：一条黄河穿城而过，县城南北的山峦，依然如辛光武在散文里描述的——"绛红入云，悬石欲坠。"

我的印象里，有两座依山傍水的城市，当我在城里不经意地抬起头时，旁边的山峦会令我惊愕不已：一座是阳朔，每当夜幕降临，当地就给城市里拔地而起、千姿百态的喀斯特石山打上灯光，我住的酒店后面就有这样一座山，晚上出门时猝不及防地吓了一跳，以为到了电影《阿凡达》的世界；另一座就是循化，有一次采访离开时，偶然瞥向窗外，暮色苍茫中，只见那棱角分明的峭峻山峦如同沉默的巨墙，叫人立即心生敬畏。

而孟达天池却是一派生机勃勃。"亚热带、温带、寒带植物物种，在孟达都有分布"，青海孟达国家级自然保护区管理局局长马天龙告诉我，这里野生种子植物的种类占到了青海省的

86.7%，其中全省仅见于孟达保护区的植物物种就有78种。

攀爬于林荫道中，徜徉于天池湖畔，我总有一种错觉：像是回到了自己再熟悉不过的秦岭。可不是吗，马局长说，孟达是华山松和太白红杉在我国的最西分布界限。华山是西岳，太白山是秦岭主峰，这两个树种于是就以这两座名山命名。想不到，在遥远的青海，在海拔2800米的孟达天池，我竟然又碰见了"老朋友"。

远隔上千里的物种，在一块沙漠中的绿洲还有存活，说明什么？——沙漠原本是连成一片的绿洲，遥远的物种才能传播到这里。没想到绿洲变成了孤岛，这些物种也就成了仅见于此的特有品种。

这种变化是如何发生的？

循化县城内外，到处是特色鲜明、美观古朴的撒拉族民居，木质结构、雕梁画栋的传统建筑风格，具有极高的辨识度。马局长对我讲，曾有专家来到这里调研，认为通过撒拉族民居大量使用木质材料的传统建筑风格，就可以推断出当地在历史上应该森林覆盖率比较高，不然无法保障木料的供应。除了居住需要，还有大量的开耕和放牧，先人们不都是靠山吃山、靠水吃水吗？

说到秦岭，唐代大诗人白居易的《卖炭翁》就曾写道："卖炭翁，伐薪烧炭南山中。"想想看，古都长安百万人口，盖房、取暖，得需要多少木材？秦岭终南山的植被再好，也经不住坐吃山空。历史记载，到了唐代末期，人们得远赴距离长安城700公里的山西吕梁山区，才能找到高大的木材。

再联想到辛光武提及的那位撒拉族长者马达吾迪对他讲起的故事，我基本确定了自己的猜想：在人类活动、气候变迁等多重因素影响下，曾经在循化境内分布比较普遍的森林逐渐退化，如今只残存于孟达天池等山大沟深之处，生态之海干涸成了池子。

终南山找不到高大的木材，渭河水也稀少得无法再行船，长安已经不再具备定都的条件——唐代以后，十三朝古都再也没有成为过中国的政治中心。这里孕育过周秦汉唐的辉煌，终究被吸吮成了干瘪的乳房。

人与自然，发展与保护，就是这样的辩证关系。

孟达天池之美，令辛光武和科考队一行连连回首，不忍离去，作家在心里发出宏愿："我们将世世代代，把你保护下去！"

就在1980年，孟达成立了自然保护区。20年后，升格为国家级自然保护区，成为青海省唯一以保护森林生态系统为目的的国家级自然保护区。

年过花甲的马克日木，看上去也就四五十岁的样子——可不，天天巡山，呼吸着森林氧吧，喝着纯天然矿泉水，气色怎么能不好？——他是孟达保护区的护林员。

退耕还林、退牧还草、移民搬迁、封山保护天然林……成立保护区，就是要守住这块沙漠里的绿洲。

当然，过程是艰辛的。过去，马克日木的家就在保护区里，全村人都靠种地放羊为生，有的时候也偷偷伐木。马克日木当上了护林员，就要监督乡亲们，禁止盗伐林木，因此没少得罪人。过去，乡亲们不理解，经常跟他干仗，2000年以后，基本再没有发生过盗伐现象了，原因很简单——移民搬迁、生活改善。马克日木就带头搬到了县城，他的儿子在城里开起饭馆，如今全家已盖起二层小楼，还买上了轿车。

一些没有搬下山的村民，也改变了生产方式：羊不再放了，改棚舍圈养；地不再耕了，搞生态旅游。还是靠水吃水、靠山吃山，

青海仅有的一棵陇南杨,在孟达已存活五百余年

但不再竭泽而渔、坐吃山空。

人总是要吃饭的,保护生态不是不发展经济,而是要用更高质量的发展来助推保护。

马局长告诉我一组数据:如今的孟达保护区总面积为17290公顷,比1980年成立之初扩大了1.8倍,区内森林覆盖率已达惊人的82%——我清楚,这个数字在干旱的大西北是足以傲人的。

这块沙漠里的绿洲没有被蚕食,反而在扩张,栖息在这里的动植物也在明显增多:辛光武参加的那次科考,在孟达发现了种子植物537种、兽类7种、鸟类35种;而到2008年的一次本底调查时,保护区发现了种子植物1005种、兽类23种、鸟类72种——万物有灵、共存共生,人也不例外。

我拿孟达保护区的数据，跟循化县的数据作了个对比：孟达保护区的年均降水量是全县平均值的 2.4 倍，森林覆盖率比全县平均值高出了 50 个百分点——这块大自然的遗珠，如今不仅是循化各族群众的最美后花园，而且成了全县的一座绿色银行，有的是生态储蓄。

孟达保护区走向了颜值巅峰，循化县也在越来越美。20 年前，马局长在乡上工作时，曾带着干部群众到荒山上种下了上万亩黑刺，如今回去一看，"已经长到了碗口粗。"

绿，正从孟达向外延伸。尊重自然，绿洲也能吞沙漠，遗珠积攒成宝库，天池之水将重新漫溢为生态之海。

喜人的变化，却成了老护林员马克日木的烦恼——从孟达天池到保护区最高峰、海拔 3357 米的黑大山，以前有条一米见宽的护林路，这些年慢慢都被林木覆盖住了。过去两个多小时就能走上去，现在得花六七个小时才能钻上去。

这是幸福的烦恼。有位护林员，给我展示他写的诗，希望发表在《人民日报》上："阿娜把蓝天凝望成，一潭碧池；青丝黛眉，投影在你的碧波里……"

天池的北面，黄河水流出青海，滔滔不绝、蜿蜒东去。护林员的诗，是不是对多年前那篇散文最好的唱和？